鲁迅著译编年全集

王世家
止庵 编

人民出版社

鲁迅著译编年全集

贰拾

目　录

一九三六

一月

二月

四月

五月

一九三六

一月

一日

日记 雨。无事。

《且介亭杂文二集》后记

　　这一本的编辑的体例,是和前一本相同的,也是按照着写作的时候。凡在刊物上发表之作,上半年也都经过官厅的检查,大约总不免有些删削,不过我懒于一一校对,加上黑点为记了。只要看过前一本,就可以明白犯官忌的是那些话。

　　被全篇禁止的有两篇:一篇是《什么是讽刺》,为文学社的《文学百题》而作,印出来时,变了一个"缺"字;一篇是《从帮忙到扯淡》,为《文学论坛》而作,至今无踪无影,连"缺"字也没有了。

　　为了写作者和检查者的关系,使我间接的知道了检查官,有时颇为佩服。他们的嗅觉是很灵敏的。我那一篇《从帮忙到扯淡》,原在指那些唱导什么儿童年,妇女年,读经救国,敬老正俗,中国本位文化,第三种人文艺等等的一大批政客豪商,文人学士,从已经不会帮忙,只能扯淡这方面看起来,确也应该禁止的,因为实在看得太明,说得太透。别人大约也和我一样的佩服,所以早有文学家做了检查官的风传,致使苏汶先生在一九三四年十二月七日的《大晚报》上发表了这样的公开信:

　　"《火炬》编辑先生大鉴:

　　　　顷读本月四日贵刊'文学评论'专号,载署名闻问君的《文学杂谈》一文,中有——

> '据道路传闻苏汶先生有以七十元一月之薪金弹冠入
> ××(照录原文)会消息,可知文艺虽不受时空限制,却颇
> 受"大洋"限制了。'

等语,闻之不胜愤慨。汶于近数年来,绝未加入任何会工
作,并除以编辑《现代杂志》及卖稿糊口外,亦未受任何组织之
分文薪金。所谓入××会云云,虽经×报谣传,均以一笑置之,
不料素以态度公允见称之贵刊,亦复信此谰言,披诸报端,则殊
有令人不能已于言者。汶为爱护贵刊起见,用特申函奉达,尚
祈将原书赐登最近贵刊,以明真相是幸。专此敬颂
编安。

苏汶(杜衡)谨上。十二月五日。"

一来就说作者得了不正当的钱是近来文坛上的老例,我被人传
说拿着卢布就有四五年之久,直到九一八以后,这才将卢布说取消,
换上了"亲日"的更加新鲜的罪状。我是一向不"为爱护贵刊起见"
的,所以从不寄一封辨正信。不料越来越滥,竟谣到苏汶先生头上
去了,可见谣言多的地方,也是"有一利必有一弊"。但由我的经验
说起来,检查官之"爱护""第三种人",却似乎是真的,我去年所写的
文章,有两篇冒犯了他们,一篇被删掉(《病后杂谈之余》),一篇被禁
止(《脸谱臆测》)了。也许还有类于这些的事,所以令人猜为"入×
×(照录原文)会"了罢。这真应该"不胜愤慨",没有受惯奚落的作
家,是无怪其然的。

然而在对于真的造谣,毫不为怪的社会里,对于真的收贿,也就
毫不为怪。如果收贿会受制裁的社会,也就要制裁妄造收贿的谣言
的人们。所以用造谣来伤害作家的期刊,它只能作报销,在实际上
很少功效。

其中的四篇,原是用日本文写的,现在自己译出,并且对于中国

的读者,还有应该说明的地方——

一,《活中国的姿态》的序文里,我在对于"支那通"加以讥刺,且说明日本人的喜欢结论,语意之间好像笑着他们的粗疏。然而这脾气是也有长处的,他们的急于寻求结论,是因为急于实行的缘故,我们不应该笑一笑就完。

二,《在现代中国的孔夫子》是在六月号的《改造》杂志上发表的,这时我们的"圣裔",正在东京拜他们的祖宗,兴高采烈。曾由亦光君译出,载于《杂文》杂志第二号(七月),现在略加改定,转录在这里。

三,在《中国小说史略》日译本的序文里,我声明了我的高兴,但还有一种原因却未曾说出,是经十年之久,我竟报复了我个人的私仇。当一九二六年时,陈源即西滢教授,曾在北京公开对于我的人身攻击,说我的这一部著作,是窃取盐谷温教授的《支那文学概论讲话》里面的"小说"一部分的;《闲话》里的所谓"整大本的剽窃",指的也是我。现在盐谷教授的书早有中译,我的也有了日译,两国的读者,有目共见,有谁指出我的"剽窃"来呢?呜呼,"男盗女娼",是人间大可耻事,我负了十年"剽窃"的恶名,现在总算可以卸下,并且将"谎狗"的旗子,回敬自称"正人君子"的陈源教授,倘他无法洗刷,就只好插着生活,一直带进坟墓里去了。

四,《关于陀思妥夫斯基的事》是应三笠书房之托而作的,是写给读者看的绍介文,但我在这里,说明着被压迫者对于压迫者,不是奴隶,就是敌人,决不能成为朋友,所以彼此的道德,并不相同。

临末我还要记念镰田诚一君,他是内山书店的店员,很爱绘画,我的三回德俄木刻展览会,都是他独自布置的;一二八的时候,则由他送我和我的家属,以及别的一批妇孺逃入英租界。三三年七月,以病在故乡去世,立在他的墓前的是我手写的碑铭。虽在现在,一想到那时只是当作有趣的记载着我的被打被杀的新闻,以及为了八十块钱,令我往返数次,终于不给的书店,我对于他,还是十分感愧的。

近两年来，又时有前进的青年，好意的可惜我现在不大写文章，并声明他们的失望。我的只能令青年失望，是无可置辩的，但也有一点误解。今天我自己查勘了一下：我从在《新青年》上写《随感录》起，到写这集子里的最末一篇止，共历十八年，单是杂感，约有八十万字。后九年中的所写，比前九年多两倍；而这后九年中，近三年所写的字数，等于前六年，那么，所谓"现在不大写文章"，其实也并非确切的核算。而且这些前进的青年，似乎谁都没有注意到现在的对于言论的迫压，也很是令人觉得诧异的。我以为要论作家的作品，必须兼想到周围的情形。

自然，这情形是极不容易明了的，因为倘一公开，作家要怕受难，书店就要防封门，然而如果自己和出版界有些相关，便可以感觉到这里面的一部份消息。现在我们先来回忆一下已往的公开的事情。也许还有读者记得，中华民国二十三年（一九三四年）三月十四日的《大美晚报》上，曾经登有一则这样的新闻——

中央党部禁止新文艺作品

沪市党部于上月十九日奉中央党部电令、派员挨户至各新书店、查禁书籍至百四十九种之多、牵涉书店二十五家、其中有曾经市党部审查准予发行、或内政部登记取得著作权、且有各作者之前期作品、如丁玲之《在黑暗中》等甚多、致引起上海出版业之恐慌、由新书业组织之中国著作人出版人联合会集议、于二月二十五日推举代表向市党部请愿结果、蒙市党部俯允转呈中央、将各书重行审查、从轻发落、同日接中央复电、允予照准、惟各书店于复审期内、须将被禁各书、一律自动封存、不再发卖、兹将各书店被禁书目、分录如次、

店名	书名	译著者
神州	政治经济学批判	郭沫若
	文艺批评集	钱杏邨

	浮士德与城	柔　石
现代	中国古代社会研究	郭沫若
	石炭王	郭沫若
	黑猫	郭沫若
	创造十年	郭沫若
	果树园	鲁　迅
	田汉戏曲集（五集）	田　汉
	檀泰琪儿之死	田　汉
	平林泰子集	沈端先
	残兵	周全平
	没有樱花	蓬　子
	挣扎	楼建南
	夜会	丁　玲
	诗稿	胡也频
	炭矿夫	龚冰庐
	光慈遗集	蒋光慈
	丽莎的哀怨	蒋光慈
	野祭	蒋光慈
	语体文作法	高语罕
	藤森成吉集	森　堡
	爱与仇	森　堡
	新俄文学中的男女	周起应
	大学生私生活	周起应
	唯物史观研究上下	华　汉
	十姑的悲愁	华　汉
	归家	洪灵菲
	流亡	洪灵菲
	萌芽	巴　金

	青年自修文学读本	钱杏邨
	暴风雨中的七个女性	田 汉
	饥饿的光芒	蓬 子
	恶党	楼建南
	万宝山	李辉英
	隐秘的爱	森 堡
	寒梅	华 汉
	地泉	华 汉
	赌徒	洪灵菲
	地下室手记	洪灵菲
南强	屠场	郭沫若
	新文艺描写辞典（正续编）	钱杏邨
	怎样研究新兴文学	钱杏邨
	新兴文学论	沈端先
	铁流	杨 骚
	十月	杨 骚
大江	现代新兴文学的诸问题	鲁 迅
	毁灭	鲁 迅
	艺术论	鲁 迅
	文学及艺术之技术的革命	陈望道
	艺术简论	陈望道
	社会意识学大纲	陈望道
	宿莽	茅 盾
	野蔷薇	茅 盾
	韦护	丁 玲
	现代欧洲的艺术	冯雪峰
	艺术社会学底任务及问题	冯雪峰
水沫	文艺与批评	鲁 迅

	文艺政策	鲁 迅
	银铃	蓬 子
	文学评论	冯雪峰
	流冰	冯雪峰
	艺术之社会的基础	冯雪峰
	艺术与社会生活	冯雪峰
	往何处去	胡也频
	伟大的恋爱	周起应
天马	鲁迅自选集	鲁 迅
	苏联短篇小说集	楼建南
	茅盾自选集	茅 盾
北新	而已集	鲁 迅
	三闲集	鲁 迅
	伪自由书	鲁 迅
	文学概论	潘梓年
	处女的心	蓬 子
	旧时代之死	柔 石
	新俄的戏剧与跳舞	冯雪峰
	一周间	蒋光慈
	冲出云围的月亮	蒋光慈
合众	二心集	鲁 迅
	劳动的音乐	钱杏邨
亚东	义冢	蒋光慈
	少年飘泊者	蒋光慈
	鸭绿江上	蒋光慈
	纪念碑	蒋光慈
	百花亭畔	高语罕
	白话书信	高语罕

	两个女性	华　汉
	转变	洪灵菲
文艺	安特列夫评传	钱杏邨
光明	青年创作辞典	钱杏邨
	暗云	王独清
泰东	现代中国文学作家	钱杏邨
	枳花集	冯雪峰
	俄国文学概论	蒋光慈
	前线	洪灵菲
中华	咖啡店之一夜	田　汉
	日本现代剧选	田　汉
	一个女人	丁　玲
	一幕悲剧的写实	胡也频
开明	苏俄文学理论	陈望道
	春蚕	茅　盾
	虹	茅　盾
	蚀	茅　盾
	三人行	茅　盾
	子夜	茅　盾
	在黑暗中	丁　玲
	鬼与人心	胡也频
民智	美术概论	陈望道
乐华	世界文学史	余慕陶
	中外文学家辞典	顾凤城
	独清自选集	王独清
文艺	社会科学问答	顾凤城
儿童	穷儿苦狗记	楼建南
良友	苏联童话集	楼建南

商务	希望	柔　石
	一个人的诞生	丁　玲
	圣徒	胡也频
新中国	水	丁　玲
华通	别人的幸福	胡也频
乐华	黎明之前	龚冰庐
中学生	中学生文艺辞典	顾凤城

出版界不过是借书籍以贸利的人们，只问销路，不管内容，存心"反动"的是很少的，所以这请愿颇有了好结果，为"体恤商艰"起见，竟解禁了三十七种，应加删改，才准发行的是二十二种，其余的还是"禁止"和"暂缓发售"。这中央的批答和改定的书目，见于《出版消息》第三十三期（四月一日出版）——

中国国民党上海特别市执行委员会批答执字第一五九二号

　　（呈为奉令禁毁大宗刊物附奉说明书恳请转函中宣会重行
　　审核从轻处置以恤商艰由）

呈件均悉查此案业准

中央宣传委员会公函并决定办法五项一、平林泰子集等三十种早经分别查禁有案应切实执行前令严予禁毁以绝流传二、政治经济学批判等三十种内容宣传普罗文艺或挑拨阶级斗争或诋毁党国当局应予禁止发售三、浮士德与城等三十一种或系介绍普罗文学理论或系新俄作品或含有不正确意识者颇有宣传反动嫌疑在剿匪严重时期内应暂禁发售四、创造十年等二十二种内容间有词句不妥或一篇一段不妥应删改或抽去后方准发售五、圣徒等三十七种或系恋爱小说或系革命以前作品内容均尚无碍对于此三十七种书籍之禁令准予暂缓执行用特分别开列各项书名单函达查照转饬遵照等由合仰该书店等遵照中央决定各点并单开各种刊物分别缴毁停售具报毋再延误是为至要

12

件存此批

"附抄发各项书名单一份"

中华民国二十三年三月二十日

　　　　　　　　　　常务委员　吴醒亚

　　　　　　　　　　　　　　　潘公展

　　　　　　　　　　　　　　　童行白

　　先后查禁有案之书目(略)

　　这样子,大批禁毁书籍的案件总算告一段落,书店也不再开口了。

　　然而还剩着困难的问题:书店是不能不陆续印行新书和杂志的,所以还是永远有陆续被扣留,查禁,甚而至于封门的危险。这危险,首先于店主有亏,那就当然要有补救的办法。不多久,出版界就有了一种风闻——真只是一种隐约的风闻——

　　不知道何月何日,党官,店主和他的编辑,开了一个会议,讨论善后的方法。着重的是在新的书籍杂志出版,要怎样才可以免于禁止。听说这时就有一位杂志编辑先生某甲,献议先将原稿送给官厅,待到经过检查,得了许可,这才付印。文字固然决不会"反动"了,而店主的血本也得保全,真所谓公私兼利。别的编辑们好像也无人反对,这提议完全通过了。散出的时候,某甲之友也是编辑先生的某乙,很感动的向或一书店代表道:"他牺牲了个人,总算保全了一种杂志!"

　　"他"者,某甲先生也;推某乙先生的意思,大约是以为这种献策,颇于名誉有些损害的。其实这不过是神经衰弱的忧虑。即使没有某甲先生的献策,检查书报是总要实行的,不过用了别一种缘由来开始,况且这献策在当时,人们不敢纵谈,报章不敢记载,大家都认某甲先生为功臣,于是也就是虎须,谁也不敢捋。所以至多不过交头接耳,局外人知道的就很少,——于名誉无关。

总而言之,不知何年何月,"中央图书杂志审查委员会"到底在上海出现了,于是每本出版物上,就有了一行"中宣会图书杂志审委会审查证……字第……号"字样,说明着该抽去的已经抽去,该删改的已经删改,并且保证着发卖的安全——不过也并不完全有效,例如我那《二心集》被删剩的东西,书店改名《拾零集》,是经过检查的,但在杭州仍被没收。这种乱七八遭,自然是普通现象,并不足怪,但我想,也许是还带着一点私仇,因为杭州省党部的有力人物,久已是复旦大学毕业生许绍棣老爷之流,而当《语丝》登载攻击复旦大学的来函时,我正是编辑,开罪不少。为了自由大同盟而呈请中央通缉"堕落文人鲁迅",也是浙江省党部发起的,但至今还没有呈请发掘祖坟,总算党恩高厚。

　　至于审查员,我疑心很有些"文学家",倘不,就不能做得这么令人佩服。自然,有时也删禁得令人莫名其妙,我以为这大概是在示威,示威的脾气,是虽是文学家也很难脱体的,而且这也不算是恶德。还有一个原因,则恐怕是在饭碗。要吃饭也决不能算是恶德,但吃饭,审查的文学家和被审查的文学家却一样的艰难,他们也有竞争者,在看漏洞,一不小心便会被抢去了饭碗,所以必须常常有成绩,就是不断的禁,删,禁,删,第三个禁,删。我初到上海的时候,曾经看见一个西洋人从旅馆里出来,几辆洋车便向他飞奔而去,他坐了一辆,走了。这时忽然来了一位巡捕,便向拉不到客的车夫的头上敲了一棒,撕下他车上的照会。我知道这是车夫犯了罪的意思,然而不明白为什么拉不到客就犯了罪,因为西洋人只有一个,当然只能坐一辆,他也并没有争。后来幸蒙一位老上海告诉我,说巡捕是每月总得捉多少犯人的,要不然,就算他懒惰,于饭碗颇有碍。真犯罪的不易得,就只好这么创作了。我以为审查官的有时审得古里古怪,总要在稿子上打几条红杠子,恐怕也是这缘故。倘使真的这样,那么,他们虽然一定要把我的"契诃夫选集"做成"残山剩水",我也还是谅解的。

这审查办得很起劲,据报上说,官民一致满意了。九月二十五日的《中华日报》云——

中央图书杂志审查委会工作紧张

中央图书杂志审查委员会、自在沪成立以来、迄今四阅月、审查各种杂志书籍、共计有五百余种之多、平均每日每一工作人员审查字、在十万以上、审查手续、异常迅速、虽洋洋巨著、至多不过二天、故出版界咸认为有意想不到之快、予以便利不少、至该会审查标准、如非对党对政府绝对显明不利之文字、请其删改外、余均一秉大公、无私毫偏袒、故数月来相安无事、过去出版界、因无审查机关、往往出书以后、受到扣留或查禁之事、自审查会成立后、此种事件、已不再发生矣、闻中央方面、以该会工作成绩优良、而出版界又甚需要此种组织、有增加内部工作人员计划、以便利审查工作云、

如此善政,行了还不到一年,不料竟出了《新生》的《闲话皇帝》事件。大约是受了日本领事的警告罢,那雷厉风行的办法,比对于"反动文字"还要严:立刻该报禁售,该社封门,编辑者杜重远已经自认该稿未经审查,判处徒刑,不准上诉的了,却又革掉了七位审查官,一面又往书店里大搜涉及日本的旧书,墙壁上贴满了"敦睦邦交"的告示。出版家也显出孤苦零丁模样,据说:这"一秉大公"的"中央宣传部图书杂志审查委员会"不见了,拿了稿子,竟走投无路。

那么,不是还我自由,飘飘然了么?并不是的。未有此会以前,出版家倒还有一点自己的脊梁,但已有此会而不见之后,却真觉得有些摇摇摆摆。大抵的农民,都能够自己过活,然而奥国和俄国解放农奴时,他们中的有些人,却哭起来了,因为失了依靠,不知道自己怎么过活。况且我们的出版家并非单是"失了依靠",乃是遇到恢复了某甲先生献策以前的状态,又会扣留,查禁,封门,危险得很。而且除怕被指为"反动文字"以外,又得怕违反"敦睦邦交令"了。已

被"训"成软骨症的出版界,又加上了一副重担,当局对于内交,又未必肯怎么"敦睦",而"礼让为国",也急于"体恤商艰",所以我想,自有"审查会"而又不见之后,出版界的一大部份,倒真的成了孤哀子了。

所以现在的书报,倘不是先行接洽,特准激昂,就只好一味含胡,但求无过,除此之外,是依然会有先前一样的危险,挨到木棍,撕去照会的。

评论者倘不了解以上的大略,就不能批评近三年来的文坛。即使批评了,也很难中肯。

我在这一年中,日报上并没有投稿。凡是发表的,自然是含胡的居多。这是带着枷锁的跳舞,当然只足发笑的。但在我自己,却是一个纪念,一年完了,过而存之,长长短短,共四十七篇。

一九三五年十二月三十一夜半至一月一日晨,写讫。

未另发表。

初收 1937 年 7 月上海三闲书屋版《且介亭杂文二集》。

二日

日记 昙,午后晴。同广平携海婴往丽都大戏院观《从军乐》。

三日

日记 晴。上午得中国书店书目一本。午后往丽华公司为海婴买玩具及干果等,二元。往蟫隐庐买《古文苑》,《笠泽丛书》,《罗昭谏[文集]》各一部共十一本,八元。晚河清来。夜肩及胁均大痛。

四日

　日记　晴。上午得山本夫人,段干青及李桦贺年片。得徐懋庸信。得谢六逸信。得徐诩信。得萧剑青信。得陈蜕信并靖华所赠小米一囊,又《城与年》大略一本。往须藤医院诊,广平携海婴同去。下午明甫来。姚克来。晚蕴如携蕖官来。夜三弟来。复谢六逸信。复萧剑华[青]信。

五日

　日记　星期。昙。下午得靖华信,即复。增川君赠果合一具。

文人比较学

　《国闻周报》十二卷四十三期上,有一篇文章指出了《国学珍本丛书》的误用引号,错点句子;到得四十六期,"主编"的施蛰存先生来答复了,承认是为了"养生主",并非"修儿孙福",而且该承认就承认,该辨解的也辨解,态度非常磊落。末了,还有一段总辨解云:

> "但是虽然失败,虽然出丑,幸而并不能算是造了什么大罪过。因为充其量还不过是印出了一些草率的书来,到底并没有出卖了别人的灵魂与血肉来为自己的'养生主',如别的一些文人们也。"

　中国的文人们有两"些",一些,是"充其量还不过印出了一些草率的书来"的,"别的一些文人们",却是"出卖了别人的灵魂与血肉来为自己的'养生主'"的,我们只要想一想"别的一些文人们",就知道施先生不但"并不能算是造了什么大罪过",其实还能够算是修了什么"儿孙福"。

　但一面也活活的画出了"洋场恶少"的嘴脸——不过这也并不

是"什么大罪过","如别的一些文人们也"。

原载 1936 年 1 月 20 日《海燕》月刊第 1 期。署名齐物论。
初未收集。

大小奇迹

元旦看报,《申报》的第三面上就见了商务印书馆的"星期标准书",这回是"罗家伦先生选定"的希特拉著《我之奋斗》(A. Hitler: *My Battle*),遂"摘录罗先生序"云:

> "希特拉之崛起于德国,在近代史上为一大奇迹。……希特拉《我之奋斗》一书系为其党人而作;唯其如此,欲认识此一奇迹者尤须由此处入手。以此书列为星期标准书至为适当。"

但即使不看译本,仅"由此处入手",也就可以认识三种小"奇迹",其一,是堂堂的一个国立中央编译馆,竟在百忙中先译了这一本书;其二,是这"近代史上为一大奇迹"的东西,却须从英文转译;其三,堂堂的一位国立中央大学校长,却不过"欲认识此一奇迹者尤须由此处入手"。

真是奇杀人哉!

原载 1936 年 1 月 20 日《海燕》月刊第 1 期。署名何干。
初未收集。

致 曹靖华

汝珍兄:

一月一日信收到。《城与年》说明,早收到了,但同时所寄的信一封,却没有,恐已失落。黄米已收到,谢谢;陈君函约于八日上午再访我,拟与一谈。

北方学校事,此地毫无所知,总之不会平静,其实无论迁到那里,也决不会平安。我看外交不久就要没有问题,于是同心协力,整顿学风,学生又要吃苦了。此外,则后来之事,殊不可知,只能临时再定办法。

新月博士常发谬论,都和官僚一鼻孔出气,南方已无人信之。

《译文》恐怕不能复刊。倘是少年读物,我看是可以设法出版的,译成之后,望寄下。

上海今年过年,很静,大不如去年,内地穷了,洋人无血可吸,似乎也不甚兴高采烈。我们如常,勿念。我仍打杂,合计每年译作,近三四年几乎倍于先前,而有些英雄反说我不写文章,真令人觉得奇怪。

它嫂已有信来,到了那边了。我们正在为它兄印一译述文字的集子,第一本约三十万字,正在校对,夏初可成。前(去年)寄《文学百科辞典》两本,不知已到否?

专此布复,即请

春安。

弟豫　上　一月五夜。

致 胡 风

有一件很麻烦的事情拜托你。即关于茅的下列诸事,给以答案:

一、其地位,

二、其作风,作风(Style)和形式(Form)与别的作家之区别。

三、影响——对于青年作家之影响，布尔乔亚作家对于他的态度。

这些只要材料的记述，不必做成论文，也不必修饰文字；这大约是做英译本《子夜》的序文用的，他们要我写，我一向不留心此道，如何能成，又不好推托，所以只好转托你写，务乞拨冗一做，自然最好是长一点，而且快一点。

如须买集材料，望暂一垫，俟后赔偿损失。专此布达，即颂春祺。

隼　上　一月五夜

附上"补白"两则，可用否？乞酌。　又及

六日

日记　昙。上午得水电公司信。午后寄明甫信。寄张因信。得阿芷信，即复。下午得母亲信。得靖华信。得桂太郎信。夜编《花边文学》讫。雨。

七日

日记　微雪。上午静农来并赠蜜饯二瓶，面二合，文旦五枚，又还泉十五。以文旦二枚，蜜饯一瓶于下午赠内山夫人。寄懋庸信并稿一。胡风来。

致　徐懋庸

请转

徐先生：　元旦信早收到。《海燕》未闻消息，不知如何了。

文章写了一点，今寄上，并无好意思，或者不如登在《每周文学》上，《现实文艺》还是不登这篇罢。

　　年底编旧杂文，重读野容，田汉的两篇化名文章，真有些"百感交集"。

　　来信中所说的那位友人，虽是好意，但误解的。我并非拳师，自己留下秘诀，一想到，总是说出来，有什么"不肯"；至于"少写文章"，也并不确，我近三年的译作，比以前要多一倍以上，丝毫没有懒下去。所以他的苦闷，是由幻想而来的，不是好事情。

　　此复，即请

春安

豫　上　一月七日

八日

　　日记　晴。上午买ゴリキイ『文学論』一本，一元一角。得蒲风信。得河清信并附戈宝权信及《果戈理画传》一本，即复。得明甫信，即复。得张晓天信，即复。得仴仃信，即复。下午得母亲所寄酱鸭，卤瓜等一大合，晚复。

致 黄 源

河清先生：

　　来信并戈君赠书，已收到。

　　神经痛已渐好，再有两天，大约就可以全好了。

　　《死魂灵》校正交出后，已将稿子弃去，所以现在无可再抄，只得拉倒。

专此布复，即请

著祺

迅 上 一月八日

致 沈雁冰

明甫先生：

七日信已收到。我病已渐好，大约再有两三天，就可以全好了。那一天，面色恐怕真也特别青苍，因为单是神经痛还不妨，只要静坐就好，而我外加了咳嗽，以致颇痛苦，但今天已经咳嗽很少了。当初我以为 S 与姚是很熟，那天才知道不然，但不约他也好，我看他年纪青，又爱谈论，交际也广泛的。

《社会日报》第三版，粗粗一看，好像有许多杂牌人马投稿，对于某一个人，毁誉并不一致，而其实则有统系。我已连看了两个月，未曾发见过对于周扬之流的一句坏话，大约总有"社会关系"的。至于攻击《文学》及其关系人，则是向来一贯的政策，甚至于想利用了《译文》的停刊来中伤，不过我们的傅公东华，可真也不挣气。

近几期的 *China Today* 上，又在登《阿Q正传》了，是一个在那边做教员的中国人新译的，我想永远是炒阿Q的冷饭，也颇无聊，不如选些未曾绍介过的作者的新作品，由那边译载。此事希便中与 S 一商量，倘她以为可以，并将寄书去的地址开下，我可以托书店直接寄去，——但那时候并望你选一些。

此布，即请

撰安。

树 顿首 一月八日

致 母 亲

母亲大人膝下,敬禀者,一月四日来信,前日收到了。孩子的照相,
　　还是去年十二月廿三寄出的,竟还未到,可谓迟慢。不知现在
　　已到否,殊念。
　　酱鸡及卤瓜等一大箱,今日收到,当分一份出来,明日送与老
　　三去。
　　海婴是够活泼的了,他在家里每天总要闯一两场祸,阴历年底,
　　幼稚园要放两礼拜假,家里的人都在发愁。但有时是肯听话,
　　也讲道理的,所以近一年来,不但不挨打,也不大挨骂了。他只
　　怕男一个人,但又说,男打起来,声音虽然响,却不痛的。
　　上海只下过极小的雪,并不比去年冷,寓里却已经生了火炉了。
　　海婴胖了许多,比去年夏天又长了一寸光景。男及害马亦均好,
　　请勿念。
　　紫佩生日,当由男从上海送礼去,家里可以不必管了。
　　专此布达,恭请
金安。
　　　　　　　　男树　叩上　广平及海婴同叩　一月八日

九日

　　日记　晴。下午浅野君来,为之写字一幅。分母亲所寄食物与
内山君及三弟。

十日

　　日记　昙。晚得母亲信,五日发。得三弟信。得徐懋庸信。

十一日

    日记   昙。上午得欧阳山信。午后内山书店送来『フロオベエル全集』(四),『近世錦絵世相史』(三)各一本,共泉七元。下午胡风来。晚烈文来。晚蕴如携晔儿来并赠越鸡一只。夜振铎来并携来翻印之珂勒惠支版画二十一种,每种百枚,工钱及纸费共百五十一元。三弟来。濯足。

十二日

    日记   星期。晴。上午得小峰信并版税百五十。得陈蜕信。得陈宏实信。下午同广平携海婴往卡尔登影戏院观《万兽女王》上集。

十三日

    日记   昙。午后往内山书店,遇堀尾纯一君,为作漫画肖像一枚,其值二元。下午微雪。晚同广平携海婴往俄国饭店夜饭。

十四日

    日记   雨。午后得河清信。得曹聚仁寄萧军信,即转寄。李桦寄赠《现代版画》(十五),《南华玩具集》各一本。

致 萧 军

刘军兄:

    曹有信来,今转上。

    你的旧诗比新诗好,但有些地方有名士气。

    我在编集去年的杂感,想出版。

我们想在旧历年内,邀些人吃一回饭。一俟计画布置妥帖,当通知也。

专此布达,并贺

年禧。

豫　上　一月十四日

太太均此请安。

十五日

日记　昙。午后得母亲信,十一日发。内山书店送来『チェーホフ全集』(十四),『エネルギイ』及牧野氏『植物分類研究』各一本,共泉八元五角。晚复欧阳山信。寄紫佩信。得陈约信并《艺坛导报》一张。夜同广平往卡尔登影戏院观《万兽女王》下集。

十六日

日记　晴。夜河清来。校《故事新编》毕。

十七日

日记　晴,冷。午后得小峰信并赠橘,柚一筐。下午得王冶秋信。得母亲信附阮善先信,十四日发。得明甫信,夜复。

致 沈雁冰

明甫先生:

十六日信顷收到。我的病已经好了。

关于材料,已与谷说妥,本月底可以写起。

闻最近《读书生活》上有立波大作,言苏汶先生与语堂先生皆态度甚好云。《时事新报》一月一日之《青光》上,有何家槐作,亦大拉拢语堂。似这边有一部分人,颇有一种新的梦想。

　　校印之书,至今还不到二百面,然则全部排毕,当需半年,便中乞与雪先生一商,过年后倘能稍快,最好。

　　从下星期一起,敝少爷之幼稚园放假两星期,全家已在发愁矣。

　　专此布达,并颂

年禧。

树　上　一月十七夜

　　近得转寄来之南京中央狱一邮片,甚怪,似有人谓我已转变,并劝此人(署名寿昌)转变,此人因要我明说,我究竟有何"新花样"。

十八日

　　日记　晴。上午海婴以第一名毕幼稚园第一期。得靖华信。晚河清来,托其以三百元交文化生活出版所,为印《死魂灵百图》之用。蕴如携阿菩来。三弟来。

致 王冶秋

冶秋兄:

　　十三日信收到。副刊有限制,又须有意义,这戏法极不容易变,我怕不能投稿。近几年来,在这里也玩着带了锁链的跳舞,连自己也觉得无聊,今年虽已大有"保护正当舆论"之意,但我倒想不写批评了,或者休息,或者写别的东西。

农在沪见过,那时北行与否尚未定,现在才知道他家眷尚未南行。他暂时静静也好,但也未必就这样过下去,因为现在的时候,就并不是能这样过下去的时候。

《故事新编》今天才校完,印成总得在"夏历"明年了。成后当寄上。内容颇有些油滑,并不佳。

此复,即颂

年禧。

树　上　一月十八日

十九日

日记　星期。晴。午后得小山信。晚同广平携海婴往梁园夜饭,并邀萧军等共十一人。《海燕》第一期出版,即日售尽二千部。

二十日

日记　晴。午后买『青い花』一本,一元捌角。下午得周楞伽信并《炼狱》一本,即复。得生活书店版税帐单。夜费慎祥来并赠火腿一只,酒两瓶。

二十一日

日记　晴。上午得钦文信。得明甫信。得谷天信。午后往生活书店取版税二百九十元,又石民者四十元。往来青阁买书五种十本,共泉二十二元。

致　曹靖华

汝珍兄:

十四日信已到。和《城与年》同时所发之信,后来也收到了。小说两种,已并我译之《死魂灵》,于前日一并寄上,不知收到否?小说写得不坏,而售卖不易,但出版以后,千部已将售尽,也算快的。

木刻那边并无新的寄来,寄纸去则被没收,且因经济关系,只能暂停印行。从去年冬起,数人集资为它兄印译著,第一本约三十万字(皆论文),由我任编校,拟于三月初排完,故也颇忙。此本如发卖顺利,则印第二本,算是完毕。

此地已安静,大家准备过年,究竟还是爱阴历。我们因不赊帐,所以倒不窘急,只须买一批食物,因须至四日才开市也。报章在阳历正月已停过四天,现又要停四天,只要有得停,就谁都愿意。

我们都好的,可释念。三兄力劝我游历,但我未允,因此后甚觉为难,而家眷(母)生计,亦不能不管也。

专此布达,并颂

年禧。

弟豫　顿首　一月廿一夜。

致 母 亲

母亲大人膝下,敬禀者,一月十三日信,早收到。海婴已放假,在家里玩,这一两天,还不算大闹。但他考了一个第一,好像小孩子也要摆阔,竟说来说去,附上一笺,上半是他自己写的,也说着这件事,今附上。他大约已认识了二百字,曾对男说,你如果字写不出来了,只要问我就是。

丈量家屋的事,大约不过要一些钱而已,已函托紫佩了。

上海这几天颇冷,大有过年景象,这里也还是阴历十二月底像过年。寓中只买一点食物,大家吃吃。男及害马与海婴均好,请勿念。

善先很会写了,但男所记得的,却还是一个小孩子。他的回信,稍暇再写。专此布达,恭请

金安。

男树　叩上　一月二十一日

二十二日

日记　晴。上午复钦文信。复靖华信并寄小说三本。寄母亲信附海婴笺。午后得明甫信。得蒲风信。得孟十还信。晚悄吟持萧军信来。得『土俗玩具集』(九)一本,六角。夜复孟十还信。寄张因信。

致 孟十还

十还先生:

　　来信收到。《死魂灵》译本和图解不同之处,只将“邮政局长”改正,这是我译错的,其余二处,德译如此,仍照旧,只在图序上略说明。

　　《魏》上的两个名字,德译作 Seminarist(研究生或师范生)和 Schüler(学生[非大学生]),日译作神学生(Bogosrov 的时候,则译作“神学科生”)和寄宿生。我们无从知道那时的神学校的组织,所以也无从断定究竟怎样译才对。

　　不过据德译及先生所示辞书的解释推想起来,神学校的学生大约都是公费的,而 Bursak 是低年级(所以德译但笼统谓之生徒),Seminarist 却是高等班,已能自己研究,也许还教教低年级生。不过这只是我的推想,不能用作注解。

　　我想:译名也只好如德文的含糊,译作“学生”和“研究生”罢(但

29

读者也能知道研究生比学生高级）。此颂

年禧。

豫　顿首　一月廿二夜。

致 胡 风

　　又要过年了,日报又休息,邮局大约也要休息,这封信恐怕未必一两天就到,但是,事情紧急,写了寄出罢。

　　虽说"事情紧急",然而也是夸大之辞。第一是催你快点给我前几天请愿的材料之类集一下,愈快愈好;第二,是劝你以后不要在大街上赛跑;第三是通知你:据南京盛传,我已经转变了。

　　第四,是前天得周文信,他对于删文事件,似乎气得要命,大有破釜沉舟,干它一下之概。我对于他的办法,大有异议。他说信最好由良友之汪转寄,而汪公何名,我亦不知,如何能转。所以我想最好于明年小饭店开张时,由你为磨心,定一地点和日期,通知我们,大家谈一谈,似乎比简单的写信好。此事已曾面托悄吟太太转告,但现在闲坐无事,所以再写一遍。也因心血来潮,觉得周文反会中计之故也。专此布达,并请

俪安。

树　顿首　夏历十二月二十八日

二十三日

　　日记　微雪。上午得徐懋庸信。得张慧信并木刻四幅。得逸经社信。

二十四日

　　日记　阴历丙子元旦。雨。无事。晚雨雪。

二十五日

　　日记　昙。下午张莹及其夫人来。晚蕴如携阿玉,阿菩来。夜三弟来。

二十六日

　　日记　星期。晴。午后魏女士来。下午张莹来。烈文来。

二十七日

　　日记　晴。无事。

二十八日

　　日记　晴。午后得南阳汉画象拓片五十幅,杨廷宾君寄。下午得《故事新编》平装及精装各十本。夜寄丽尼信。

《凯绥·珂勒惠支版画选集》序目

　　凯绥·勖密特(Kaethe Schmidt)以一八六七年七月八日生于东普鲁士的区匿培克(Koenigsberg)。她的外祖父是卢柏(Julius Rupp),即那地方的自由宗教协会的创立者。父亲原是候补的法官,但因为宗教上和政治上的意见,没有补缺的希望了,这穷困的法学家便如俄国人之所说:"到民间去",做了木匠,一直到卢柏死后,才来当这教区的首领和教师。他有四个孩子,都很用心的加以教育,然而先不知道凯绥的艺术的才能。凯绥先学的是刻铜的手艺,到一八八五年冬,这才赴她的兄弟在研究文学的柏林,向斯滔发·培伦(Stauffer Bern)去学绘画。后回故乡,学于奈台(Neide),为了"厌倦",终于向闵兴的哈台列克(Herterich)那里去学习了。

一八九一年,和她兄弟的幼年之友卡尔·珂勒惠支(Karl Kollwitz)结婚,他是一个开业的医生,于是凯绥也就在柏林的"小百姓"之间住下,这才放下绘画,刻起版画来。待到孩子们长大了,又用力于雕刻。一八九八年,制成有名的《织工一揆》计六幅,取材于一八四四年的史实,是与先出的霍普德曼(Gerhart Hauptmann)的剧本同名的;一八九九年刻《格莱亲》,零一年刻《断头台边的舞蹈》;零四年旅行巴黎;零四至八年成连续版画《农民战争》七幅,获盛名,受 Villa—Romana 奖金,得游学于意大利。这时她和一个女友由佛罗棱萨步行而入罗马,然而这旅行,据她自己说,对于她的艺术似乎并无大影响。一九〇九年作《失业》,一〇年作《妇人被死亡所捕》和以"死"为题材的小图。

世界大战起,她几乎并无制作。一九一四年十月末,她的很年青的大儿子以义勇兵死于弗兰兑伦(Flandern)战线上。一八年十一月,被选为普鲁士艺术学院会员,这是以妇女而入选的第一个。从一九年以来,她才仿佛从大梦初醒似的,又从事于版画了,有名的是这一年的纪念里勃克内希(Liebknecht)的木刻和石刻,零二至零三年的木刻连续画《战争》,后来又有三幅《无产者》,也是木刻连续画。一九二七年为她的六十岁纪念,霍普德曼那时还是一个战斗的作家,给她书简道:"你的无声的描线,侵人心髓,如一种惨苦的呼声:希腊和罗马时候都没有听到过的呼声。"法国罗曼·罗兰〔Romain Rolland)则说:"凯绥·珂勒惠支的作品是现代德国的最伟大的诗歌,它照出穷人与平民的困苦和悲痛。这有丈夫气概的妇人,用了阴郁和纤秾的同情,把这些收在她的眼中,她的慈母的腕里了。这是做了牺牲的人民的沉默的声音。"然而她在现在,却不能教授,不能作画,只能真的沉默的和她的儿子住在柏林了;她的儿子像那父亲一样,也是一个医生。

在女性艺术家之中,震动了艺术界的,现代几乎无出于凯绥·珂勒惠支之上——或者赞美,或者攻击,或者又对攻击给她以辩护。诚如亚斐那留斯(Ferdinand Avenarius)之所说:"新世纪的前几年,她第一次展览作品的时候,就为报章所喧传的了。从此以来,一个说,'她是伟大的版画家';人就过作无聊的不成话道:'凯绥·珂勒惠支是属于只有一个男子的新派版画家里的'。别一个说:'她是社会民主主义的宣传家',第三个却道:'她是悲观的困苦的画手'。而第四个又以为'是一个宗教的艺术家'。要之:无论人们怎样地各以自己的感觉和思想来解释这艺术,怎样地从中只看见一种的意义——然而有一件事情是普遍的:人没有忘记她。谁一听到凯绥·珂勒惠支的名姓,就仿佛看见这艺术。这艺术是阴郁的,虽然都在坚决的动弹,集中于强韧的力量,这艺术是统一而单纯的——非常之逼人。"

但在我们中国,绍介的还不多,我只记得在已经停刊的《现代》和《译文》上,各曾刊印过她的一幅木刻,原画自然更少看见;前四五年,上海曾经展览过她的几幅作品,但恐怕也不大有十分注意的人。她的本国所复制的作品,据我所见,以《凯绥·珂勒惠支画帖》(*Kaethe Kollwitz Mappe*,Herausgegeben Von Kunstwart,Kunstwart-Verlag,Muenchen,1927)为最佳,但后一版便变了内容,忧郁的多于战斗的了。印刷未精,而幅数较多的,则有《凯绥·珂勒惠支作品集》(*Das Kaethe Kollwitz Werk*,Carl Reisner Verlag,Dresden,1930),只要一翻这集子,就知道她以深广的慈母之爱,为一切被侮辱和损害者悲哀,抗议,愤怒,斗争;所取的题材大抵是困苦,饥饿,流离,疾病,死亡,然而也有呼号,挣扎,联合和奋起。此后又出了一本新集(*Das Neue K. Kollwitz Werk*,1933),却更多明朗之作了。霍善斯坦因(Wilhelm Hausenstein)批评她中期的作品,以为虽然间有鼓动的男性的版画,暴力的恐吓,但在根本上,是和颇深的生活相联系，形式也出于颇激的纠葛的，所以那形式，是紧握着世事的形相。永田一修并取她的后来之作，以这批评为不足，他说凯绥·珂勒惠支的作品，和里培尔曼（Max Liebermann）不同，并非只觉得题材有趣，来画下层世界的；她因为被周围的悲惨生活所动，所以非画不可，这是对于榨取人类者的无穷的"愤怒"。"她照目前的感觉，——永田一修说——描写着黑土的大众。她不将样式来范围现象。对而见得悲剧，时而见得英雄化，是不免的。然而无论她怎样阴郁，怎样悲哀，却决不是非革命。她没有忘却变革现社会的可能。而且愈入老境，就愈脱离了悲剧的，或者英雄的，阴暗的形式。"

而且她不但为周围的悲惨生活抗争，对于中国也没有像中国对于她那样的冷淡：一九三一年一月间，六个青年作家遇害之后，全世界的进步的文艺家联名提出抗议的时候，她也是署名的一个人。现在，用中国法计算作者的年龄，她已届七十岁了，这一本书的出版，虽然篇幅有限，但也可以算是为她作一个小小的记念的罢。

选集所取，计二十一幅，以原版拓本为主，并复制一九二七年的印本《画帖》以足之。以下据亚斐那留斯及第勒（Louise Diel）的解说，并略参己见，为目录——

（1）《自画像》（Selbstbild）。石刻，制作年代未详，按《作品集》所列次序，当成于一九一〇年顷；据原拓本，原大 34×30cm. 这是作者从许多版画的肖像中，自己选给中国的一幅，隐然可见她的悲悯，愤怒和慈和。

（2）《穷苦》（Not）。石刻，原大 15×15cm. 据原版拓本，后五幅同。这是有名的《织工一揆》（Ein Weberaufstand）的第一幅，一八九八年作。前四年，霍普德曼的剧本《织匠》始开演于柏林的德国剧场，取材是一八四四年的勘列济安（Schlesien）麻布工人的蜂起，作者也许是受着一点这作品的影响的，但这可以不必深论，因为那是剧本，而这却是图画。我们借此进了一间穷苦的人家，冰冷，破烂，父亲抱一个孩子,毫无方法的坐在屋角里,母亲是愁苦的,两手支头,在看垂危的儿子,纺车静静的停在她的旁边。

(3)《死亡》(*Tod*)。石刻,原大 22×18cm. 同上的第二幅。还是冰冷的房屋,母亲疲劳得睡去了,父亲还是毫无方法的,然而站立着在沉思他的无法。桌上的烛火尚有余光,"死"却已经近来,伸开他骨出的手,抱住了弱小的孩子。孩子的眼睛张得极大,在凝视我们,他要生存,他至死还在希望人有改革运命的力量。

(4)《商议》(*Beratung*)。石刻,原大 27×17cm. 同上的第三幅。接着前两幅的沉默的忍受和苦恼之后,到这里却现出生存竞争的景象来了。我们只在黑暗中看见一片桌面,一只杯子和两个人,但为的是在商议摔掉被践踏的运命。

(5)《织工队》(*Weberzug*)。铜刻,原大 22×29cm. 同上的第四幅。队伍进向吮取脂膏的工场,手里捏着极可怜的武器,手脸都瘦损,神情也很颓唐,因为向来总饿着肚子。队伍中有女人,也疲惫到不过走得动;这作者所写的大众里,是大抵有女人的。她还背着孩子,却伏在肩头睡去了。

(6)《突击》(*Sturm*)。铜刻,原大 24×29cm. 同上的第五幅。工场的铁门早经锁闭,织工们却想用无力的手和可怜的武器,来破坏这铁门,或者是飞进石子去。女人们在助战,用痉挛的手,从地上挖起石块来。孩子哭了,也许是路上睡着的那一个。这是在六幅之中,人认为最好的一幅,有时用这来证明作者的《织工》,艺术达到怎样的高度的。

(7)《收场》(*Ende*)。铜刻,原大 24×30cm. 同上的第六和末一幅。我们到底又和织工回到他们的家里来,织机默默的停着,旁边躺着两具尸体,伏着一个女人;而门口还在抬进尸体来。这是四十年代,在德国的织工的求生的结局。

(8)《格莱亲》(*Gretchen*)。一八九九年作,石刻;据《画帖》,原大未详。歌德(Goethe)的《浮士德》(*Faust*)有浮士德爱格莱亲,诱与通情,有孕;她在井边,从女友听到邻女被情人所弃,想到自己,于是向圣母供花祷告事。这一幅所写的是这可怜的少女经过极狭的桥上,在水里幻觉的看见自己的将来。她在剧本里,后来是将她和浮士德所生的孩子投在水里淹死,下狱了。原石已破碎。

(9)《断头台边的舞蹈》(*Tanz Um Die Guillotine*)。一九〇一年作,铜刻;据《画帖》,原大未详。是法国大革命时候的一种情景:断头台造起来了,大家围着它,吼着"让我们来跳加尔玛弱儿舞罢!"(Dansons La Carmagnole!)的歌,在跳舞。不是一个,是为了同样的原因而同样的可怕了的一群。周围的破屋,像积叠起来的困苦的峭壁,上面只见一块天。狂暴的人堆的臂膊,恰如净罪的火焰一般,照出来的只有一个阴暗。

(10)《耕夫》(*Die Pflueger*)。原大 31×45cm. 这就是有名的历史的连续画《农民战争》(*Bauernkrieg*)的第一幅。画共七幅,作于一九〇四至〇八年,都是铜刻。现在据以影印的也都是原拓本。"农民战争"是近代德国最大的社会改革运动之一,以一五二四年顷,起于南方,其时农民都在奴隶的状态,被虐于贵族的封建的特权;玛丁·路德既提倡新教,同时也传播了自由主义的福音,农民就觉醒起来,要求废止领主的苛例,发表宣言,还烧教堂,攻地主,扰动及于全国。然而这时路德却反对了,以为这种破坏的行为,大背人道,应该加以镇压,诸侯们于是放手的讨伐,恣行残酷的复仇,到第二年,农民就都失败了,境遇更加悲惨,所以他们后来就称路德为"撒谎博士"。这里刻划出来的是没有太阳的天空之下,两个耕夫在耕地,大约是弟兄,他们套着绳索,拉着犁头,几乎爬着的前进,像牛马一般,令人仿佛看见他们的流汗,听到他们的喘息。后面还该有一个扶犁的妇女,那恐怕总是他们的母亲了。

(11)《凌辱》(*Vergewaltigt*)。同上的第二幅,原大 35×53cm. 男人们的受苦还没有激起变乱,但农妇也遭到可耻的凌辱了;她反缚两手,躺着,下颏向天,不见脸。死了,还是昏着呢,我们不知道。只见一路的野草都被踩躏,显着曾经格斗的样子,较远之处,却站着可爱的小小的葵花。

(12)《磨镰刀》(*Beim Dengeln*)。同上的第三幅,原大 30×30cm. 这里就出现了饱尝苦楚的女人,她的壮大粗糙的手,在用一块磨石,磨快大镰刀的刀锋,她那小小的两眼里,是充满着极顶的憎恶和愤怒。

(13)《圆洞门里的武装》(*Bewaffnung In Einem Gewoelbe*)。同上的第四幅,原大 50×33cm. 大家都在一个阴暗的圆洞门下武装了起来,从狭窄的戈谛克式阶级蜂涌而上:是一大群拚死的农民。光线愈高愈少;奇特的半暗,阴森的人相。

(14)《反抗》(*Losbruch*)。同上的第五幅,原大 51×50cm. 谁都在草地上没命的向前,最先是少年,喝令的却是一个女人,从全体上洋溢着复仇的愤怒。她浑身是力,挥手顿足,不但令人看了就生勇往直前之心,还好像天上的云,也应声裂成片片。她的姿态,是所有名画中最有力量的女性的一个。也如《织工一揆》里一样,女性总是参加着非常的事变,而且极有力,这也就是"这有丈夫气概的妇人"的精神。

(15)《战场》(*Schlachtfeld*)。同上的第六幅,原大 41×53cm. 农民们打败了,他们敌不过官兵。剩在战场上的是什么呢?几乎看不清东西。只在隐约看见尸横遍野的黑夜中,有一个妇人,用风灯照出她一只劳作到满是筋节的手,在触动一个死尸的下巴。光线都集中在这一小块上。这,恐怕正是她的儿子,这处所,恐怕正是她先前扶犁的地方,但现在流着的却不是汗而是鲜血了。

(16)《俘虏》(*Die Gefangenen*)。同上的第七幅,原大 33×42cm. 画里是被捕的孑遗,有赤脚的,有穿木鞋的,都是强有力的汉子,但竟也有儿童,个个反缚两手,禁在绳圈里。他们的运命,是可想而知的了,但各人的神气,有已绝望的,有还是倔强或愤怒的,也有自在沉思的,却不见有什么萎靡或屈服。

（17）《失业》（*Arbeitslosigkeit*）。一九〇九年作，铜刻；据《画帖》，原大 44×54cm. 他现在闲空了，坐在她的床边，思索着——然而什么法子也想不出。那母亲和睡着的孩子们的模样，很美妙而崇高，为作者的作品中所罕见。

（18）《妇人为死亡所捕获》（*Frau Vom Tod Gepackt*），亦名《死和女人》（*Tod Und Weib*）。一九一〇年作，铜刻；据《画帖》，原大未详。"死"从她本身的阴影中出现，由背后来袭击她，将她缠住，反剪了；剩下弱小的孩子，无法叫回他自己的慈爱的母亲。一转眼间，对面就是两界。"死"是世界上最出众的拳师，死亡是现社会最动人的悲剧，而这妇人则是全作品中最伟大的一人。

（19）《母与子》（*Mutter Und Kind*）。制作年代未详，铜刻；据《画帖》，原大 19×13cm. 在《凯绥·珂勒惠支作品集》中所见的百八十二幅中，可指为快乐的不过四五幅，这就是其一。亚斐那留斯以为从特地描写着孩子的呆气的侧脸，用光亮衬托出来之处，颇令人觉得有些忍俊不禁。

（20）《面包！》（*Brot!*）。石刻，制作年代未详，想当在欧洲大战之后；据原拓本，原大 30×28cm. 饥饿的孩子的急切的索食，是最碎裂了做母亲的的心的。这里是孩子们徒然张着悲哀，而热烈地希望着的眼，母亲却只能弯了无力的腰。她的肩膀耸了起来，是在背人饮泣。她背着人，因为肯帮助的和她一样的无力，而有力的是横竖不肯帮助的。她也不愿意给孩子们看见这是剩在她这里的仅有的慈爱。

（21）《德国的孩子们饿着！》（*Deutschlands Kinder Hungern!*）。石刻，制作年代未详，想当在欧洲大战之后；据原拓本，原大 43×29cm. 他们都擎着空碗向人，瘦削的脸上的圆睁的眼睛里，炎炎的燃着如火的热望。谁伸出手来呢？这里无从知道。这原是横幅，一面写着现在作为标题的一句，大约是当时募捐的揭帖。后来印行的，却只存了图画。作者还有一幅石刻，题为《决不再战！》（*Nie Wieder Krieg!*），是略早的石刻，可惜不能搜得；而那时的孩子，存留至今的,则已都成了二十以上的青年,可又将被驱作兵火的粮食了。

一九三六年一月二十八日,鲁迅。

最初印入 1936 年 5 月三闲书屋版《凯绥·珂勒惠支版画选集》;又载同年 8 月 15 日《作家》月刊第 1 卷第 5 号,题作《凯绥·珂勒惠支版画》。

初收拟编书稿《且介亭杂文末编》。

二十九日

日记 晴。午前得诗荃诗稿。明甫来,饭后同访越之。晚河清来并携赠《文学丛刊》六种,即邀之往陶陶居夜饭,并邀胡风,周文二君,广平亦携海婴去。

三十日

日记 昙。午后孔另境来,未见。下午晴。得母亲信附与海婴笺,二十七日发。得欧阳山信并《广东通信》一分。得黄萍荪信并《越风》一本。得『版芸术』一本,六角。晚内山书店送来『漱石全集』(十)一本,一元七角。夜寄烈文信。

三十一日

日记 晴。午后得烈文信并《企鹅岛》一本。得艾芜信并《南行记》一本。得靖华信并译稿一本。得巫少儒,季春舫信。得《世界文库》(八)一本。夜悄吟来并赠《羊》一本,赠以《引玉集》及《故事新编》各一本。

二月

一日

日记 晴。上午寄紫佩信并泉十,祝其五十岁也。午后寄母亲信。复烈文信。复艾芜信。复靖华信并寄书一包。寄善先书三本。寄铭之书二本。下午明甫来。得苏联作家原版印木刻画四十五幅,信一纸,又《苏联[版]画展览会目录》一本。晚张因来。夜蕴如来。三弟来并持来越中朱宅所赠冬笋,鱼干,糟鸡合一篓。

致 宋 琳

紫佩兄:

日前得家信,始知今年为 兄五十大寿,殊出意外,初以为当与我相差十多年也。极欲略备微物,聊申祝意,而南北道远,邮寄不便,且亦未必恰恰合用。今由商务印书馆汇奉十元,乞 兄取出,临时随意自办酒果,以助庆祝之热闹。我以环境,未能北归,遥念旧游之地与多年之友,时觉怅怅。藉此稍达鄙忱,亦万不得已之举,务乞勿却为幸。

专此布达,并颂
春禧

树　顿首　二月一日

致 母 亲

母亲大人膝下,敬禀者,一月二十七日来信,昨已收到。关于房屋,已函托紫佩了,但至今未有回信,不知何故。昨天寄去十元,算是做他五十岁的寿礼,男出外的时候多,事情都不大清楚了,先前还以为紫佩不过四十上下呢。就是善先,在心目中总只记得他是一个十一二岁的小孩子,像七年前男回家时所见的样子,然而已经十八岁了,这真无怪男的头发要花白了。一切朋友和同学,孩子都已二十岁上下,海婴每一看见,知道他是男的朋友的儿子,便奇怪的问道:他为什么会这样大呢?

今天寄出书三本,是送与善先的,收到后请转交。但不知邮寄书籍,是由邮差送到,还须自己去取,有无不便之处,请便中示知。倘有不便,当另设法。

上海并不甚冷,只下过一回微雪,当夜消化了,现已正月底,大约不会再下。男及害马均好,海婴亦好,整日在家里闯祸,不是嚷吵,就是敲破东西,幸而再一礼拜,幼稚园也要开学了,要不然,真是不得了。

专此布达,恭请

金安。

男树 叩上 广平海婴同叩 二月一日

致 黎烈文

烈文先生:

昨晨方寄一函,午后即得惠书并《企鹅岛》一本,谢谢。法朗士之作,精博锋利,而中国人向不注意,服尔德的作品,译出的也很少,大约对于讽刺文学,中国人是其实不大欢迎的。

《故事新编》真是"塞责"的东西,除《铸剑》外,都不免油滑,然而有些文人学士,却又不免头痛,此真所谓"有一利必有一弊",而又"有一弊必有一利"也。

《岩波文库》查已发信去买,但来回总需三礼拜,所以寄到的时候,还当在二十边耳。

专此布复,并颂

春禧。

迅　顿首　二月一日

致 曹靖华

汝珍兄:

一月廿八信并汇款,昨日收到。现在写了一张收条附上,不知合用否?

译稿也收到了。这一类读物,我看是有地方发表的,但有些地方,还得改的隐晦一点,这可由弟动笔,希　兄鉴原。插图以有为是,但俟付印时再说,现在不急。当付印时,也许讲义已印完,或永远不印了。

《死魂灵》是文化生活出版社印的,他们大约在北平还没有接洽好代卖处,所以不寄,普通的代卖处,大抵是卖了不付钱的,我自己印的书,收回本钱都不过十分之二三,有几部还连纸板都被骗去了。

我现在在印 Agin 画的《死魂灵图》,计一百幅,兄前次寄给我的十二幅附在后面,据 Agin 图的序文说,这十二幅是完全的。

现状真无话可说。南北一样。

我们都好的。今天寄上杂志四本,内附我的《故事新编》一本,小玩意而已。

　　专此布复,并颂

春禧。

弟豫　顿首　二月一日

　　再:刚才收到一包木刻,并一信,今将信亦附上,希译示为荷。

一日下午。

二日

　　日记　星期。晴。午后得烈文信。得黄苹荪信。得王弘信附与姚克信。下午张因来。晚河清来。

致 沈雁冰

明甫先生:

　　找人枪替的材料,已经取得,今寄上;但给 S 女士时,似应声明一下:这并不是我写的。

　　专此布达,并颂

春禧

树　顿首　二月二夜。

致 姚 克

莘农先生:

　　不知先生回家度岁否? 因为王君有信来,倘先生在沪,当寄上。

俟示。

此布,并颂

春禧。

迅　顿首　二月二夜

三日

日记　晴。午后费慎祥来并赠鸡卵一合。寄烈文信附与明甫函。寄姚克信。下午得明甫信,即复。得周楞伽信。得增田君信,晚复并寄《故事新编》。

致　沈雁冰

明甫先生:

午后方寄一信,内系材料,挂号托黎先生转交;回至书店,即见二日函。

参观之宾,我无可开,有几个弄木刻的青年,都是莫名其行踪之妙,请帖也难以送达——由它去罢。

那一本印得很漂亮的木刻目录,看了一下,译文颇难懂。而且汉英对照,英文横而右行,汉文直而左行,亦殊觉得颇"缠夹"也。

专此布复,即颂

著安。

迅　上　二月三日

少奶奶皮包已取去。

致 増田渉

拝啓　一月廿八日の御手紙拝見しました。僕らは皆な元気ですが忙しい人もありさわぐ人もあり兎角滅茶苦茶です。

『新文学大系』の事は昨年きゝましたが本屋は一から九まで皆な送りましたと云ふが本当でしょうか？　御一報を待つ。うそだったら又きゝに行く。第十冊目は未出版して居ません。

葉の小説は所謂「身邊瑣事」の様なものが多いから僕はすかない。

『故事新編』は伝説などを書直したもの、つまらないものです。明日老板にたのんで送ります。

『ドの事』は実は三笠書房から、たのまれて、広告用と云ふのだから書いたので、書房から改造社に送ったのです。書く前に僕が解る様に直してくれと頼めば何時もよいよいと云ふが原稿を持って行けばそのまゝ出されて仕舞ふ。こんな事は一度だけでなかった。もうこれから書かない方がよいと思って居ます。

名人との面会もやめる方がよい。野口様の文章は僕の云ふた全体をかいて居ない、書いた部分も発表の為めか、そのまゝ書いて居ない。長与様の文章はもう一層だ。僕は日本の作者と支那の作者との意思は当分の内通ずる事は難しいだろうと思ふ。先づ境遇と生活とは皆な違ひます。

森山様の文章は読みました。林先生の文章は遂に読まなかった、雑誌部に行ってさがしましたが売切かもうない。敝国の田漢君は頗るこの先生に類似して居ると思ひます。田君はつかまへられて放免しこの頃は大に南京政府の為めに（無論、同時に芸術の為めに）活動して居ます。こうしてもかってですが只だ正義も真理も何時も彼れ田君のからだにくついてまわって居ると云ふのだから少しくどうかと思ひます。

『十竹齋箋譜』の進行は中々おそい。二冊目未出来ない。

迅　拜上　二月三日

増田兄几下

四日

日记　昙。上午得紫佩信。得三弟信。午后得巴金信并《死魂灵百图》序目校稿。下午与广平携海婴往巴黎影戏院观《恭喜发财》。

致 巴 金

巴金先生:

校样已看讫,今寄上;其中改动之处还不少,改正后请再给我看一看。

里封面恐怕要排过。中间一幅小图,要制锌板;三个大字要刻起来;范围要扩大(如另作之样子那样),和里面的图画的大小相称。如果里封面和序文,都是另印,不制橡皮版的,那么,我想最好是等图印好了再弄里封面,因为这时候才知道里面的图到底有多少大。

专此布达,并请

撰安。

鲁迅　上　二月四日

五日

日记　昙。午后复三弟信。得明甫信二。得黄士英信。孔另境来。下午雨。买『西洋史新講』一本，五元。蔡女士来并交北新版税百五十，《青年界》稿费六元及小峰信。

六日

日记　昙。午后得姚克信。得烈文信。夜寄丽尼信。

七日

日记　昙。上午内山书店送来『フロオベエル全集』（七）一本，二元八角。寄雪村信并校稿。以王弘信转寄姚克。午后得母亲信，四日发。得徐懋庸信。下午以《文学丛刊》寄文尹，肖山及约夫。晚悄吟来。夜萧军来。雨。

致 黄 源

河清先生：

《译文》事此后未有所闻，想尚无头绪。昨见《出版界》有伍蠡甫先生文半篇，始知伍先生也是此道中人，而卑视纪德，真是彻底之至，《译文》中之旧投稿者，非其伦比者居多。然黎明书局所印，却又多非《译文》可比之书，彼此同器，真太不伦不类，倘每期登载彼局书籍广告，更足令人吃惊。因思《译文》与其污辱而复生，不如先前的光明而死。个人的意见，觉得此路是不通的，未知先生以为何如？

专此布达，并颂

春禧

迅　上　二月七夜。

八日

日记　昙。上午寄河清信。得白薇信。得三弟信。晚蕴如携蕖官来。河清来。得巴金信并校稿。夜三弟来并赠莨菪膏药一张。

九日

日记 星期。晴。上午张因来。午后得紫佩信。得雪石榆信。下午费慎祥来。寄姚克信。晚河清邀饭于宴宾楼,同席九人。得卜成中信。

致 姚 克

莘农先生:

前日挂号寄奉王君信,想已达。

日本在上海演奏者,系西洋音乐,其指挥姓近卫,为禁中侍卫之意,又原是公爵,故误传为宫中古乐,其实非也。

专此布达,并颂

春禧。

迅　顿首　二月九日

十日

日记 晴,风。午后得艾芜信。得靖华信,即复。得黄苹荪信,即复。下午寄萧军小稿二。买『支那法制史論叢』一本,『遗老説伝』一本,共泉五元五角。得叶紫信。夜内山君来。

难答的问题

大约是因为经过了"儿童年"的缘故罢,这几年来,向儿童们说话的刊物多得很，教训呀，指导呀，鼓励呀，劝谕呀，七嘴八舌，如果精力的旺盛不及儿童的人，是看了要头昏的。

最近，二月九日《申报》的《儿童专刊》上，有一篇文章在对儿童讲《武训先生》。它说他是一个乞丐，自己吃臭饭，喝脏水，给人家做苦工，"做得了钱，却把它储起来。只要有人给他钱，甚至他可以跪下来的"。

这并不算什么特别。特别的是他得了钱，却一文也不化，终至于开办了一个学校。

于是这篇《武训先生》的作者提出一个问题来道：

"小朋友！你念了上面的故事，有什么感想？"

我真也极愿意知道小朋友将有怎样的感想。假如念了上面的故事的人，是一个乞丐，或者比乞丐景况还要好，那么，他大约要自愧弗如，或者愤慨于中国少有这样的乞丐。然而小朋友会怎样感想呢，他们恐怕只好圆睁了眼睛，回问作者道：

"大朋友！你讲了上面的故事，是什么意思？"

原载 1936 年 2 月 20 日《海燕》月刊第 2 期。署名何干。
初未收集。

登错的文章

印给少年们看的刊物上，现在往往见有描写岳飞呀，文天祥呀的故事文章。自然，这两位，是给中国人挣面子的，但来做现在的少年们的模范，却似乎迂远一点。

他们俩，一位是文官，一位是武将，倘使少年们受了感动，要来模仿他，他就先得在普通学校卒业之后，或进大学，再应文官考试，或进陆军学校,做到将官,于是武的呢,准备被十二金牌召还,死在牢狱里;文的呢,起兵失败,死在蒙古人的手中。

宋朝怎么样呢? 有历史在,恕不多谈。

不过这两位,却确可以励现任的文官武将,愧前任的降将逃官,我疑心那些故事,原是为办给大人老爷们看的刊物而作的文字,不知怎么一来,却错登在少年读物上面了,要不然,作者是决不至于如此低能的。

原载 1936 年 2 月 20 日《海燕》月刊第 2 期。署名何干。初未收集。

致 曹靖华

汝珍兄:

四日信收到。农陈二兄尚未见过,想还在途中。

那一封信,我看不必回复了,因为并无回话要说。

《译文》有复刊的希望。《远方》也大有发表的可能,所以插画希即寄来,或寄书来,由此处照出,再即奉还亦可。最好能在本月底或下月初能够收到书或照片。

翻印的一批人,现在已给我生活上的影响;这里又有一批人,是印"选本"的,选三四回,便将我的创作都选在他那边出售了。不过现在影响还小,再下去,就得另想生活法。

回忆《坟》的第一篇,是一九〇七年作,到今年足足三十年了,除翻译不算外,写作共有二百万字,颇想集成一部(约十本),印它几百部,以作记念,且于欲得原版的人,也有便当之处。不过此事经费浩大,大约不过空想而已。

我们都好的,可释念。

专此布复,并颂

春禧。

弟豫 上 二月十日

致 黄苹荪

苹荪先生:

三蒙惠书,谨悉种种。但仆为六七年前以自由大同盟关系,由浙江党部率先呈请通缉之人,"会稽乃报仇雪耻之乡",身为越人,未忘斯义,肯在此辈治下,腾其口说哉。奉报先生殷殷之谊,当俟异日耳。

专此布复,即请

撰安

鲁迅 顿首 二月十日

十一日

日记 昙。上午得河清信。午内山君邀往新月亭食鹌鹑,同席为山本实彦君。晚寄明甫信。夜同广平往大光明影戏院观《战地英魂》。

十二日

日记 晴。午后得草明信。得孟十还信。得姚克信。得三弟信。萧军来。下午张因来。晚河清来,夜同往大光明戏院观《铁汉》,广平亦去。

十三日

日记 晴。午后得黄苹荪信。下午陈蜕持来小米一囊,靖华所赠。晚胡风来。夜烈文来,云背痛,以莨菪膏赠之。

十四日

日记 昙。午后得明甫信。得『鍊』一本,作者寄赠。

致 沈雁冰

明甫先生:

十二日信顷收到。所说各节,当分别转问。

关于版画的文章,本想看一看再作,现在如此局促,只好对空策了。发表之处,在二十七以前出版的期刊(二十日),我只知道《海燕》,而是否来得及登载,殊不可知,因为也许现在已经排好。至于日报,那自然来得及,只要不是官办报,我以为那里都可以的。文稿当于二十左右送上,一任先生发落。

现在就觉得"春天来了",未免太早一点——虽然日子也确已长起来。恐怕还是疲劳的缘故罢。

从此以后,是排日=造反了。我看作家协会一定小产,不会像左联,虽镇压,却还有些人剩在地底下的。惟不知想由此走到地面上,而且入于交际社会的作家,如何办法耳。

白戈好像回来了。此复,即请
著安。

树　上　二月十四日

苏联版画目录及说明的译文,简直译得岂有此理,很难解。例如 Monotype,是先用笔墨画在版上,再用纸印,所以虽是版画,

却只有一张的画。那译者在目录上译作"摩诺",在说明里译作
"单型学"。

十五日

日记 晴。上午得郝力群信。得阮善先信。寄明甫信。午后
买日译本『雷雨』一本,二元二角。下午寄母亲信附与善先笺。寄张
莹信。寄明甫信。夜三弟来,饭后并同广平携海婴往大上海影戏院
观《古城末日记》。

致 母 亲

母亲大人膝下,敬禀者,有答善先的一封信附上,请便中转交。

上海这几天暖起来了,我们都很好,男仍忙,但身体却好,可请
勿念。

海婴已上学,不过近地的幼稚园,因为学生少,似乎未免模模糊
糊,不大认真。秋天也许要另换地方的。

紫佩生日,送了十元礼,他写信来客气了一通。

余容后禀,专此,恭请

金安。

男树 叩上 广平海婴同叩 二月十五日

致 阮善先

善先侄:收到第二封来信了,要写几句回信。

《自命不凡》写得锋芒太露,在学校里,是要碰钉子的,况且现在是在开倒车的时候,自然更要被排斥了。

茅盾是《译文》的发起人之一,停刊并不是他弄的鬼,这是北平小报所造的谣言,也许倒是弄鬼的人所造的,你不要相信它。《译文》下月要复刊了,但出版处已经换了一个,茅盾也还是译述人。

小报善造谣言,况且北平离上海远,当然更不会有真相。例如这回寄给我的一方小报,还拿杨邨人的话当圣旨,其实杨在上海,是早不能用真姓名发表文章的了,因为大抵知道他为人三翻四覆,不要看他的文章。

自己一面点电灯,坐火车,吃西餐,一面却骂科学,讲国粹,确是所谓"士大夫"的坏处。印度的甘地,是反英的,他不但不厾英国货,连生起病来,也不用英国药,这才是"言行一致"。但中国的读书人,却往往只讲空话,以自示其不凡了。

迅　二月十五日

致 萧 军

刘军兄:

那三十本小说,两种都卖完了,希再给他们各数十本。

又,各给我五本,此事已托张兄面告,今再提一提而已。

迅　上　十五日

致 蔡元培

子民先生左右:久疏谒候,惟

起居康泰为颂。日友山本君早在东京立改造社，编刊杂志，印行图
籍，致力文术，躲历多年。因曾译印拙作小说，故与相识。顷者来
华，遨游吴会，并渴欲一聆

雅言，藉慰夙愿。以此不揣冒昧，辄为介绍，倘蒙垂青，俾闻謦欬，实
为大幸也。专此布达，敬请

道安。

后学周树人　敬上　二月十五日

十六日

　　日记　星期。晴。午得徐懋庸信。下午张因来。得沈兹九信。
晚悄吟，萧军来。

十七日

　　日记　昙。午后得郑野夫信并《铁马版画》一本，即复。得司徒
乔信，即复。

记苏联版画展览会

　　我记得曾有一个时候，我们很少能够从本国的刊物上，知道一
点苏联的情形。虽是文艺罢，有些可敬的作家和学者们，也如千金
小姐的遇到柏油一样，不但决不沾手，离得还远呢，却已经皱起了鼻
子。近一两年可不同了，自然间或还看见几幅从外国刊物上取来的
讽刺画，但更多的是真心的绍介着建设的成绩，令人抬起头来，看见
飞机，水闸，工人住宅，集体农场，不再专门两眼看地，惦记着破皮鞋
摇头叹气了。这些绍介者，都并非有所谓可怕的政治倾向的人，但

决不幸灾乐祸,因此看得邻人的平和的繁荣,也就非常高兴,并且将这高兴来分给中国人。我以为为中国和苏联两国起见,这现象是极好的,一面是真相为我们所知道,得到了解,一面是不再误解,而且证明了我们中国,确有许多"威武不能屈,贫贱不能移"的必说真话的人们。

但那些绍介,都是文章或照相,今年的版画展览会,却将艺术直接陈列在我们眼前了。作者之中,很有几个是由于作品的复制,姓名已为我们所熟识的,但现在才看到手制的原作,使我们更加觉得亲密。

版画之中,木刻是中国早已发明的,但中途衰退,五年前从新兴起的是取法于欧洲,与古代木刻并无关系。不久,就遭压迫,又缺师资,所以至今不见有特别的进步。我们在这会里才得了极好,极多的模范。首先应该注意的是内战时期,就改革木刻,从此不断的前进的巨匠法复尔斯基(V. Favorsky),和他的一派兑内加(A. Deineka),冈察洛夫(A. Goncharov),叶卡斯托夫(G. Echeistov),毕珂夫(M. Pikov)等,他们在作品里各各表现着真挚的精神,继起者怎样照着导师所指示的道路,却用不同的方法,使我们知道只要内容相同,方法不妨各异,而依傍和模仿,决不能产生真艺术。

兑内加和叶卡斯托夫的作品,是中国未曾绍介过的,可惜这里也很少;和法复尔斯基接近的保夫理诺夫(P. Pavlinov)的木刻,我们只见过一幅,现在却弥补了这缺憾了。

克拉甫兼珂(A. Kravchenko)的木刻能够幸而寄到中国,翻印绍介了的也只有一幅,到现在大家才看见他更多的原作。他的浪漫的色彩,会鼓动我们的青年的热情,而注意于背景和细致的表现,也将使观者得到裨益。我们的绘画,从宋以来就盛行"写意",两点是眼,不知是长是圆,一画是鸟,不知是鹰是燕,竞尚高简,变成空虚,这弊病还常见于现在的青年木刻家的作品里,克拉甫兼珂的新作《尼泊尔建造》(*Dneprostroy*),是惊起这种懒惰的空想的警钟。至于毕斯凯莱夫(N. Piskarev),则恐怕是最先绍介到中国来的木刻家。他的四幅《铁流》的插画,早为许多青年读者所欣赏,现在才又见了《安娜·加里尼娜》的插画，——他的刻法的别一端。

这里又有密德罗辛（D. Mitrokhin），希仁斯基（L. Khizhinsky），莫察罗夫（S. Mochalov），都曾为中国豫先所知道，以及许多第一次看见的艺术家，是从十月革命前已经有名，以至生于二十世纪初的青年艺术家的作品，都在向我们说明通力合作，进向平和的建设的道路。别的作者和作品，展览会的说明书上各有简要说明，而且临末还揭出了全体的要点："一般的社会主义的内容和对于现实主义的根本的努力"，在这里也无须我赘说了。

但我们还有应当注意的，是其中有乌克兰，乔其亚，白俄罗斯的艺术家的作品，我想，倘没有十月革命，这些作品是不但不能和我们见面，也未必会得出现的。

现在，二百余幅的作品，是已经灿烂的一同出现于上海了。单就版画而论，使我们看起来，它不像法国木刻的多为纤美，也不像德国木刻的多为豪放；然而它真挚，却非固执，美丽，却非淫艳，愉快，却非狂欢，有力，却非粗暴；但又不是静止的，它令人觉得一种震动——这震动，恰如用坚实的步法，一步一步，踏着坚实的广大的黑土进向建设的路的大队友军的足音。

　　附记：会中的版画，计有五种。一木刻，一胶刻（目录译作"油布刻"，颇怪），看名目自明。两种是用强水浸蚀铜版和石版而成的，译作"铜刻"和"石刻"固可，或如目录，译作"蚀刻"和"石印"亦无不可。还有一种 Monotype，是在版上作画，再用纸印，所以虽是版画，却只一幅的东西，我想只好译作"独幅版画"。会中的说明书上译作"摩诺"，还不过等于不译，有时译为"单型学"，却未免比不译更难懂了。其实，那不提撰人的说明，是非常简而得要的，可惜译得很费解，如果有人改译一遍，即使在闭会之后，对于留心版画的人也还是很有用处的。

　　　　　　　　　　　　　　　　　　　　　　二月十七日。

原载 1936 年 2 月 24 日《申报》。

初收拟编书稿《且介亭杂文末编》。

致 郑野夫

野夫先生：

顷收到来信并《铁马版画》一本，谢谢！《卖盐》也早收到，因为杂事多，一搁下，便忘记奉复了，非常抱歉。近一年多，在做别的琐事，木刻久未留心，连搜集了几十幅木刻，也还未能绍介。不过也时时看见，觉得木刻之在中国，虽然已颇流行，却不见进步，有些作品，其实是不该印出来的，而个人的专集，尤常有充数之作。所以我想，倘有一个团体，大范围的组织起来，严选作品，出一期刊，实为必要而且有益。我希望铁马社能够做这工作。

二十日起，上海要开苏联版画展览会，其中木刻不少（会址现在还不知道，那时会有广告的），于中国木刻家大有益处，我希望先生和朋友们去看看。 专此布复，即颂

春禧

迅 上 二月十七日

致 徐懋庸

请转

徐先生：

来信收到。近来在做一点零碎事，并等候一个朋友，预先约好了怕临时会爽约，且过一个礼拜再看罢。

《铸剑》的出典，现在完全忘记了，只记得原文大约二三百字，我

58

是只给铺排,没有改动的。也许是见于唐宋类书或地理志上(那里的"三王冢"条下),不过简直没法查。

先生的对于《故事新编》的批评,我极愿意看。邱先生的批评,见过了,他是曲解之后,做了搭题,比太阳社时代毫无长进。

专此奉复,并颂
春禧。

迅　上　十七夜。

致 孟十还

十还先生:

从三郎太太口头,知道您颇喜欢精印本《引玉集》,大有"爱不忍释"之概。尝闻"红粉赠佳人,宝剑赠壮士",那么,好书当然该赠书呆子。寓里尚有一本,现在特以奉赠,作为"孟氏藏书",待到五十世纪,定与拙译《死魂灵》,都成为希世之宝也。

专此布达,并颂
春禧。

迅　上　二月十七日

十八日

日记　昙。上午复徐懋庸信。得三弟信,下午复。寄烈文信附与明甫笺并稿一。寄孟十还信并精装《引玉集》一本。

致 沈雁冰

明甫先生:

新八股已经做好,奉呈。那一段"附记",专为中国读者而说,翻译起来是应该删去的。

稿件已分别托出。但胡风问：这文章是写给什么人看的？——中国人呢，外国人？我想：这一点于做法有关系，但因为没有确知在那里发表，所以未曾确答他。

专此布达，并颂

著安。

树　上　二月十八日

十九日

日记　小雨。午后得夏传经信，即复。得陈光尧信并诗，即复。得李基信。买『支那文学概说』一本，一元七角。夜同广平往大光明影戏院观《陈查礼之秘密》。雨雪。

致 夏传经

传经先生：

蒙惠函谨悉。《竖琴》的前记，是被官办的检查处删去的，去年上海有这么一个机关，专司秘密压迫言论，出版之书，无不遭其暗中残杀，直到杜重远的《新生》事件，被日本所指摘，这才暗暗撤消。《野草》的序文，想亦如此，我曾向书店说过几次，终于不补。

《高尔基文集》非我所译，系书店乱登广告，此书不久当有好译本出版，颇可观。《艺术论》等久不印，无从购买。我所译著的书，别纸录上，凡编译的，惟《引玉集》，《小约翰》，《死魂灵》三种尚佳，别的皆较旧，失了时效，或不足观，其实是不必看的。

关于研究文学的事，真是头绪纷繁，无从说起；外国文却非精通不可，至少一国，英法德日都可，俄更好。这并不难，青年记性好，日记生字数个,常常看书,不要间断,积四五年,一定能到看书的程度的。

经历一多,便能从前因而知后果,我的预测时时有验,只不过由此一端,但近来文网日益,虽有所感,也不能和读者相见了。

匆此奉复,并颂

春禧

迅　上　二月十九夜。

作　坟　两地书(信札)^{以上北新}　南腔北调集　准风月谈^{以上内山}

故事新编^{昆明路德安里二十号文化生活出版社}

编　小说旧闻钞　唐宋传奇集^{以上联华}　引玉集(苏联木刻)^{内山}

译　壁下译丛　思想·山水·人物　近世美术史潮论
　　(已旧)　　(同上)　　　　　　(太专)

一个青年的梦　工人绥惠略夫^{以上北新}　桃色的云
(绝版)　　　　(同上)　　　　　　　(尚可)

小约翰^{以上生活}　俄罗斯的童话　死魂灵^{以上文化}　十月^{神州国光社}
(好)　　　　　(尚可)　　　　(好)　　　　　(尚可)

爱罗先珂童话集^{商务印书馆}
(浅)

卢氏艺术论　新兴艺术的诸问题　普氏艺术论　文艺与批评

文艺政策^{以上皆被禁止或绝版,无从购买。}

致 陈光尧

光尧先生:

两蒙惠书,谨悉一切。先生辛勤之业,闻之已久,夙所钦佩。惟

于简字一道,未尝留心,故虽惊于浩汗,而莫赞一辞,非不愿,实不能
也。敢布下怀,诸希
谅察为幸。

　　专此奉复,顺请
撰安。

鲁迅　上　二月十九日

　　二十日

　　日记　昙。午后寄章雪村信。得曹聚仁信,即复。得叶之林
信,即复。得郝力群信并《拓荒》第一期。得中苏文化协会信。得王
冶秋信。得陈蜕信。下午买『斗牛士』一本,一元七角。夜河清来并
赠蛋糕二合。

　　二十一日

　　日记　昙。上午得靖华信并《远方》原书一本。得曹聚仁信,即
复。得徐懋庸信,即复。午后张因来。萧军来。下午得明甫信。赵
家璧赠书四种。晚吴朗西来并赠四川糟蛋一罐。夜雨。

致 曹聚仁

聚仁先生:

　　奉惠函后,记得昨曾答复一信,顷又得十九日手书,蒙以详情见
告。我看这不过是一点小事情,一过也就罢了。

　　我不会误会先生。自己年纪大了,但也曾年青过,所以明白青
年的不顾前后,激烈的热情,也了解中年的怀着同情,却又不能不有

所顾虑的苦心孤诣。现在的许多论客,多说我会发脾气,其实我觉得自己倒是从来没有因为一点小事情,就成友或成仇的人。我还不少几十年的老朋友,要点就在彼此略小节而取其大。

《海燕》虽然是文艺刊物,但我看前途的荆棘是很多的,大原因并不在内容,而在作者。说内容没有什么,就可以平安,那是不能求之于现在的中国的事。其实,捕房的特别注意这刊物,是大有可笑的理由的。

专此奉复,并颂

著安。

迅 上 二月二十一日

别一笺乞转交。

致 徐懋庸

徐先生:

十九日信收到。那一回发信后,也看见先生的文章了,我并不赞成。我以为那弊病也在视小说为非斥人则自况的老看法。小说也如绘画一样,有模特儿,我从来不用某一整个,但一肢一节,总不免和某一个相似,倘使无一和活人相似处,即非具象化了的作品,而邱先生却用抽象的封皮,把《出关》封闭了。关于这些事,说起来话长,我将来也许写出一点意见。

那《出关》,其实是我对于老子思想的批评,结末的关尹喜的几句话,是作者的本意,这种"大而无当"的思想家,是不中用的,我对于他并无同情,描写上也加以漫画化,将他送出去。现在反使"热情的青年"看得寂寞,这是我的失败。但《大公报》的一点介绍,他是看出了作者的用意的。

我当于二十八日（星期五）午后二时，等在书店里。

专此布复，即颂

时绥。

迅　上　二月二十一日

二十二日

日记　雨。上午得孟十还信。得烈文信，午后复。寄河清信。下午买『近世錦絵世相史』（四）一本，四元二角。夜蕴如携阿玉来。三弟来。

致　黄　源

河清先生：

靖华稿已看毕，昨午托胡风转交。下午即收到原本，内有插图十七幅，因原本即须寄还，晚间吴朗西适见访，因即托其制版，约下星期一将样张交下，而版则仍放在他那里，直接交与先生。

所以那译稿不如迟几天付印，以便将插图同时排入，免得周折，因为有几幅是并非单张，而像《表》的插画一样，要排在文章里的。

专此布达，即颂

著安。

迅　上　二月廿二日

二十三日

日记　星期。昙。上午同广平携海婴往青年会观苏联版画展览会，定木刻三枚，共美金二十。下午得姚克信。买『文芸学の発展と批判』一本，泉二元。晩寄河清信。寄蕭軍信。收罗清楨所寄木刻十幅。夜蕭軍，悄吟来。为改造社作文一篇，三千字。不睡至曙。

私は人をだましたい

　くたびれて仕方がないときに、偶々現世を超出した作者を感心して模倣して見る。併し駄目だ。超然たる心は貝の如くそとに殻がなければならない。その上清い水も必要である。浅間山のそばには宿屋ならあるに違ひないが、象牙の塔を建てる人はないだらうと思ふ。

　心の暫時の平安を求むる為めに、窮余の一策として自分は、近頃別な方法を案出した。それは人をだますことである。

　昨年の秋か冬、日本の水兵が闇北で暗殺された。たゞちに引越す人が沢山出来、自動車賃等は何倍も高くなつた。引越すのは勿論支那の人で外国人は道側に立つて面白く見て居た。自分も時々見に行つたのである。夜になると非常にしんとして静になつて仕舞ふ。食物を売ろ行商人もなく、只時に遠い処から狗の吠声が伝つて来る。併し二三日たつと転居を禁止したらしい。巡査は一生懸命に荷物を引張つて行く荷車屋や人力車屋をなぐり、日本の新聞も支那の新聞も異口同声に転居したものに「愚民」と云ふ肩書をあたへた。詰り実は天下太平で、只てんな「愚民」がある為めに頗る良かつた天下も騒騒しくなつたのである。

　自分は始めから動かないで「愚民」の群に加入しなかつた。併しそれは智慧のある為めでなくなまけた為めである。五年前の正月の××——日本の方は「事変」の云ふのをすくらしい——の火線下に陥つたこともあり、さうしてとくから自由を奪はれ、その自由を奪つた権力者はそれを持つて空中へ飛び上つたから何処へ行つても同じ事だ。支那の人民は疑ひ深い。どの国の人もそれを可笑しい缺点として指摘して居る。併し疑ふ事は缺点でない。始終疑つて断案を下さないのは缺点である。自分は支那人であるから良くその秘密を知つて居る。実は断案を下して居るのである。即ちその断案と云ふのは矢張りとても信用が出来ん。而して事実は大抵その断案の確かである事を証明するのであつた。支那の人は自分の疑ひ深いてとを疑はない。だから自分は引越さなかつたのも、天下太平の確信がある為でなく、詰りどつちにしても危ない為だからだ。五年前の新聞を見て、小供の××の数の多いことと、××の交換のないてとに就いて、今でも思出すと非常に悲痛するのである。

　転居者をいぢめ車屋をなぐる位はまだ極小さいことである。支那の人民は常にその血で権力者の手を洗ひ、又綺麗な人間にならせるのであるが、今度はこの位ですむのだから、まづ非常に結構なことであつた。

　併し私は皆なが引越して居る最中、始終道側に立つて見物したり、或は内に居て世界文学史などを読む気にもならなかつた。気晴しに遠い処へ活動写真を見に行く。其処へ行くと天下太平だ、即ち皆なが引越して行く処である。入口へ這入らうと思ふと十二三歳の女の子につかまへられた。小学生が水災の義捐金を募集して居るのであつて、寒さの為めに鼻までも赤くなつて居る。こまかい金がないと云へば非常な失望を目で表はした。気の毒だと思つて、活動写真館の中へ連れ込んで切符を買つてから、一圓を渡すと今度は非常に悦んで「汝は善い人だ」とほめて受取を書いてくれた。その受取を持てばもう何処へ行つても再度義捐金を出す必要がない。こゝに於いて私、即ち「善い人」も気が晴々となつて悦んで中へ這入つて仕舞つた。

　何の活動写真を見たか、今はもうちつともおぼえて居ない。兎に角或る英国人が祖国の為めに印度の残酷な酋長を征服し、或は或る米国人が亜非利加に行つて金持になり非常な別嬪と結婚する、位ゐなものであつたと思ふ。それで暫くの時間をつぶし、晩方になつて家へ帰つて又しんとした環境に這入り込んだ。遠い処から犬の吠声が聞こえて来る。女の子の満足した表情の顔が又目の前に浮き出して、良いてとしたと感ずるが、併し直ちに気持が悪くなつて、石鹸か何かを食つた様になつた。

　成る程二三年前に大変な水害があつた。その大水は日本のとは違つて何ケ月も半年もひかない。併し自分は又知つて居る。支那に水利局と云ふ機関があつて、毎年人民から税金を取つて何かやつて居るのである。併し反つてこんな大水が出て来た。自分は又知つて居る。或る団体が演劇をして金を集めたが、結局二十何圓しかなかつたから役所が怒つて取らなかつた。水害の為めの受難の人民が群がつて安全な処へ来ると、治安が危ないと云つて機関銃で追払つたことさへも聞いた。もう皆な死んで仕舞つたのだらう。併し小供らは知らない。まだ死人の為めの生活費を一生懸命に募集し、集らなければ失望し、手に這入れば悦ぶ、併し実は一圓位ゐは水利局の役人の一日のた・ば・こ・代にもならないのである。併し自分はそれを知つて居ながら、あだかも本当に金が災民の手に行くことを信ずる様に一圓を出した。実はこの天真爛漫な子供の悦びを買つたのである。私は人々の失望する有様を見ることをすかない。

　若し我が八十歳の母上が、天国があるかと問はれたら、私は躊躇することなく有ると答へるだらう。

　併しその日の後の気持は悪るかつた。子供は年寄と違つてだましては良くないと考へたかららしい。公開状を書いて自分の心持を打明け、誤解をとく様にしようかとも思つたが、どうせ発表する処があるまいと思つたから中止した。時はもう夜中十二時である。表へ出て見た。

　もう人影も見えない。只一軒の家の簷下に一人のワンタン売りが居て、二人の巡査と話して居る。平日にはさう見かけない特別に貧乏なワンタン屋で、材料が沢山残つて居るから商売の無かつたことがぢきわかる。二十銭を出し二杯を買つて妻と二人で食べた。少々もうからせるつもりである。

　荘子は言うたことがある。「乾いた轍中の鮒は相互に唾沫をつけ湿気でぬらす」と。併し彼は又云ふ、「寧ろ江湖に居て相互に忘れた方がよい」と。

　悲しいことは我々は相互に忘れることは出来ない。而して自分は愈々人をだますことを盛んにやりだした、そのだます学問を卒業しなければ、或はよさなければ、圓満な文章は書けないのであらう。

　併し不幸にしてどつちもつかない内に、山本社長と遇つた。何か書けと云はれたから礼儀上「はい」と答へた。「はい」と云うたから書いて失望させない様にしなければならない様になつたが、詰る処矢張り人だましの文章である。

　こんなものを書くにも大変良い気持でもない。云ひたいことは随分有るけれども「日支親善」のもつと進んだ日を待たなければならない。遠からず支那では排日即ち国賊、と云ふのに共産党か排日のスロガンを利用して支那を滅亡させるのだと云つて、あらゆる処の断頭臺上にも×××を仄して見せる程の親善になるだらうが、併しかうなつてもまだ本当の心の見える時ではない。

　自分一人の杞憂かも知らないが、相互に本当の心が見え了解するには、筆、口、或は宗教家の所謂る涙で目を清すと云ふ様な便利な方法が出来れば無論大に良いことだが、併し恐らく斯る事は世

の中に少ないだらう。悲しいことである。出鱈目のものを書き
ながら熱心な読者に対してすまなくも思つた。

終りに臨んで血で個人の予感を書添へて御礼とします。

原载 1936 年日本《改造》月刊 4 月号。
初未收集。

致 萧 军

刘兄：

义军的事情，急于应用，等通信恐怕来不及，所以请你把过去二三年中的经过（用回忆记的形式就好），撮要述给他们，愈快愈好，可先写给一二千字，余续写。

见胡风时，望转告：那一篇文章，是写给外国人看的，只记事，不发议论，二三千字就够，但要快。

迅　上　二月二十三日

二十四日

日记　昙。午山本实彦君赠烟卷十二合，并邀至新亚午餐，同席九人。铭之来。下午得曹聚仁信。寄夏传经信并书四本。夜河清来。

致 夏传经

传经先生：

日前匆复一函，想已达。顷偶翻书箱，见有三种存书，为先生所

缺,因系自著,毫无用处,不过以饱蟫蠹,又《竖琴》近出第四版,以文网稍疏,书店已将序文补入,送来一册,自亦无用,已于上午托书店寄上,谨以奉赠。此在我皆无用之物,毫无所损,务乞勿将书款寄下,至祷至祷。

专此布达,并颂

时绥。

迅　上　二月二十四日

二十五日

日记　微雪。上午静农来并赠桂花酸梅卤四瓶,代买果脯十五合。午后胡风来。夜赠内山,镰田,长谷川果脯各三合。同广平往融光戏院观《土宫秘密》。译《死魂灵》第二部起。

二十六日

日记　昙,午后晴。得陈光尧信。得马子华信。得三弟信。晚萧军,悄吟来。

二十七日

日记　昙。午后得黎煜夏信,即复。得孟十还信。下午访张因。晚得三月份『版艺术』一本,六角。

二十八日

日记　昙。上午同广平往须藤医院诊。午后得黄苹荪信。晚吴朗西来并付《故事新编》等版税泉二百五十八元。

二十九日

日记　晴。午后得汪金门来信并纸。得钦文信并稿。得夏传经信并陈森《梅花梦》一部二本。得靖华信,即复,并寄杂志二包。得杨霁云信,即复,并寄《故事新编》一本。下午李太太持来小峰信并版税泉百五十,即付印证千五百。蕴如携阿菩来。晚河清来。得明甫信。夜三弟来。

致 曹靖华

汝珍兄:

二十五日信收到。报及书早到,书已制版,今日并各种杂志共二包,已托书店寄上。

《海燕》已以重罪被禁止,续出与否不一定。一到此境,假好人露真相,代售处赖钱,真是百感交集。同被禁止者有二十余种之多,略有生气的刊物,几乎灭尽了;德政岂但北方而已哉!

文人学士之种种会,亦无生气,要名声,又怕迫压,那能做出事来。我不加入任何一种,似有人说我破坏统一,亦随其便。

《远方》已交与《译文》,稍触目处皆改掉,想可无事,但当此施行德政之秋,也很难说,只得听之。我在译《死魂灵》第二部,很难,但比第一部无趣。

陈、静二兄皆已见过,陈有小说十本,嘱寄兄寓,日内当寄上,请暂存,他归后去取也。

专此布达,即请

春安。

弟豫　顿首　二月廿九日

致 杨霁云

霁云先生：

顷接来函并文稿，甚欣甚慰。《海燕》系我们几个人自办，但现已以"共"字罪被禁，续刊与否未可知，大稿且存敝寓，以俟将来。此次所禁者计二十余种，稍有生气之刊物，一网打尽矣。

靖节先生不但有妾，而且有奴，奴在当时，实生财之具，纵使陶公不事生产，但有人送酒，亦尚非孤寂人也。

上月印《故事新编》一本，游戏之作居多，已托书店寄上一本，以博一粲耳。

专此布复，并颂

时绥。

迅　顿首　二月二十九日

本月

"三十年集"编目二种

一

人海杂言
{
1. 坟 300　野草 100　呐喊 250

二六万〇〇〇〇

2. 彷徨 250　故事新编 130　朝华夕拾 140　热风 120

二五，五〇〇〇

3. 华盖集 190　华盖集续编 263　而已集 215

二五，〇〇〇〇
}

荆天丛草 {
 4. 三闲集 210 二心集 304 南腔北调集 251

              二八，〇〇〇〇

 5. 伪自由书 218 准风月谈 265 集外集 160

              二四，〇〇〇〇

 6. 花边文学 且介居杂文 二集

说林偶得 {
 7. 中国小说史略 372 古小说钩沉上

 8. 古小说钩沉下

 9. 唐宋传奇集 400 小说旧闻钞 160

              二二，〇〇〇〇

 10. 两地书

二

一 坟 300 呐喊 250

二 彷徨 250 野草 100 朝华夕拾 140 故事新编 130

三 热风 120 华盖集 190 华盖集续编 260

四 而已集 215 三闲集 210 二心集 304

五 南腔北调集 250 伪自由书 218 准风月谈 265

六 花边文学 且介居杂文 且介居杂文二集

七 两地书 集外集 集外集拾遗

八 中国小说史略 400 小说旧闻钞 160

九 古小说钩沉

十 起信三书 唐宋传奇集

未另发表。据手稿编入。

初未收集。

73

三月

一日

日记　星期。晴。上午寄须藤先生信。下午寄汪金门字一幅。

二日

日记　昙。午后得 Paul Ettinger 信并木刻《少年哥德像》(Favorsky),《古物广告》(Anatole Suvorov),《波斯诗人哈斐支诗集首叶》(T. Pikov)各一幅。得夏传经信。下午骤患气喘,即请须藤先生来诊,注射一针。晚哨[悄]吟来。萧军来。夜得内山君信并药。

三日

日记　昙。上午得尤炳圻信。午萧军来。午后胡风来。下午须藤先生来诊。

四日

日记　昙。上午内山书店送来『世界文艺大辞书』(二)一本,五元五角。午后悄吟及萧军来。须藤先生来诊。下午得楼炜春信,夜复。复尤炳圻信。

致 楼炜春

炜春先生:

　　来示敬悉。《门外文谈》系几个青年得了我的同意之后,编印起来的,版税大约是以作印行关于新文字的刊物之用,应由他们收取,与我已无关系。

所以天马对于我的负债,其实只有《选集》的二百元,不过我与书店,不喜欢有股东关系,现在既由 兄及友人复业,我可负责的说,非书局将来宽裕自动的付还,我决不催索,那么,目前也可以不算在债务里面了。天马在中途似颇有不可信之处,现既从新改组,我是决不来作梗的。

专此布复,即颂
时绥。

迅 顿首 三月四夜。

致 尤炳圻

日本国民性,的确很好,但最大的天惠,是未受蒙古之侵入;我们生于大陆,早营农业,遂历受游牧民族之害,历史上满是血痕,却竟支撑以至今日,其实是伟大的。但我们还要揭发自己的缺点,这是意在复兴,在改善……内山氏的书,是别一种目的,他所举种种,在未曾揭出之前,我们自己是不觉得的,所以有趣,但倘以此自足,却有害。

录自尤炳圻《一个日本人的中国观·译者附记》一文。
系残简。

五日

日记 晴。上午得申报馆信并稿费十元。得刘岘信并木刻十枚。

六日

日记　昙。上午得河清信。得孟十还信。得杨霁云信。得曹聚仁信。得宋紫佩信并《旧都文物略》一本。内山书店送来『漱石全集』（一）一本，一元七角。午三弟来。午后孔另境来并赠胜山菊花一瓶、越酒一罂。须藤先生来诊。

七日

日记　晴。上午得 P. Ettinger 信。得明甫信，即复。得曹聚仁信，即复。得杨晋豪片，即复。下午张因来。烈文来。晚蕴如携蕖官来。夜三弟来。河清来。

致 沈雁冰

明甫先生：

五日信收到。前一信也收到了。

礼拜一日，因为到一个冷房子里去找书，不小心，中寒而大气喘，几乎卒倒，由注射治愈，至今还不能下楼梯。

S 那里现在不能去，因为不能走动。倘非谈不可，那么，她到寓里来，怎样？

专此布复，即请

撰安。

树　顿首　三月七日

致 曹聚仁

倘能暂时居乡,本为夙愿;但他乡不熟悉,故乡又不能归去。自前数年"卢布说"流行以来,连亲友竟亦有相信者,开口借钱,少则数百,时或五千;倘暂归,彼辈必以为将买肥田,建大厦,辇卢荣归矣。万一被绑票,索价必大,而又无法可赎,则将撕票也必矣,岂不冤哉。

录自 1936 年 10 月 25 日《申报周刊》第 1 卷第 42 期曹聚仁作《鲁迅先生》一文。系残简。

八日

日记 星期。晴,风。上午内山君来访并赠花二盆,未见。书店送来『フロオベエル全集』(六),『チェーホフ全集』(十五)各一本,共泉五元六角。下午寄河清信并杂稿。萧军来。须藤先生来诊,云已渐愈。得和森信。

《译文》复刊词

先来引几句古书,——也许记的不真确,——庄子曰:"涸辙之鲋,相濡以沫,相煦以湿,——不若相忘于江湖。"

《译文》就在一九三四年九月中,在这样的状态之下出世的。那时候,鸿篇巨制如《世界文学》和《世界文库》之类,还没有诞生,所以在这青黄不接之际,大约可以说是仿佛戈壁中的绿洲,几个人偷点余暇,译些短文,彼此看看,倘有读者,也大家看看,自寻一点乐趣,也希望或者有一点益处,——但自然,这决不是江湖之大。

不过这与世无争的小小的期刊，终于不能不在去年九月，以"终刊号"和大家告别了。虽然不过野花小草，但曾经费过不少移栽灌溉之力，当然不免私心以为可惜的。然而竟也得了勇气和慰安：这是许多读者用了笔和舌，对于《译文》的凭吊。

我们知道感谢，我们知道自勉。

我们也不断的希望复刊。但那时风传的关于终刊的原因：是折本。出版家虽然大抵是"传播文化"的，而"折本"却是"传播文化"的致命伤，所以荏苒半年，简直死得无药可救。直到今年，折本说这才起了动摇，得到再造的运会，再和大家相见了。

内容仍如创刊时候的《前记》里所说一样：原料没有限制；门类也没有固定；文字之外多加图画，也有和文字有关系的，意在助趣，也有和文字没有关系的，那就算是我们贡献给读者的一点小意思。

这一回，将来的运命如何呢？我们不知道。但今年文坛的情形突变，已在宣扬宽容和大度了，我们真希望在这宽容和大度的文坛里，《译文》也能够托庇比较的长生。

三月八日。

原载 1936 年 3 月 16 日《译文》月刊新 1 卷第 1 期。未署名。

初收拟编书稿《且介亭杂文末编》。

《死魂灵百图》

平装	一元二角
精	二元四角

果戈理的《死魂灵》一书，早已成为世界文学的典型作品，各国

均有译本。汉译本出,读书界因之受一震动,顿时风行,其魅力之大可见。此书原有插图三种,以阿庚所作的《死魂灵百图》为最有名,因其不尚夸张,一味写实,故为批评家所赞赏。惜久已绝版,虽由俄国收藏家视之,亦已为不易入手的珍籍。三闲书屋曾于去年获得一部,不欲自秘,商请文化生活出版社协助,全部用平面复写版精印,纸墨皆良。并收梭诃罗夫所作插画十二幅附于卷末,以集《死魂灵》画像之大成。读者于读译本时,并翻此册,则果戈理时代的俄国中流社会情状,历历如在目前,介绍名作兼及如此多数的插图,在中国实为空前之举。但只印一千本,且难再版,主意非在贸利,定价竭力从廉。精装本所用纸张极佳,故贵至一倍,且只有一百五十本发售,是特供图书馆和佳本爱好者藏庋的,订购似乎尤应从速也。

原载 1936 年 3 月 16 日《译文》月刊新 1 卷第 1 期。
初未收集。

《死魂灵》第二部第一章译者附记

果戈理(N. Gogol)的《死魂灵》第一部,中国已有译本,这里无需多说了。其实,只要第一部也就足够,以后的两部——《炼狱》和《天堂》已不是作者的力量所能达到了。果然,第二部完成后,他竟连自己也不相信了自己,在临终前烧掉,世上就只剩了残存的五章,描写出来的人物,积极者偏远逊于没落者:这在讽刺作家果戈理,真是无可奈何的事。现在所用的底本,仍是德人 Otto Buek 译编的全集;第一章开首之处,借田退德尼科夫的童年景况,叙述着作者所理想的教育法,那反对教师无端使劲,像填鸭似的来硬塞学生,固然并不错,但对于环境,不想改革,只求适应,却和十多年前,中国有一些教育家,主张学校应该教授看假洋,写呈文,做挽对春联之类的意见,不相上下的。

原载 1936 年 3 月《译文》月刊新 1 卷第 1 期。
初未收集。

九日

日记 晴。下午明甫来。得增田君信。得曹聚仁信。得黄苹荪信。晚蕴如来。夜三弟来。悄吟及萧军来。

致 黄 源

河清先生:

昨晚寄出《复刊词》稿等三种,不知已到否?

《死灵魂》原稿如可收回,乞每期掷还,因为将来用此来印全本,比从《译文》上拆出简便,而且不必虑第一次排字之或有错误也。

专此布达,并请

撰安。

迅 上 三月九日

十日

日记 晴。上午寄靖华书报二包。得齐涵之信。得杨晋豪信。得许光希信,即复。下午寄阿芷信。收《现代版画》(十六)一本。

《亚历克舍夫木刻城与年之图》小引

一九三四年一月二十之夜，作《引玉集》的《后记》时，曾经引用一个木刻家为中国人而写的自传——

"亚历克舍夫（Nikolai Vasilievich Alekseev）。线画美术家。一八九四年生于丹堡（Tambovsky）省的莫尔襄斯克（Morshansk）城。一九一七年毕业于列宁格勒美术学院之复写科。一九一八年开始印作品。现工作于列宁格勒诸出版所：'大学院'，'Gihl'（国家文艺出版部）和'作家出版所'。

主要作品：陀思妥夫斯基的《博徒》，斐定的《城与年》，高尔基的《母亲》。

七，三〇，一九三三。亚历克舍夫。"

这之后，是我的几句叙述——

"亚历克舍夫的作品，我这里有《母亲》和《城与年》的全部，前者中国已有沈端先君的译本，因此全都收入了；后者也是一部巨制，以后也许会有译本的罢，姑且留下，以俟将来。"

但到第二年，捷克京城的德文报上绍介《引玉集》的时候，他的名姓上面，已经加着"亡故"二字了。

我颇出于意外，又很觉得悲哀。自然，和我们的文艺有一段因缘的人的不幸，我们是要悲哀的。

今年二月，上海开"苏联版画展览会"，里面不见他的木刻。一看《自传》，就知道他仅仅活了四十岁，工作不到二十年，当然也还不是一个名家，然而在短促的光阴中，已经刻了三种大著的插画，且将两种都寄给中国，一种虽然早经发表，而一种却还在我的手里，没有传给爱好艺术的青年，——这也该算是一种不小的怠慢。

斐定（Konstantin Fedin）的《城与年》至今还不见有人翻译。恰巧，曹靖华君所作的概略却寄到了。我不想袖手来等待。便将原拓木刻全部，不加删削，和概略合印为一本，以供读者的赏鉴，以尽自己的责任，以作我们的尼古拉·亚历克舍夫君的纪念。

自然，和我们的文艺有一段因缘的人，我们是要纪念的！

一九三六年三月十日扶病记。

未另发表。

初收拟编书稿《集外集拾遗》。

十一日

日记　雨。晚悄吟及萧军来。夜朗西来。得夏传经信。复杨晋豪信。寄三弟信。濯足。为白莽诗集《孩儿塔》作序。

白莽作《孩儿塔》序

春天去了一大半了，还是冷；加上整天的下雨，淅淅沥沥，深夜独坐，听得令人有些凄凉，也因为午后得到一封远道寄来的信，要我给白莽的遗诗写一点序文之类；那信的开首说道："我的亡友白莽，恐怕你是知道的罢。……"——这就使我更加惆怅。

说起白莽来，——不错，我知道的。四年之前，我曾经写过一篇《为忘却的记念》，要将他们忘却。他们就义了已经足有五个年头了，我的记忆上，早又蒙上许多新鲜的血迹；这一提，他的年青的相貌就又在我的眼前出现，像活着一样，热天穿着大棉袍，满脸油汗，笑笑的对我说道："这是第三回了。自己出来的。前两回都是哥哥保出，他一保就要干涉我，这回我不去通知他了。……"——我前一回的文章上是猜错的，这哥哥才是徐培根，航空署长，终于和他成了殊途同归的兄弟;他却叫徐白,较普通的笔名是殷夫。

一个人如果还有友情,那么,收存亡友的遗文真如捏着一团火,常要觉得寝食不安,给它企图流布的。这心情我很了然,也知道有做序文之类的义务。我所惆怅的是我简直不懂诗,也没有诗人的朋友,偶尔一有,也终至于闹开,不过和白莽没有闹,也许是他死得太快了罢。现在,对于他的诗,我一句也不说——因为我不能。

这《孩儿塔》的出世并非要和现在一般的诗人争一日之长,是有别一种意义在。这是东方的微光,是林中的响箭,是冬末的萌芽,是进军的第一步,是对于前驱者的爱的大纛,也是对于摧残者的憎的丰碑。一切所谓圆熟简练,静穆幽远之作,都无须来作比方,因为这诗属于别一世界。

那一世界里有许多许多人,白莽也是他们的亡友。单是这一点,我想,就足够保证这本集子的存在了,又何需我的序文之类。

一九三六年三月十一夜,鲁迅记于上海之且介亭。

原载 1936 年 4 月 1 日《文学丛报》月刊第 1 期,题作《白莽遗诗存》。

初收拟编书稿《且介亭杂文末编》。

《远方》按语

《远方》是小说集《我的朋友》三篇中之一篇。作者盖达尔(Arkadii Gaidar)和插画者叶尔穆拉耶夫(A. Ermolaev)都是新出现于苏联文艺坛上的人。

这一篇写乡村的改革中的纠葛,尤其是儿童的心情:好奇,向上,但间或不免有点怀旧。法捷耶夫曾誉为少年读物的名篇。

这是从原文直接译出的;插画也照原画加入。自有"儿童年"以来,这一篇恐怕是在《表》以后我们对于少年读者的第二种好的贡献了。

编者 三月十一夜

原载 1936 年 3 月 16 日《译文》月刊新 1 卷第 1 期。署名编者。

初未收集。

致 杨晋豪

晋豪先生:

惠示收到。

关于少年读物,诚然是一个大问题;偶然看到一点印出来的东西,内容和文章,都没有生气,受了这样的教育,少年的前途可想。

不过改进需要专家,一切几乎都得从新来一下。我向来没有研究儿童文学,曾有一两本童话,那是为了插画,买来玩玩的,《表》即其一。现在材料就不易收,希公治下,这一类大约都已化为灰烬。而在我们这边,有意义的东西,也无法发表。

所以真是无能为力。这不是客气,而恰如我说自己不会打拳或做蛋糕一样,是事实。相识的人里面,也没有留心此道的人。

病还没有好。我不很生病,但一生病,是不大容易好的;不过这回大约也不至于死。

专此布复,并颂

时绥。

鲁迅 三月十一日

致 夏传经

传经先生：

六日信顷奉到；由内山书店转来的信及《梅花梦传奇》两本，亦早收到，谢谢！惟北新的信未见，他们是不肯给我转信的，虽是电报，也会搁置不管，我也不想去问，只得算了。

如《朝霞文艺》之流，大约到处皆有，如此时候，当然有此种文人，我一向不加注意。承剪集寄示，好意至感，但我以为此后不妨置之，因费时光及邮费于此等文字，太不值得也。

专此布复，即颂

时绥。

鲁迅　三月十一夜。

致 孟十还

十还先生：

《城与年》插画的木刻，我有一套作者手印本，比书里的好得多。作者去年死掉了，所以我想印他出来，给做一个记念。

请靖华写了一篇概要。但我想，倘每图之下各加题句，则于读者更便利。自己摘了一点，有些竟弄不清楚，似乎概要里并没有。

因此，不得已，将概要并原本送上，乞为补摘，并检定已摘者是否有误。倘蒙见教，则天恩高厚，存殁均感也。此布并颂

时绥。

迅　顿首　三月十一日

十二日

日记 雨。上午内山书店送来『東方学报』(京都六)一本,四元四角。得王志之名片留字。得明甫信,下午复。复夏传经信。寄郑振铎信。夜烈文及河清来。

致 史济行

涵之先生:

序文做了一点,今录上,能用与否,请酌定。

抄录的时候,偶然写了横行,并非我主张非用横行排不可的意思。诗怎样排,序文也怎样排,就好了。

专此布达,并颂

时绥

迅 上 三月十二日

十三日

日记 晴。午后复齐涵之信并寄诗序稿。下午张因及其夫人携孩子来。

十四日

日记 晴,风。上午得靖华信。得阿芷信。晚蕴如携阿玉来。三弟来。二萧来。

十五日

日记 星期。晴。上午内山君及其夫人来问病,并赠花一盆。

增井君寄赠虎门羊羹一包。下午得许光希信。得唐弢信。须藤先生来诊。夜风。

十六日

日记　晴。午后得伯简信。晚河清来并交《译文》稿费十七元，又靖华译稿费百二十元。今关天彭君寄赠『古銅印譜擧隅』一函四本。夜雨。

十七日

日记　昙。午后得徐懋庸信，下午复。复唐弢信。寄三弟信。

致 唐 弢

唐弢先生：

　　惠示收到。半月以前，因为对于天气的激变不留心，生了一场病，至今还没有恢复。

　　学外国文，断断续续，是学不好的。写《自由谈》上那样的短文，有限制，有束缚，对于作者，其实也并无好处，最好□还是写长文章。

　　天马书店好像停顿了几个月，现在听说又将营业，《推背集》当可出版了。至于文化生活出版社那一面，收作品的只有《文学丛刊》，是否也要和文学关系间接的文章，我可不知道，昨已托人去问，一得回信，当再通知。

　　我的住址还想不公开，这也并非不信任人，因为随时会客的例一开，那就时间不能自己支配，连看看书的工夫也不成片段了。而且目前已和先前不同，体力也不容许我谈天。

　　专此布复，即颂
时绥。

十八日

日记　昙。上午得杨晋豪信。得张因信。得明甫信。得温涛所寄木刻《觉醒的她》一本。得日本福冈糸岛中学所寄『伊靚』(九)一本。得罗西,草明信,下午复。山本夫人寄赠海婴文具二事。夜复许光希信。

致 欧阳山、草明

谢谢你们的来信。

其实我的生活,也不算辛苦。数十年来,不肯给手和眼睛闲空,是真的,但早已成了习惯,不觉得什么了。

这回因为天气骤冷,而自己不小心,受了烈寒,以致气管痉挛,突然剧烈的气喘,幸而医生恰在身边,立刻注射,平复下去了,大约躺了三天,此后逐渐恢复,现在好了不少,每天可以写几百字了,药也已经停止。

中国要做的事很多,而我做得有限,真是不值得说的。不过中国正需要肯做苦工的人,而这种工人很少,我又年纪渐老,体力不济起来,却是一件憾事。这以前,我是不会受大寒或大热的影响的。不料现在不行了,此后会不会复发,也是一个疑问。然而气喘并非死症,发也不妨,只要送给它半个月的时间就够了。

我的娱乐只有看电影,而可惜很少有好的。此外看看"第三种人"之流,一个个的拖出尾巴来,也是一种大娱乐;其实我在作家之中,一直没有失败,要算是很幸福的,没有可说的了,气喘一下,其实也不要紧。

但是，现在是想每天的劳作，有一个限制，不过能否实行，还是说不定，因为作文不比手艺，可以随时开手，随时放下的。

今天译了二千字，这信是夜里写的，你看，不是已经恢复了吗？请放心罢。

专此布复，并颂

十九日

日记　昙。上午得楼炜春信。得王冶秋信。得三弟信。下午张因来。

二十日

日记　昙。上午寄母亲信附复和森函。得孟十还信。得陈光尧信并《简字谱》稿，午后复。明甫来。下午河清及姚克来。买『日本初期洋風版画集』一本，五元五角;《聊斋外书磨难曲》一本，一元四角。得姚克信。晚萧军及悄吟来。

致 母 亲

母亲大人膝下敬禀者，多日不写信了，想身体康健，为念。

上海天气，仍甚寒冷，须穿棉衣。上月底男因出外受寒，突患气喘，至于不能支持，幸医生已到，急注射一针，始渐平复，后卧床三日，始能起身，现已可称复元，但稍无力，可请勿念。至于气喘之病，一向未有，此是第一次，将来是否不至于复发，现在尚不可知也，大约小心寒暖，则可以无虑耳。

害马伤风了几天,现已愈。海婴则甚好,胖了起来。但幼稚园中教师,则懒惰而不甚会教,远逊去年矣。

和森兄有信来,云回信可付善先,令他转寄,今附上,请便中交给他。

专此布达,恭请

金安。

男树　叩上　广平海婴随叩　三月二十日

致 陈光尧

光尧先生:

蒙惠书并际大著,浩如河汉,拜服之至。倘有刊行者,则名利兼获,当诚如大札所云。但际此时会,具此卓见之书店,殊不可得,况以仆之寡陋,终年杜门,更不能有绍介之幸也。其实气魄较大,今固无逾于商务印书馆者耳。　专此布复,即请

撰安。

鲁迅　顿首　三月二十日

致 内山完造

老板:

社会日报に「文求堂から『聊齋誌異列傳』が出版されて内山書店に到着して居る」と書いて有った。

それは本当ですか? 本当にあれば一冊下さい。

L　拝　三月廿日

90

二十一日

日记 晴。上午得黄苹荪信。午后往内山书店买『東洋封建制史論』一本,二元;『邦彩蛮華大宝鑑』一部二本,七十元。晚蕴如携阿菩来。三弟来。

致 曹 白

曹白先生:

顷收到你的信并木刻一幅,以技术而论,自然是还没有成熟的。

但我要保存这一幅画,一者是因为是遭过艰难的青年的作品,二是因为留着党老爷的蹄痕,三,则由此也纪念一点现在的黑暗和挣扎。

倘有机会,也想发表出来给他们看看。

专此布复,并颂

时绥。

鲁迅 三月二十一日

致 许粤华

粤华先生:

顷收到来信并『世界文学全集』一本。我并非要研究霍氏作品,不过为了解释几幅绘画,必须看一看《织工》,所以有这一本已经敷用,不要原文全集。也不要别种译本了。

英译《昆虫记》并非急需,不必特地搜寻,只要便中看见时买下就好。德译本未曾见过,大约也是全部十本,如每本不过三四元,请代购得寄下,并随时留心缺本,有则购寄为荷。

专此布复,并颂

时绥。

鲁迅　三月二十一日

二十二日

日记　星期。晴。下午得郑振铎信。得许光希信。得刘鞞[鋘]鄂信并木刻五幅,即复。得曹白信并木刻一幅,即复。得许粤华信并『世界文学全集』(31)一本,即复。盐谷俊次寄赠 *At the Sign of the Reine Pedauque* 一本。

题曹白所刻像

曹白刻。一九三五年夏天,全国木刻展览会在上海开会,作品先由市党部审查,"老爷"就指着这张木刻说:"这不行!"剔去了。

未另发表。据手稿编入。题于曹白作《鲁迅像》左侧空白处。

初未收集。

致 孟十还

十还先生:

惠函早收到。因为病后,而琐事仍多,致将回答拖延了。目录的顶端放小像,自无不可,但我希望将我的删去,因为官老爷是禁止我的肖像的,用了上去,于事实无补,而于销行反有害。

关于插图,我不与闻了,力气来不及。

文章,可以写一点,月底月初寄出,但为公开起见,总只能写不冷不热的东西,另外没有好法子。

《海燕》曾有给黎明出版的话,原因颇复杂,信不能详,不过现在大约已经作罢。

《城与年》倒并不急。但看一遍未免太麻烦,我想只要插图的几页看一下,也就够了;自然,那"略说"须全看。因为这不过为了图上的题字而已。

木刻展览会上的所谓《野人》,Goncharov 曾把原画寄给我过,他自己把题目写在纸背后,一张是 *Поле*,一张是 *Жизнь Смокотинина*。这不是《旷野》和《Smokotinin 的生活》吗?也许《野人》是许多短篇小说的总名?

此布,即颂

时绥。

迅　上　三月二十二日

二十三日

日记　晴。上午收『改造』(四月分)一本。得胡风信。得唐英伟信并木刻藏书票十种,午后复。复孟十还信。午后明甫来。萧军,悄吟来。下午史女士及其友来,并各赠花。得孙夫人信并赠糖食三种,茗一匣。夜译自作日文。

我要骗人

疲劳到没有法子的时候,也偶然佩服了超出现世的作家,要模仿一下来试试。然而不成功。超然的心，是得像贝类一样，外面非有壳不可的。而且还得有清水。浅间山边，倘是客店，那一定是有的罢，但我想，却未必有去造"象牙之塔"的人的。

为了希求心的暂时的平安，作为穷余的一策，我近来发明了别样的方法了，这就是骗人。

去年的秋天或是冬天，日本的一个水兵，在闸北被暗杀了。忽然有了许多搬家的人，汽车租钱之类，都贵了好几倍。搬家的自然是中国人，外国人是很有趣似的站在马路旁边看。我也常常去看的。一到夜里，非常之冷静，再没有卖食物的小商人了，只听得有时从远处传来着犬吠。然而过了两三天，搬家好像被禁止了。警察拼死命的在殴打那些拉着行李的大车夫和洋车夫，日本的报章，中国的报章，都异口同声的对于搬了家的人们给了一个"愚民"的徽号。这意思就是说，其实是天下太平的，只因为有这样的"愚民"，所以把颇好的天下，弄得乱七八糟了。

我自始至终没有动，并未加入"愚民"这一伙里。但这并非为了聪明，却只因为懒惰。也曾陷在五年前的正月的上海战争——日本那一面，好像是喜欢称为"事变"似的——的火线下，而且自由早被剥夺，夺了我的自由的权力者，又拿着这飞上空中了，所以无论跑到那里去，都是一个样。中国的人民是多疑的。无论那一国人，都指这为可笑的缺点。然而怀疑并不是缺点。总是疑，而并不下断语，这才是缺点。我是中国人，所以深知道这秘密。其实，是在下着断语的，而这断语，乃是：到底还是不可信。但后来的事实，却大抵证明了这断语的的确。中国人不疑自己的多疑。所以我的没有搬家，也并不是因为怀着天下太平的确信，说到底，仍不过为了无论那里都一样的危险的缘故。五年以前翻阅报章，看见过所记的孩子的死尸的数目之多，和从不见有记着交换俘房的事，至今想起来，也还是非常悲痛的。

虐待搬家人，殴打车夫，还是极小的事情。中国的人民，是常用自己的血,去洗权力者的手,使他又变成洁净的人物的,现在单是这模样就完事,总算好得很。

但当大家正在搬家的时候,我也没有整天站在路旁看热闹,或者坐在家里读世界文学史之类的心思。走远一点,到电影院里散闷去。一到那里,可真是天下太平了。这就是大家搬家去住的处所。我刚要跨进大门,被一个十二三岁的女孩子捉住了。是小学生,在募集水灾的捐款,因为冷,连鼻子尖也冻得通红。我说没有零钱,她就用眼睛表示了非常的失望。我觉得对不起人,就带她进了电影院,买过门票之后,付给她一块钱。她这回是非常高兴了,称赞我道:“你是好人”,还写给我一张收条。只要拿着这收条,就无论到那里,都没有再出捐款的必要。于是我,就是所谓“好人”,也轻松的走进里面了。

看了什么电影呢?现在已经丝毫也记不起。总之,大约不外乎一个英国人,为着祖国,征服了印度的残酷的酋长,或者一个美国人,到亚非利加去,发了大财,和绝世的美人结婚之类罢。这样的消遣了一些时光,傍晚回家,又走进了静悄悄的环境。听到远地里的犬吠声。女孩子的满足的表情的相貌,又在眼前出现,自己觉得做了好事情了,但心情又立刻不舒服起来,好像嚼了肥皂或者什么一样。

诚然,两三年前,是有过非常的水灾的,这大水和日本的不同,几个月或半年都不退。但我又知道,中国有着叫作“水利局”的机关,每年从人民收着税钱,在办事。但反而出了这样的大水了。我又知道,有一个团体演了戏来筹钱,因为后来只有二十几元,衙门就发怒不肯要。连被水灾所害的难民成群的跑到安全之处来,说是有害治安,就用机关枪去扫射的话也都听到过。恐怕早已统统死掉了罢。然而孩子们不知道,还在拼命的替死人募集生活费,募不到,就失望,募到手,就喜欢。而其实,一块来钱,是连给水利局的老爷买一天的烟卷也不够的。我明明知道着,却好像也相信款子真会到灾民的手里似的,付了一块钱。实则不过买了这天真烂漫的孩子的欢喜罢了。我不爱看人们的失望的样子。

倘使我那八十岁的母亲,问我天国是否真有,我大约是会毫不踌躇,答道真有的罢。

然而这一天的后来的心情却不舒服。好像是又以为孩子和老人不同,骗她是不应该似的,想写一封公开信,说明自己的本心,去消释误解,但又想到横竖没有发表之处,于是中止了,时候已是夜里十二点钟。到门外去看了一下。

已经连人影子也看不见。只在一家的檐下,有一个卖馄饨的,在和两个警察谈闲天。这是一个平时不大看见的特别穷苦的肩贩,存着的材料多得很,可见他并无生意。用两角钱买了两碗,和我的女人两个人分吃了。算是给他赚一点钱。

庄子曾经说过:"干下去的(曾经积水的)车辙里的鲋鱼,彼此用唾沫相湿,用湿气相嘘,"——然而他又说,"倒不如在江湖里,大家互相忘却的好。"

可悲的是我们不能互相忘却。而我,却愈加恣意的骗起人来了。如果这骗人的学问不毕业,或者不中止,恐怕是写不出圆满的文章来的。

但不幸而在既未卒业,又未中止之际,遇到山本社长了。因为要我写一点什么,就在礼仪上,答道"可以的"。因为说过"可以",就应该写出来,不要使他失望,然而到底也还是写了骗人的文章。

写着这样的文章,也不是怎么舒服的心地。要说的话多得很,但得等候"中日亲善"更加增进的时光。不久之后,恐怕那"亲善"的程度,竟会到在我们中国,认为排日即国贼——因为说是共产党利用了排日的口号,使中国灭亡的缘故——而到处的断头台上,都闪烁着太阳的圆圈的罢,但即使到了这样子,也还不是披沥真实的心的时光。

单是自己一个人的过虑也说不定:要彼此看见和了解真实的

心,倘能用了笔,舌,或者如宗教家之所谓眼泪洗明了眼睛那样的便当的方法,那固然是非常之好的,然而这样便宜事,恐怕世界上也很少有。这是可以悲哀的。一面写着漫无条理的文章,一面又觉得对不起热心的读者了。

临末,用血写添几句个人的豫感,算是一个答礼罢。

二月二十三日。

原载 1936 年 6 月 1 日《文学丛报》月刊第 3 期。
初收拟编书稿《且介亭杂文末编》。

致 唐英伟

英伟先生:

十三日信并藏书票十张,顷已收到,谢谢。我的通信处,一向没有变更,去年的退回,不知道是怎么一回事。我想,也许是恰恰遇到新店员,尚未知道详情,就胡里胡涂的拒绝了。

中国的木刻,我看正临危机,这名目是普及了,却不明白详细,也没有范本和参考书,只好以意为之,所以很难进步。此后除多多绍介别国木刻外,真必须有一种全国木刻的杂志才好;但自全国木刻展览后,似乎作者都已松懈,有的是专印自己的专集,并不选择。

所以《木刻界》的出版,是极有意义的。不过我还是不写文章好。因为官老爷痛恨我的一切,只看名字,不管内容,登载我的文字,我既为了顾全出版物的推行,句句小心,而结果仍于推销有碍,真是不值得。

专此布复,即请

教安。

迅　顿首　三月二十三日

二十四日

日记　晴。午后寄靖华信并《译文》稿费百二十。晚吴朗西来。夜黎烈文来。

致 曹靖华

汝珍兄：

记得四五个星期之前，曾经收到来信，这信已经失去了，忘了那一天发的。只记得其中嘱我缓寄书，但书已于早一两天寄出。不知现在收到了没有。

《译文》已复刊，《远方》全部登在第一本特大号里，得发表费百二十元，今由商务馆汇出，附上汇单一纸，请往瑠璃厂分馆一取为荷。将来还可以由原出版者另印单行本发售，但后来的版税，是比较的不可靠的。

上海真是流氓世界，我的收入，几乎被不知道什么人的选本和翻板剥削完了。然而什么法子也没有。不过目前于生活还不受影响，将来也许要弄到随时卖稿吃饭。

月初的确生了一场急病，是突然剧烈的气喘，幸而自己早有一点不好的感觉，请了医生，所以这时恰好已到，便即注射，平静下去了。躺了三天，渐能起坐，现在总算已经复元，但还不能多走路。

寓中的女人孩子，是都康健的。

兄阖府如何，甚念。此信到后，望给我一封信。

专此布达，即请

春安。

弟豫　顿首　三月廿四日

附汇单壹张。

二十五日

　　日记　晴。午后张因来。明甫来。夜萧军,悄吟来。译《死魂灵》第一章讫。

二十六日

　　日记　晴。午后得曹白信。得朱顺才信。得『版芸術』(四月分)一本,六角。

致 曹 白

曹白先生:

　　二十三日的信并木刻一幅都收到。中国的木刻展览会开过了,但此后即寂然无闻,好像为开会而木刻似的。其实是应该由此产生一个团体,每月或每季征集作品,精选之后,出一期刊,这才可以使大家互相观摩,得到进步。

　　我的生活其实决不算苦。脸色不好,是因为二十岁时生了胃病,那时没有钱医治,拖成慢性,后来就无法可想了。

　　苏联的版画确是大观,但其中还未完全,有几个有名作家,都没有作品。新近听说有书店承印出品,倘使印刷不坏,是于中国有益的。

　　您所要的两种书,听说书店已将纸板送给官老爷,烧掉了,所以

99

已没得买。即有，恐怕也贵，犯不上拿做苦工得来的钱去买它。我这里还有，可以奉送，书放在书店里，附上一条，便中持条去取，他们会付给的（但星期日只午后一至六点营业）。包中又有小说一本，是新出的。又《引玉集》一本，亦苏联版画，其中数幅，亦在这回展览。此书由日本印来，印工尚佳，看来信语气，似未见过，一并奉送（倘已有，可转送人，不要还我了）。再版卖完后，不印三版了。现在正在计画另印一本木刻，也是苏联的，约六十幅，叫作《拈花集》。

人生现在实在苦痛，但我们总要战取光明，即使自己遇不到，也可以留给后来的。我们这样的活下去罢。

但是您似乎感情太胜。所以我应该特地声明，我目前经济并不困难，送几本书，是毫无影响的，万不要以为我有了什么损失了。

专此布复，即颂

时绥。

迅　上　三月廿六夜。

二十七日

日记　晴。上午复曹白信并赠书四本。得夏征农信，即复。得蔡斐君信。午后明甫来。谷非来。

二十八日

日记　昙。上午得增田君信，午后复。寄吴朗西信。下午得唐弢信。得孟十还信。萧军及悄吟来。得『漱石全集』（十三）一本，一元七角。晚蕴如携蕖官来。三弟来。夜小峰夫人来并交小峰信及版税泉二百，付印证四千。邀萧军，悄吟，蕴如，蕖官，三弟及广平携海婴同往丽都影戏院观《绝岛沉珠记》下集。

致 增田涉

　二十一日の御手紙は落掌しました。惠曇村から出したのもとくにつきましたが直東京へ出発するだろーと思って返事をよこさなかった。『故事新編』の中に『鑄劍』は確に割合に真面目に書いた方ですが、併し根拠は忘れて仕舞ひました、幼い時に読んだ本から取ったのだから。恐らく『呉越春秋』か『越絶書』の中にあるだろーと思ひます。日本の『支那童話集』之類の中にもある、僕も見た事があったとおぼえて居ます。

　日本には何だか此頃、非常に「全集」と云ふ言葉をすく様だ。

　『鑄劍』の中にはそう難解な処はないと思ふ。併し注意しておきたいのは、即ち其中にある歌はみなはっきりした意味を出して居ない事です。変挺な人間と首が歌ふものですから我々の様な普通な人間には解り兼るはづです。三番目の歌は実に立派な、壮大なものですが、併し「堂哉皇哉兮嗳々唷」の中の「嗳嗳唷」は淫猥な小曲に使ふこえです。

　私もよろこんで五月上旬か中旬頃を待って居ます。上海も五六年前の上海とは大に違ったが併し「心気転換」の薬として使ふ事はただ出来るかも知れない。僕はとくに昔のアパートに居ない、それは内山老板にきけば今度のアドレスを知らせます。

　今月の始めに疲労と寒さに対しての不注意の結果、急病にかゝり暫らく横って仕舞ひましたが此頃は殆んど恢復しました。不相変、翻訳などをやって居ます。

　鄭振鐸君の活動方面は余りに多いから『十竹齋箋譜』の催促をなまけて居ました、が、此頃やっと第二冊目の彫刻がすみ、これから印刷にかゝります。来年でなければ全部(四冊)出来ないに違ひない。

　　　　　　　　　　　　　迅　拝　三月二十八日

增田兄几下

二十九日

日记　星期。昙。无事。

三十日

日记　晴。上午得猛克信。得曹白信。得白兮信并稿。下午以萧军稿寄明甫。

致 姚 克

莘农先生：

　　蒙见访的那天，即得惠函，因为琐务，未即奉答为歉。

　　那本书的目录很好，但每篇各摘少许，是美国书的通病。翻译起来，还是全照原样，不加增补的好；否则，问题便多起来。不过出版处恐不易得。

　　答 E 君信，附上信稿并来信，乞便中一译，掷下，至感至感。

　　《毁灭》已由书店取来，当俟便呈上。

　　专此布达，并请

著安。

迅　顿首　三月卅日

致 巴惠尔·艾丁格尔

P. Ettinger 先生：

　　二月十一的信，并木刻三种，我早收到了，谢谢！

后来又收到同月十五的信。Kiang Kang—Hu's *Chinese Studies*一本,已经由 Uchiyama Bookstore 挂号寄上。这价钱很便宜,我送给你,不要交换了。不过你再有要看的书,尽可托我来买,贵的时候,我会要你用别的东西交换的。

而且我觉得 Kiang 的书,实在不应该卖钱。他现在在上海讲学;他的著作,只可以给不明白中国实情的美国人看,或者使德国的批评家欢喜;我们是不注意它的。有一部 Osvald Sirén 的 *A History of Early Chinese Painting*,虽然很贵(约美金 40),然而我以为是很好的书,非 Kiang 的著作可比。

中国的青年木刻家并无进步,正如你所看见,但也因为没有指导的人。二月中,上海开了一回苏联版画展览会,其中的作品,有一家书店在复制,出版以后,我想是对于中国的青年会有益处的。

三十一日

日记　昙。上午复姚克信。复唐弢信。以《译文》稿寄河清。以《作家》稿寄十还。下午往内山书店得マルロオ:『王道』一本,一元七角。得曹白信。夜濯足。

我的第一个师父

不记得是那一部旧书上看来的了,大意说是有一位道学先生,自然是名人,一生拼命辟佛,却名自己的小儿子为“和尚”。有一天,有人拿这件事来质问他。他回答道:“这正是表示轻贱呀!”那人无话可说而退云。

其实,这位道学先生是诡辩。名孩子为“和尚”,其中是含有迷信的。中国有许多妖魔鬼怪,专喜欢杀害有出息的人,尤其是孩子;要下贱,他们才放手,安心。和尚这一种人,从和尚的立场看来,会成佛——但也不一定,——固然高超得很,而从读书人的立场一看,他们无家无室,不会做官,却是下贱之流。读书人意中的鬼怪,那意见当然和读书人相同,所以也就不来搅扰了。这和名孩子为阿猫阿狗,完全是一样的意思:容易养大。

还有一个避鬼的法子,是拜和尚为师,也就是舍给寺院了的意思,然而并不放在寺院里。我生在周氏是长男,"物以希为贵",父亲怕我有出息,因此养不大,不到一岁,便领到长庆寺里去,拜了一个和尚为师了。拜师是否要赘见礼,或者布施什么的呢,我完全不知道。只知道我却由此得到一个法名叫作"长庚",后来我也偶尔用作笔名,并且在《在酒楼上》这篇小说里,赠给了恐吓自己的侄女的无赖;还有一件百家衣,就是"衲衣",论理,是应该用各种破布拼成的,但我的却是橄榄形的各色小绸片所缝就,非喜庆大事不给穿;还有一条称为"牛绳"的东西,上挂零星小件,如历本,镜子,银筛之类,据说是可以避邪的。

这种布置,好像也真有些力量:我至今没有死。

不过,现在法名还在,那两件法宝却早已失去了。前几年回北平去,母亲还给了我婴儿时代的银筛,是那时的惟一的记念。仔细一看,原来那筛子圆径不过寸余,中央一个太极图,上面一本书,下面一卷画,左右缀着极小的尺,剪刀,算盘,天平之类。我于是恍然大悟,中国的邪鬼,是怕斩钉截铁,不能含胡的东西的。因为探究和好奇,去年曾经去问上海的银楼,终于买了两面来,和我的几乎一式一样,不过缀着的小东西有些增减。奇怪得很,半世纪有余了,邪鬼还是这样的性情,避邪还是这样的法宝。然而我又想,这法宝成人却用不得,反而非常危险的。

但因此又使我记起了半世纪以前的最初的先生。我至今不知道他的法名,无论谁,都称他为"龙师父",瘦长的身子,瘦长的脸,高颧细眼,和尚是不应该留须的,他却有两绺下垂的小胡子。对人很和气,对我也很和气,不教我念一句经,也不教我一点佛门规矩;他自己呢,穿起袈裟来做大和尚,或者戴上毗卢帽放焰口,"无祀孤魂,来受甘露味"的时候,是庄严透顶的,平常可也不念经,因为是住持,只管着寺里的琐屑事,其实——自然是由我看起来——他不过是一个剃光了头发的俗人。

因此我又有一位师母,就是他的老婆。论理,和尚是不应该有老婆的,然而他有。我家的正屋的中央,供着一块牌位,用金字写着必须绝对尊敬和服从的五位:"天地君亲师"。我是徒弟,他是师,决不能抗议,而在那时,也决不想到抗议,不过觉得似乎有点古怪。但我是很爱我的师母的,在我的记忆上,见面的时候,她已经大约有四十岁了,是一位胖胖的师母,穿着玄色纱衫裤,在自己家里的院子里纳凉,她的孩子们就来和我玩耍。有时还有水果和点心吃,——自然,这也是我所以爱她的一个大原因;用高洁的陈源教授的话来说,便是所谓"有奶便是娘",在人格上是很不足道的。

不过我的师母在恋爱故事上,却有些不平常。"恋爱",这是现在的术语,那时我们这偏僻之区只叫作"相好"。《诗经》云:"式相好矣,毋相尤矣",起源是算得很古,离文武周公的时候不怎么久就有了的,然而后来好像并不算十分冠冕堂皇的好话。这且不管它罢。总之,听说龙师父年青时,是一个很漂亮而能干的和尚,交际很广,认识各种人。有一天,乡下做社戏了,他和戏子相识,便上台替他们去敲锣,精光的头皮,簇新的海青,真是风头十足。乡下人大抵有些顽固,以为和尚是只应该念经拜忏的,台下有人骂了起来。师父不甘示弱,也给他们一个回骂。于是战争开幕,甘蔗梢头雨点似的飞上来,有些勇士,还有进攻之势,"彼众我寡",他只好退走,一面退,一面一定追,逼得他又只好慌张的躲进一家人家去。而这人家,又只有一位年青的寡妇。以后的故事,我也不甚了然了,总而言之,她后来就是我的师母。

自从《宇宙风》出世以来，一向没有拜读的机缘，近几天才看见了"春季特大号"。其中有一篇铢堂先生的《不以成败论英雄》，使我觉得很有趣，他以为中国人的"不以成败论英雄"，"理想是不能不算崇高"的，"然而在人群的组织上实在要不得。抑强扶弱，便是永远不愿意有强。崇拜失败英雄，便是不承认成功的英雄"。"近人有一句流行话，说中国民族富于同化力，所以辽金元清都并不曾征服中国。其实无非是一种惰性，对于新制度不容易接收罢了"。我们怎样来改悔这"惰性"呢，现在姑且不谈，而且正在替我们想法的人们也多得很。我只要说那位寡妇之所以变了我的师母，其弊病也就在"不以成败论英雄"。乡下没有活的岳飞或文天祥，所以一个漂亮的和尚在如雨而下的甘蔗梢头中，从戏台逃下，也就是一个货真价实的失败的英雄。她不免发现了祖传的"惰性"，崇拜起来，对于追兵，也像我们的祖先的对于辽金元清的大军似的，"不承认成功的英雄"了。在历史上，这结果是正如铢堂先生所说："乃是中国的社会不树威是难得帖服的"，所以活该有"扬州十日"和"嘉定三屠"。但那时的乡下人，却好像并没有"树威"，走散了，自然，也许是他们料不到躲在家里。

因此我有了三个师兄，两个师弟。大师兄是穷人的孩子，舍在寺里，或是卖在寺里的；其余的四个，都是师父的儿子，大和尚的儿子做小和尚，我那时倒并不觉得怎么稀奇。大师兄只有单身；二师兄也有家小，但他对我守着秘密，这一点，就可见他的道行远不及我的师父，他的父亲了。而且年龄都和我相差太远，我们几乎没有交往。

三师兄比我恐怕要大十岁，然而我们后来的感情是很好的，我常常替他担心。还记得有一回，他要受大戒了，他不大看经，想来未必深通什么大乘教理，在剃得精光的囟门上，放上两排艾绒，同时烧起来，我看是总不免要叫痛的，这时善男信女，多数参加，实在不大雅观，也失了我做师弟的体面。这怎么好呢？每一想到，十分心焦，仿佛受戒的是我自己一样。然而我的师父究竟道力高深，他不说戒律，不谈教理，只在当天大清早，叫了我的三师兄去，厉声吩咐道："拼命熬住，不许哭，不许叫，要不然，脑袋就炸开，死了！"这一种大喝，实在比什么《妙法莲花经》或《大乘起信论》还有力，谁高兴死呢，于是仪式很庄严的进行，虽然两眼比平时水汪汪，但到两排艾绒在头顶上烧完，的确一声也不出。我嘘一口气，真所谓"如释重负"，善男信女们也个个"合十赞叹，欢喜布施，顶礼而散"了。

出家人受了大戒，从沙弥升为和尚，正和我们在家人行过冠礼，由童子而为成人相同。成人愿意"有室"，和尚自然也不能不想到女人。以为和尚只记得释迦牟尼或弥勒菩萨，乃是未曾拜和尚为师，或与和尚为友的世俗的谬见。寺里也有确在修行，没有女人，也不吃荤的和尚，例如我的大师兄即是其一，然而他们孤僻，冷酷，看不起人，好像总是郁郁不乐，他们的一把扇或一本书，你一动他就不高兴，令人不敢亲近他。所以我所熟识的，都是有女人，或声明想女人，吃荤，或声明想吃荤的和尚。

我那时并不诧异三师兄在想女人，而且知道他所理想的是怎样的女人。人也许以为他想的是尼姑罢，并不是的，和尚和尼姑"相好"，加倍的不便当。他想的乃是千金小姐或少奶奶；而作这"相思"或"单相思"——即今之所谓"单恋"也——的媒介的是"结"。我们那里的阔人家，一有丧事，每七日总要做一些法事，有一个七日，是要举行"解结"的仪式的，因为死人在未死之前，总不免开罪于人，存着冤结，所以死后要替他解散。方法是在这天拜完经忏的傍晚，灵前陈列着几盘东西，是食物和花，而其中有一盘，是用麻线或白头绳，穿上十来文钱，两头相合而打成蝴蝶式，八结式之类的复杂的，颇不容易解开的结子。一群和尚便环坐桌旁，且唱且解，解开之后，钱归和尚，而死人的一切冤结也从此完全消失了。这道理似乎有些古怪，但谁都这样办，并不为奇，大约也是一种"惰性"。不过解结是并不如世俗人的所推测，个个解开的，倘有和尚以为打得精致，因而生爱，或者故意打得结实，很难解散，因而生恨的，便能暗暗的整个落到僧袍的大袖里去，一任死者留下冤结，到地狱里去吃苦。这种宝结带回寺里，便保存起来，也时时鉴赏，恰如我们的或亦不免偏爱看看女作家的作品一样。当鉴赏的时候，当然也不免想到作家，打结子的是谁呢，男人不会，奴婢不会，有这种本领的，不消说是小姐或少奶奶了。和尚没有文学界人物的清高，所以他就不免睹物思人，所谓"时涉遐想"起来，至于心理状态，则我虽曾拜和尚为师，但究竟是在家人，不大明白底细。只记得三师兄曾经不得已而分给我几个，有些实在打得精奇，有些则打好之后，浸过水，还用剪刀柄之类砸实，使和尚无法解散。解结，是替死人设法的，现在却和和尚为难，我真不知道小姐或少奶奶是什么意思。这疑问直到二十年后，学了一点医学，才明白原来是给和尚吃苦，颇有一点虐待异性的病态的。深闺的怨恨，会无线电似的报在佛寺的和尚身上，我看道学先生可还没有料到这一层。

后来，三师兄也有了老婆，出身是小姐，是尼姑，还是"小家碧玉"呢，我不明白，他也严守秘密，道行远不及他的父亲了。这时我也长大起来，不知道从那里，听到了和尚应守清规之类的古老话，还用这话来嘲笑他，本意是在要他受窘。不料他竟一点不窘，立刻用"金刚怒目"式，向我大喝一声道：

"和尚没有老婆，小菩萨那里来！？"

这真是所谓"狮吼"，使我明白了真理，哑口无言，我的确早看见寺里有丈余的大佛，有数尺或数寸的小菩萨，却从未想到他们为什么有大小。经此一喝，我才彻底的省悟了和尚有老婆的必要，以及一切小菩萨的来源，不再发生疑问。但要找寻三师兄，从此却艰难了一点，因为这位出家人，这时就有了三个家了：一是寺院，二是他的父母的家，三是他自己和女人的家。

我的师父，在约略四十年前已经去世；师兄弟们大半做了一寺的住持；我们的交情是依然存在的，却久已彼此不通消息。但我想，他们一定早已各有一大批小菩萨，而且有些小菩萨又有小菩萨了。

四月一日。

原载 1936 年 4 月 15 日《作家》月刊第 1 卷第 1 号。

初未收集。

本月

《海上述林》上卷序言

这一卷里，几乎全是关于文学的论说；只有《现实》中的五篇，是根据了杂志《文学的遗产》撰述的，再除去两篇序跋，其余就都是翻译。

编辑本集时，所据的大抵是原稿；但《绥拉菲摩维支〈铁流〉序》，却是由排印本收入的。《十五年来的书籍版画和单行版画》一篇，既系摘译，又好像曾由别人略加改易，是否合于译者本意，已不可知，但因为关于艺术的只有这一篇，所以仍不汰去。

《冷淡》所据的也是排印本，本该是收在《高尔基论文拾补》中的，可惜发见得太迟一点，本书已将排好了，因此只得附在卷末。

对于文辞，只改正了几个显然的笔误和补上若干脱字；至于因为断续的翻译，遂使人地名的音译字，先后不同，或当时缺少参考书籍，注解中偶有未详之处，现在均不订正，以存其真。

关于搜罗文稿和校印事务种种，曾得许多友人的协助，在此一并志谢。

一九三六年三月下旬，编者。

最初印入 1936 年 5 月诸夏怀霜社版《海上述林》上卷。

署名编者。

初未收集。

四月

一日

日记　雨。上午得母亲信,三月二十六日发,即复。得靖华信,午后复。寄明甫信。夜吴朗西来。得夏传经信。复曹白信。寄三弟信。

致　母　亲

母亲大人膝下敬禀者,三月二十六日来示,顷已收到。男总算已经复元,至于能否不再复发,此刻却难豫料。现已做了丝棉袍一件,且每日喝一种茶,是广东出品,云可医咳,似颇有效,近来咳嗽确是很少了。惟写字作文,仍未能减少,因为以此为活,总不免有许多相关的事情。

海婴学校仍未换,因为邻近也没有较好的学校。但他身体很好,很长,在同学中,要高出一个头。也比先前听话,懂得道理了。先前有男的朋友送他一辆三轮脚踏车,早已骑破,现在正在闹着要买两轮的,大约春假一到,又非报效他十多块钱不可了。害马亦好,可请勿念。

专此布达,恭请

金安。

男树　叩上　广平及海婴同叩　四月一日

致 曹靖华

汝珍兄：

顷收到三月廿八日信，知一切安好，甚慰。《译文》现在总算复刊了，舆论仍然不坏，似已销到五千。近来有一些青年，很有实实在在的译作，不求虚名的倾向了，比先前的好用手段，进步得多；而读者的眼睛，也明亮起来，这是一个较好的现象。

谛君曾经"不可一世"，但他的阵图，近来崩溃了，许多青年作家，都不满意于他的权术，远而避之。他现在正在从新摆阵图，不知结果怎样。

《远方》的插画，一个是因为求安全起见，故意删去的，印单行本时也许补入。但看飞机的一个，不知道为什么不登，便中当打听一下。

兄给现代书局的两种稿子，前几天拿回来了，我想找一找出板的机会。假如有书店出版，则除掉换一篇（这是兄先前函知我的）外，再换一个书名，例如有一本便改易先后，称为"不平常的故事"。否则，就自己设法来印，合成一本。到那时当再函商。

《文学导报》已收到。其中有几个人我知道，是很无聊而胡涂的。但他们也如这里的 Sobaka 一样，拿高尔基做幌子，高也真倒运。至于"第三种人"，这里早没有人相信它们了，并非为了我们的打击，是年深月久之后，自己露出了尾巴，连施蛰存、戴望舒之流办刊物，也怕它们投稿。而《导报》还引为知己，真是抱着贼秃叫菩萨。

《导报》里有一个张露薇，看他口气，是高尔基的朋友，也是托尔斯泰纪念的文集刊行会的在中国的负责人。

那篇剧本，当打听一下，能否出版。原本如不难寻出，乞寄下。

文学方面，在实力上，Sobaka 们是失败了。但我看它们是不久就要用别种力量来打击我们的。

杂志又收到了一些，日内寄上。《六月流火》看的人既多，当再寄上一点。

专此布达，即请

春安。

弟豫　顿首　四月一日。

再：弟现已可算是复元了，请勿念。

致 曹 白

曹白先生：

三月卅日信并木刻，均收到二十八日的也收到。5·4的装饰画，可以过得去。要从我这里得到正确的批评是难的，因为我自己是外行。但据我看来，现在中国的木刻家，最不擅长的是木刻人物，其病根就在缺少基础工夫。因为木刻究竟是绘画，所以先要学好素描；此外，远近法的紧要不必说了，还有要紧的是明暗法。木刻只有白黑二色，光线一错，就一榻胡涂。现在常有学麦绥莱尔的，但你看，麦的明暗，是多么清楚。

从此进向文学和木刻，从我自己是作文的人说来，当然是很好的。假如我有所知道，问起来可以回答，也并不讨厌。不过我先得声明一下，有时是会长久没有回信的，这是因为被约期的投稿逼得太忙了，或是生了病，没力气写字了的时候。

《死魂灵百图》本月中旬可以出版（也许已经出版了，我不大清楚），但另有一种用纸较好的，却要出的较迟，这不过纸白而厚，版和印法却都一样。您可以不要急急的去买它，因为那时我有数十本入手，当分赠一本。不过这是极旧的木刻，即画家画了稿子，另一木刻者用疏密的线条，表出那原画来，并非所谓"创作木刻"，在现在，是没有可学之处的。

权力者的砍杀我,确是费尽心力,而且它们有叭儿狗,所以比北洋军阀更周密,更厉害。不过好像效力也并不大;一大批叭儿狗,现在已经自己露出了尾巴,沉下去了。

为了一张文学家的肖像,得了这样的罪,是大黑暗,也是大笑话,我想作一点短文,到外国去发表。所以希望你告诉我被捕的原因,年月,审判的情形,定罪的长短(二年四月?),但只要一点大略就够。

专此布复,即颂

时绥。

迅　上　四月一日

二日

日记　昙。上午得颜黎民信。得黄萍荪信。得杜和銮,陈佩骥信,即复。午后得家璧信并《苦竹杂记》,《爱眉小札》各一本,下午复。内山书店送来『近世錦絵世相史』(五)一本,四元二角。

致 杜和銮、陈佩骥

和銮
佩骥先生:

收到来信并《鸿爪》一本,谢谢。

我来投稿,我看是不好的。官场有不测之威,一样的事情,忽而不要紧,忽而犯大罪。实在不值得为了一篇文字,也许贻害文社和刊物。假使是大文章,发表出来就天翻地覆,那是牺牲一下也可以的,不过我那会写这样的文字。

以我为师,我是不敢当的,因为我没有东西可以指授,而且约为

113

师弟的风气,我也不赞成。

我们的关系,我想,只要大家都算在文学界上做点事的也就够了。

专此布复,即颂

时绥。

鲁迅　四月二日

致 赵家璧

家璧先生:

顷得大函并惠书两本,谢谢。

苏联画展,曾去一览,大略尚能记忆,水彩画最平常,酌印数幅已足够。但铜刻,石刻,胶刻(Lino-cut),Monotype各种,中国绍介尚少,似应加印若干幅,而 Monotype 至少做一幅三色版。大幅之胶刻极佳,尤不可不印。

至于木刻,最好是多与留存,因为小幅者多,倘书本较大,每页至少可容两幅也。

我可以不写序文了,《申报》上曾载一文,即可转载,此外亦无新意可说。展览会目录上有一篇说明,不著撰人,简而得要,惜郭曼教授译文颇费解,我以为先生可由英文另译,置之卷头,作品排列次序,即可以此文为据。

阅览木刻,书店中人多地窄,殊不便。下星期当赴公司面谈,大约总在下午二点钟左右,日期未能定,届时当先用电话一问耳。

专此奉复,即请

撰安。

鲁迅　四月二日

致 颜黎民

颜黎民君：

　　三月廿七日的信，我收到了，虽然也转了几转，但总算很快。

　　我看你的爹爹，人是好的，不过记性差一点。他自己小的时候，一定也是不喜欢关在黑屋子里的，不过后来忘记那时的苦痛了，却来关自己的孩子。但以后该不再关你了罢；随他去罢。我希望你们有记性，将来上了年纪，不要再随便打孩子。不过孩子也会有错处的，要好好的对他说。

　　你的六叔更其好，一年没有信息，使我心里有些不安。但是他太性急了一些，拿我的那些书给不到二十岁的青年看，是不相宜的，要上三十岁，才很容易看懂。不过既然看了，我也不必再说什么。你们所要的两本书，我已找出，明天当托书店挂号寄上，并一本《表》，一本杂志。杂志的内容，其实也并没有什么可怕，但官的胆子总是小，做事总是凶的，所以就出不下去了。

　　还有一本《引玉集》，是木刻画，只因为是我印的，所以顺便寄上，可以大家看看玩玩。如果给我信，由这书末页上所写的书店转，较为妥当。

　　一张照相，就夹在《引玉集》的纸套里。这大约还是四五年前照着的，新的没有，因为我不大爱看自己的脸，所以不常照。现在你看，不是也好像要虐待孩子似的相貌吗？还是不要挂，收在抽屉里罢。

　　问我看什么书好，可使我有点为难。现在印给孩子们看的书很多，但因为我不研究儿童文学，所以没有留心；据看见过的说起来，看了无害的就算好，有些却简直是讲昏话。以后我想留心一点，如果看见好的，当再通知。但我的意思，是以为你们不要专门看文学，关于科学的书（自然是写得有趣而容易懂的）以及游记之类，也应该看看的。

新近有《译文》已经复刊，其中虽不是儿童篇篇可看，但第一本里的特载《远方》，是很好的。价钱也不贵，半年六本，一元二角，这在北平该容易买到。

还有一件小事情我告诉你：《鱼的悲哀》不是我做的，也许是我译的罢，你的先生没有分清楚。但这不关紧要，也随他去。

我很赞成你们再在北平聚两年；我也住过十七年，很喜欢北平。现在是走开了十年了，也想去看看，不过办不到，原因，我想，你们是明白的。

好了，再谈，祝
你们进步。

鲁迅　四月二夜。

三日

日记　晴。上午得王冶秋信。得楼炜春信附适夷笺及译稿一包。得『土俗玩具集』（十止）及『おもちゃ絵集』（一）各一本，共泉一元二角。下午寄费慎祥信。复颜黎民信并寄书一包。姚克来。复 Pavel Ettinger 信并寄 Kiang Kang Hu's *Chinese Studies* 一本。晚烈文来。萧军，悄吟来，制葱油饼为夜餐。

致 费慎祥

慎祥兄：

昨天的《申报》上有个出让《四部丛刊》的广告，今附上，请　兄去看一看。如合于下列四种条件,希即通知,同去商量购买。

一、完全; 二、白纸印的;

三、很新; 四、价(连箱)在四百元以下。

如有一条不合,便作罢论。

专此布达,即颂

时绥。

迅 上 四月三日

四日

日记 晴。上午得季市信。得蔡斐君信。下午慎祥来。蕴如携晔儿来。晚三弟来并为取得豫约之《四部丛刊》三编二十二种百五十本,又买《国学珍本丛书》九种十四本,五元四角。

五日

日记 星期。小雨。上午得马子华信并《文学丛报》一本。下午张因来。

致 许寿裳

季市兄:

顷奉到惠函并译诗,诵悉。我不解原文,所以殊不能有所贡献,但将可商之处,注出奉上,稍稍改正,即可用,此外亦未有善法也。

兄有书一包在此,应邮寄北平否?乞示遵办。

我在上月初骤病,气喘几不能支,注射而止,卧床数日始起,近虽已似复原,但因译著事烦,终颇困顿,倘能优游半载,当稍健,然亦

117

安可得哉。专此布复，并请

道安。

树　顿首　四月五日

致 王冶秋

冶秋兄：

　　三月三十日信已收到；先前的两封，也收到的。开初未复，是因为忙。我在这里，有些英雄责我不做事，而我实日日译作不息，几乎无生人之乐，但还要受许多闲气，有时真令人愤怒，想什么也不做，因为不做事，责备也就没有了。到三月初，为了疲乏和受寒，骤然气喘，我以为要死了，倒也坦然，但终经医师注射，逐渐安静，卧床多日，渐渐起来，而一面又得渐渐的译作；现在可说已经大略全愈，但做一点事，就觉得困乏，此病能否不再发，也说不定的。

　　我们×××里，我觉得实做的少，监督的太多，个个想做"工头"，所以苦工就更加吃苦。现此翼已经解散，别组什么协会之类，我是决不进去了。但一向做下来的事，自然还是要做的。

　　那位研究生物学的学生的事情，问是问过了，此地无法可想。商务馆虽然也卖标本，但它是贩来的。有人承办，忽而要一只鸭，忽而要一只猫头鹰，很难，而没有钱赚，此人正在叫苦连天。

　　序跋你如果集起来，我看是有地方出版的；不过有许多篇，只有我有底子，如外国文写的，及给人写了而那书终未出版的之类，将来当代添上。至于那篇四六文，是《淑姿的信》的序，初版已卖完，闻已改由联华书店出版，但我未见过新版，你倘无此书，我也可以代补的。

　　《文学大系》序的不能翻印是对另印而言，如在《序跋集》里，我看是不成问题的。他们和我订约时,有不另印的话,但当付稿费时,他们就先不守约。

盛成先生的法文,听说也是不甚可解的。

我的文章,未有阅历的人实在不见得看得懂,而中国的读书人,又是不注意世事的居多,所以真是无法可想。看看近来的各种刊物,昏话之多,每与十年前相同,但读者的眼光,却究竟有进步,昏话刊物,很难久长。还可以骗人的是说英雄话。

我新近出了一本《故事新编》,想尚未见,便中当寄上。

此复,即颂

时绥。

树　上　四月五夜

六日

日记　晴,暖。上午复季市信。得〔寄〕王冶秋信。寄吴朗西信。得曹白信并《坐牢略记》。烈文寄赠《笔尔和哲安》一本。李长之寄赠《鲁迅批判》一本。下午内山书店送来『フロオベエル全集』(八)一本,二元七角。夜大雷雨。

致曹白

曹白先生:

信和《略记》,今天收到了。我并不觉得你没有希望,但能从文字上看出来的,是所知道的世故,比年龄相同的一般的青年多,因而很小心;感情的高涨和收缩,也比平常的人迅速:这是受过迫害的人,大抵如此的,环境倘有改变,这种情形也就改变,不能专求全于个体的。

这回我要从《略记》里摘录一点；倘有相宜之处，还想发表原文的全篇，但看起文章来，是可以推究何人所作的，这不知道于你有无妨害？可不可以就用你现在所用的笔名？这两层急等你的回信。

我所摘录的，是把年月，地名，都删去了，但细心的人（知道那一案件的），还可以推考出所记的是那一件公案的。

专此布达，即颂

时绥。

迅　上　四月六夜。

七日

日记　小雨。上午寄曹白信。得许粤华信。得陈蜕信。得改造社信并稿费八十。午后霁。得母亲信，三日发。往良友公司，为之选定苏联版画。浅野君寄赠『支那に於ケル列强の工作とその経济势力』一本。得《作家》稿费四十。河清寄赠《现代日本小说译丛》一本。晚雷雨一阵。夜作《写于深夜里》讫，约七千字。

写于深夜里

一　珂勒惠支教授的版画之入中国

野地上有一堆烧过的纸灰，旧墙上有几个划出的图画，经过的人是大抵未必注意的，然而这些里面，各各藏着一些意义，是爱，是悲哀，是愤怒，……而且往往比叫了出来的更猛烈。也有几个人懂得这意义。

一九三一年——我忘了月份了——创刊不久便被禁止的杂志《北斗》，第一本上，有一幅木刻画，是一个母亲，悲哀的闭了眼睛，交出她的孩子去。这是珂勒惠支教授（Prof. Kaethe Kollwitz）的木刻连续画《战争》的第一幅，题目叫作《牺牲》；也是她的版画绍介进中国来的第一幅。

　　这幅木刻是我寄去的，算是柔石遇害的纪念。他是我的学生和朋友，一同绍介外国文艺的人，尤喜欢木刻，曾经编印过三本欧美作家的作品，虽然印得不大好。然而不知道为了什么，突然被捕了，不久就在龙华和别的五个青年作家同时枪毙。当时的报章上毫无记载，大约是不敢，也不能记载，然而许多人都明白他不在人间了，因为这是常有的事。只有他那双目失明的母亲，我知道她一定还以为她的爱子仍在上海翻译和校对。偶然看到德国书店的目录上有这幅《牺牲》，便将它投寄《北斗》了，算是我的无言的纪念。然而，后来知道，很有一些人是觉得所含的意义的，不过他们大抵以为纪念的是被害的全群。

　　这时珂勒惠支教授的版画集正在由欧洲走向中国的路上，但到得上海，勤恳的绍介者却早已睡在土里了，我们连地点也不知道。好的，我一个人来看。这里面是穷困，疾病，饥饿，死亡……自然也有挣扎和争斗，但比较的少；这正如作者的自画像，脸上虽有憎恶和愤怒，而更多的是慈爱和悲悯的相同。这是一切“被侮辱和被损害的”的母亲的心的图像。这类母亲，在中国的指甲还未染红的乡下，也常有的，然而人往往嗤笑她，说做母亲的只爱不中用的儿子。但我想，她是也爱中用的儿子的，只因为既然强壮而有能力，她便放了心，去注意“被侮辱的和被损害的”孩子去了。

　　现在就有她的作品的复印二十一幅，来作证明；并且对于中国的青年艺术学徒，又有这样的益处的——

　　一，近五年来，木刻已颇流行了，虽然时时受着迫害。但别的版画，较成片段的，却只有一本关于卓伦（Anders Zorn）的书。现在所绍介的全是铜刻和石刻,使读者知道版画之中,又有这样的作品,也可以比油画之类更加普遍,而且看见和卓伦截然不同的技法和内容。

二,没有到过外国的人,往往以为白种人都是对人来讲耶稣道理或开洋行的,鲜衣美食,一不高兴就用皮鞋向人乱踢。有了这画集,就明白世界上其实许多地方都还存在着"被侮辱和被损害的"人,是和我们一气的朋友,而且还有为这些人们悲哀,叫喊和战斗的艺术家。

三,现在中国的报纸上多喜欢登载张口大叫着的希特拉像,当时是暂时的,照相上却永久是这姿势,多看就令人觉得疲劳。现在由德国艺术家的画集,却看见了别一种人,虽然并非英雄,却可以亲近,同情,而且愈看,也愈觉得美,愈觉得有动人之力。

四,今年是柔石被害后的满五年,也是作者的木刻第一次在中国出现后的第五年;而作者,用中国式计算起来,她是七十岁了,这也可以算作一个纪念。作者虽然现在也只能守着沉默,但她的作品,却更多的在远东的天下出现了。是的,为人类的艺术,别的力量是阻挡不住的。

二　略论暗暗的死

这几天才悟到,暗暗的死,在一个人是极其惨苦的事。

中国在革命以前,死囚临刑,先在大街上通过,于是他或呼冤,或骂官,或自述英雄行为,或说不怕死。到壮美时,随着观看的人们,便喝一声采,后来还传述开去。在我年青的时候,常听到这种事,我总以为这情形是野蛮的,这办法是残酷的。

新近在林语堂博士编辑的《宇宙风》里,看到一篇铢堂先生的文章,却是别一种见解。他认为这种对死囚喝采,是崇拜失败的英雄,是扶弱,"理想是不能不算崇高。然而在人群的组织上实在要不得。

抑强扶弱,便是永远不愿意有强。崇拜失败英雄,便是不承认成功的英雄。"所以使"凡是古来成功的帝王,欲维持几百年的威力,不定得残害几万几十万无辜的人,方才能博得一时的慑服"。

残害了几万几十万人,还只"能博得一时的慑服",为"成功的帝王"设想,实在是大可悲哀的:没有好法子。不过我并不想替他们划策,我所由此悟到的,乃是给死囚在临刑前可以当众说话,倒是"成功的帝王"的恩惠,也是他自信还有力量的证据,所以他有胆放死囚开口,给他在临死之前,得到一个自夸的陶醉,大家也明白他的收场。我先前只以为"残酷",还不是确切的判断,其中是含有一点恩惠的。我每当朋友或学生的死,倘不知时日,不知地点,不知死法,总比知道的更悲哀和不安;由此推想那一边,在暗室中毕命于几个屠夫的手里,也一定比当众而死的更寂寞。

然而"成功的帝王"是不秘密杀人的,他只秘密一件事:和他那些妻妾的调笑。到得就要失败了,才又增加一件秘密:他的财产的数目和安放的处所;再下去,这才加到第三件:秘密的杀人。这时他也如铢堂先生一样,觉得民众自有好恶,不论成败的可怕了。

所以第三种秘密法,是即使没有策士的献议,也总有一时要采用的,也许有些地方还已经采用。这时街道文明了,民众安静了,但我们试一推测死者的心,却一定比明明白白而死的更加惨苦。我先前读但丁的《神曲》,到《地狱》篇,就惊异于这作者设想的残酷,但到现在,阅历加多,才知道他还是仁厚的了:他还没有想出一个现在已极平常的惨苦到谁也看不见的地狱来。

三　一个童话

看到二月十七日的 DZZ,有为纪念海涅(H. Heine)死后八十年,勃莱兑勒(Willi Bredel)所作的《一个童话》,很爱这个题目,也来写一篇。

有一个时候,有一个这样的国度。权力者压服了人民,但觉得他们倒都是强敌了,拼音字好像机关枪,木刻好像坦克车;取得了土地,但规定的车站上不能下车。地面上也不能走了,总得在空中飞来飞去;而且皮肤的抵抗力也衰弱起来,一有紧要的事情,就伤风,同时还传染给大臣们,一齐生病。

出版有大部的字典,还不止一部,然而是都不合于实用的,倘要明白真情,必须查考向来没有印过的字典。这里面很有新奇的解释,例如:"解放"就是"枪毙";"托尔斯泰主义"就是"逃走";"官"字下注云:"大官的亲戚朋友和奴才";"城"字下注云:"为防学生出入而造的高而坚固的砖墙";"道德"条下注云:"不准女人露出臂膊";"革命"条下注云:"放大水入田地里,用飞机载炸弹向'匪贼'头上掷之也。"

出版有大部的法律,是派遣学者,往各国采访了现行律,摘取精华,编纂而成的,所以没有一国,能有这部法律的完全和精密。但卷头有一页白纸,只有见过没有印出的字典的人,才能够看出字来,首先计三条:一,或从宽办理;二,或从严办理;三,或有时全不适用之。

自然有法院,但曾在白纸上看出字来的犯人,在开庭时候是决不抗辩的,因为坏人才爱抗辩,一辩即不免"从严办理";自然也有高等法院,但曾在白纸上看出字来的人,是决不上诉的,因为坏人才爱上诉,一上诉即不免"从严办理"。

有一天的早晨,许多军警围住了一个美术学校。校里有几个中装和西装的人在跳着,翻着,寻找着,跟随他们的也是警察,一律拿着手枪。不多久,一位西装朋友就在寄宿舍里抓住了一个十八岁的学生的肩头。

"现在政府派我们到你们这里来检查,请你……"

"你查罢!"那青年立刻从床底下拖出自己的柳条箱来。

这里的青年是积多年的经验,已颇聪明了的,什么也不敢有。但那学生究竟只有十八岁,终于被在抽屉里,搜出几封信来了,也许是因为那些信里面说到他的母亲的困苦而死,一时不忍烧掉罢。西装朋友便子子细细的一字一字的读着,当读到"……世界是一台吃人的筵席,你的母亲被吃去了,天下无数无数的母亲也会被吃去的……"的时候,就把眉头一扬,摸出一枝铅笔来,在那些字上打着曲线,问道:

"这是怎么讲的?"

"…………"

"谁吃你的母亲? 世上有人吃人的事情吗? 我们吃你的母亲? 好!"他凸出眼珠,好像要化为枪弹,打了过去的样子。

"那里! ……这……那里! ……这……"青年发急了。

但他并不把眼珠射出去,只将信一折,塞在衣袋里;又把那学生的木版,木刻刀和拓片,《铁流》《静静的顿河》,剪贴的报,都放在一处,对一个警察说:

"我把这些交给你!"

"这些东西里有什么呢,你拿去?"青年知道这并不是好事情。

但西装朋友只向他瞥了一眼,立刻顺手一指,对别一个警察命令道:

"我把这个交给你!"

警察的一跳好像老虎,一把抓住了这青年的背脊上的衣服,提出寄宿舍的大门口去了。门外还有两个年纪相仿的学生,背脊上都有一只勇壮巨大的手在抓着。旁边围着一大层教员和学生。

四　又是一个童话

有一天的早晨的二十一天之后,拘留所里开审了。一间阴暗的小屋子里,上面坐着两位老爷,一东一西。东边的一个是马褂,西边的一个是西装,不相信世上有人吃人的事情的乐天派,录口供的。警察吃喝着连抓带拖的弄进一个十八岁的学生来,苍白脸,脏衣服,

站在下面。马褂问过他的姓名,年龄,籍贯之后,就又问道:

"你是木刻研究会的会员么?"

"是的。"

"谁是会长呢?"

"Ch……正的,H……副的。"

"他们现在在那里?"

"他们都被学校开除了,我不晓得。"

"你为什么要鼓动风潮呢,在学校里?"

"阿!……"青年只惊叫了一声。

"哼。"马褂随手拿出一张木刻的肖像来给他看,"这是你刻的吗?"

"是的。"

"刻的是谁呢?"

"是一个文学家。"

"他叫什么名字?"

"他叫卢那却尔斯基。"

"他是文学家?——他是那一国人?"

"我不知道!"这青年想逃命,说谎了。

"不知道? 你不要骗我! 这不是露西亚人吗? 这不是明明白白的露西亚红军军官吗? 我在露西亚的革命史上亲眼看见他的照片的呀! 你还想赖?"

"那里!"青年好像头上受到了铁椎的一击,绝望的叫了一声。

"这是应该的,你是普罗艺术家,刻起来自然要刻红军军官呀!"

"那里……这完全不是……"

"不要强辩了,你总是'执迷不悟'! 我们很知道你在拘留所里的生活很苦。 但你得从实说来,好使我们早些把你送给法院判决。——监狱里的生活比这里好得多。"

青年不说话——他十分明白了说和不说一样。

"你说，"马褂又冷笑了一声，"你是 CP，还是 CY？"

"都不是的。这些我什么也不懂！"

"红军军官会刻，CP，CY 就不懂了？人这么小，却这样的刁顽！去！"于是一只手顺势向前一摆，一个警察很聪明而熟练的提着那青年就走了。

我抱歉得很，写到这里，似乎有些不像童话了。但如果不称它为童话，我将称它为什么呢？特别的只在我说得出这事的年代，是一九三二年。

五　一封真实的信

"敬爱的先生：

你问我出了拘留所以后的事情么，我现在大略叙述在下面——

在当年的最后一月的最后一天，我们三个被××省政府解到了高等法院。一到就开检查庭。这检察官的审问很特别，只问了三句：

'你叫什么名字？'——第一句；

'今年你几岁？'——第二句；

'你是那里人？'——第三句。

开完了这样特别的庭，我们又被法院解到了军人监狱。有谁要看统治者的统治艺术的全般的么？那只要到军人监狱里去。他的虐杀异己，屠戮人民，不惨酷是不快意的。时局一紧张，就拉出一批所谓重要的政治犯来枪毙，无所谓刑期不刑期的。例如南昌陷于危急的时候，曾在三刻钟之内，打死了二十二个；福建人民政府成立时，也枪毙了不少。刑场就是狱里的五亩大的菜园，囚犯的尸体，就靠泥埋在菜园里，上面栽起菜来，当作肥料用。

约莫隔了两个半月的样子，起诉书来了。法官只问我们三句话，怎么可以做起诉书的呢？可以的！原文虽然不在手头，但是我背得出,可惜的是法律的条目已经忘记了——

> '……Ch……H……所组织之木刻研究会,系受共党指挥,研究普罗艺术之团体也。被告等皆为该会会员,……核其所刻,皆为红军军官及劳动饥饿者之景象,借以鼓动阶级斗争而示无产阶级必有专政之一日。……'

之后,没有多久,就开审判庭。庭上一字儿坐着老爷五位,威严得很。然而我倒并不怎样的手足无措,因为这时我的脑子里浮出了一幅图画,那是陀密埃(Honoré Daumier)的《法官》,真使我赞叹!

审判庭开后的第八日,开最后的判决庭,宣判了。判决书上所开的罪状,也还是起诉书上的那么几句,只在它的后半段里,有——

> '核其所为,当依危害民国紧急治罪法第×条,刑法第×百×十×条第×款,各处有期徒刑五年。……然被告等皆年幼无知,误入歧途,不无可悯,特依××法第×千×百×十×条第×款之规定,减处有期徒刑二年六个月。于判决书送到后十日以内,不服上诉……'云云。

我还用得到'上诉'么?'服'得很!反正这是他们的法律!

总结起来,我从被捕到放出,竟游历了三处残杀人民的屠场。现在,我除了感激他们不砍我的头之外,更感激的是增加了我不知几多的知识。单在刑罚一方面,我才晓得现在的中国有:一,抽藤条,二,老虎凳,都还是轻的;三,踏杠,是叫犯人跪下,把铁杠放在他的腿弯上,两头站上彪形大汉去,起先两个,逐渐加到八人;四,跪火链,是把烧红的铁链盘在地上,使犯人跪上去;五,还有一种叫'吃'的,是从鼻孔里灌辣椒水,火油,醋,烧酒……;六,还有反绑着犯人的手,另用细麻绳缚住他的两个大拇指,高悬起来,吊着打,我叫不出这刑罚的名目。

我认为最惨的还是在拘留所里和我同枷的一个年青的农民。老爷硬说他是红军军长,但他死不承认。呵,来了,他们用缝衣针插在他的指甲缝里,用榔头敲进去。敲进去了一只,不承认,敲第二只,仍不承认,又敲第三只……第四只……终于十只指头都敲满了。直到现在,那青年的惨白的脸,凹下的眼睛,两只满是鲜血的手,还时常浮在我的眼前,使我难于忘却!使我苦痛!……

然而,入狱的原因,直到我出来之后才查明白。祸根是在我们学生对于学校有不满之处,尤其是对于训育主任,而他却是省党部的政治情报员。他为了要镇压全体学生的不满,就把仅存的三个木刻研究会会员,抓了去做示威的牺牲了。而那个硬派卢那却尔斯基为红军军官的马褂老爷,又是他的姐夫,多么便利呵!

写完了大略,抬头看看窗外,一地惨白的月色,心里不禁渐渐地冰凉了起来。然而我自信自己还并不怎样的怯弱,然而,我的心冰凉起来了……

愿你的身体康健!

人凡。四月四日,后半夜。"

(附记:从《一个童话》后半起至篇末止,均据人凡君信及《坐牢略记》。四月七日。)

原载 1936 年 5 月 10 日《夜莺》月刊第 1 卷第 3 期。英译稿载同年 6 月 1 日《中国呼声》(THE VOICE OF CHINA)第 1 卷第 6 期。

初收拟编书稿《且介亭杂文末编》。

八日

日记 昙。上午得诗荃信并稿。得黄苹荪信。得曹白信。得张锡荣信,下午复。寄赵家璧信附与阿英笺。雨。收到《中国新文学大系》(十)一本。收《现代版画》(十七)一本。夜风。

致 赵家璧

家璧先生：

印《引玉集》的社名和地址，录奉——

　　日本东京

　　　牛込区市ケ谷台町一〇、

　　　　洪洋社、

就是印《引玉集》那样的大小，二百页左右，成本总要将近四元，所以，"价廉物美"，在实际上是办不到的，除非出版者是慈善家，或者是一个呆子。

回寓后看到了最近的《美术生活》，内有这回展览的木刻四幅，觉得也还不坏，颇细的线，并不模胡，如果用这种版印，我想，每本是可以不到二元的。

我的意思，是以为不如先生拿这《美术生活》去和那秘书商量一下，说明中国的最好的印刷，只能如此，而定价却可较廉，否则，学生们就买不起了。于是取一最后的决定，这似乎比较的妥当。

如果印起来，我看是连作者的姓名和题目，有些都得改译的。例如《熊之生长》不像儿童书，却像科学书；"郭尔基"在中国久已姓"高"，不必另姓之类。但这可到那时再说。

有致阿英先生一笺，因不知住址，乞转寄为荷。

专此布达，并请

撰安。

　　　　　　　　　　　　　　　　　鲁迅　四月八日

九日

　　日记　昙。上午寄孟十还信。寄三弟信。午得孟十还信。得野夫信并《铁马版画》第二期一本，下午复。寄章雪村信。得汉画象石拓本四十九枚,南阳王正今寄来。吴朗西来。

十日

日记 昙。上午得振铎函附张静庐及钱杏邨信。午后得李桦信。见张天翼,见赠《万仞约》及《清明时节》各一本。晚小雨。

十一日

日记 昙。上午得徐讦信。得周楞枷信并《文学青年》一本。午后寄明甫信并稿一篇。下午得孟十还信。得房师俊信。得靖华所寄插画本《第四十一》一本。得雷金茅信并稿。晚萧军,悄吟来。蕴如携阿菩来。河清来。夜三弟来。饭后邀客及广平携海婴同往光陆戏院观《铁血将军》。

续　记

　　这是三月十日的事。我得到一个不相识者由汉口寄来的信,自说和白莽是同济学校的同学,藏有他的遗稿《孩儿塔》,正在经营出版,但出版家有一个要求:要我做一篇序;至于原稿,因为纸张零碎,不寄来了,不过如果要看的话,却也可以补寄。其实,白莽的《孩儿塔》的稿子,却和几个同时受难者的零星遗稿,都在我这里,里面还有他亲笔的插画,但在他的朋友手里别有初稿,也是可能的;至于出版家要有一篇序,那更是平常事。

　　近两年来,大开了印卖遗著的风气,虽是期刊,也常有死人和活人合作的,但这已不是先前的所谓"骸骨的迷恋",倒是活人在依靠死人的余光,想用"死诸葛吓走生仲达"。我不大佩服这些活家伙。可是这一回却很受了感动,因为一个人受了难,或者遭了冤,所谓先前的朋友，一声不响的固然有，连赶紧来投几块石子，借此表明自己是属于胜利者一方面的，也并不算怎么希罕；至于抱守遗文，历多年还要给它出版，以尽对于亡友的交谊者，以我之孤陋寡闻，可实在很少知道。大病初愈，才能起坐，夜雨淅沥，怆然有怀，便力疾写了一点短文，到第二天付邮寄去，因为恐怕连累付印者，所以不题他的姓名；过了几天，才又投给《文学丛报》，因为恐怕妨碍发行，所以又隐下了诗的名目。

此后不多几天，看见《社会日报》，说是善于翻戏的史济行，现又化名为齐涵之了。我这才悟到自己竟受了骗，因为汉口的发信者，署名正是齐涵之。他仍在玩着骗取文稿的老套，《孩儿塔》不但不会出版，大约他连初稿也未必有的，不过知道白莽和我相识，以及他的诗集的名目罢了。

至于史济行和我的通信，却早得很，还是八九年前，我在编辑《语丝》，创造社和太阳社联合起来向我围剿的时候，他就自称是一个艺术专门学校的学生，信件在我眼前出现了，投稿是几则当时所谓革命文豪的劣迹，信里还说这类文稿，可以源源的寄来。然而《语丝》里是没有"劣迹栏"的，我也不想和这种"作家"往来，于是当时即加以拒绝。后来他又或者化名"彳亍"，在刊物上捏造我的谣言，或者忽又化为"天行"（《语丝》也有同名的文字，但是别一人）或"史岩"，卑词征求我的文稿，我总给他一个置之不理。这一回，他在汉口，我是听到过的，但不能因为一个史济行在汉口，便将一切汉口的不相识者的信都看作卑劣者的圈套，我虽以多疑为忠厚长者所诟病，但这样多疑的程度是还不到的。不料人还是大意不得，偶不疑虑，偶动友情，到底成为我的弱点了。

今天又看见了所谓"汉出"的《人间世》的第二期，卷末写着"主编史天行"，而下期要目的豫告上，果然有我的《序〈孩儿塔〉》在。但卷端又声明着下期要更名为《西北风》了，那么，我的序文，自然就卷在第一阵"西北风"里。而第二期的第一篇，竟又是我的文章，题目是《日译本〈中国小说史略〉序》。这原是我用日本文所写的,这里却不知道何人所译,仅止一页的短文,竟充满着错误和不通,但前面却附有一行声明道:"本篇原来是我为日译本《支那小说史》写的卷头语……"乃是模拟我的语气,冒充我自己翻译的。翻译自己所写的日文,竟会满纸错误,这岂不是天下的大怪事么?

中国原是"把人不当人"的地方,即使无端诬人为投降或转变,国贼或汉奸,社会上也并不以为奇怪。所以史济行的把戏,就更是微乎其微的事情。我所要特地声明的,只在请读了我的序文而希望《孩儿塔》出版的人,可以收回了这希望,因为这是我先受了欺骗,一转而成为我又欺骗了读者的。

最后,我还要添几句由"多疑"而来的结论:即使真有"汉出"《孩儿塔》,这部诗也还是可疑的。我从来不想对于史济行的大事业讲一句话,但这回既经我写过一篇序,且又发表了,所以在现在或到那时,我都有指明真伪的义务和权利。

四月十一日。

原载 1936 年 5 月 1 日《文学丛报》月刊第 2 期,题作《关于〈白莽遗诗存〉的声明》。

初收拟编书稿《且介亭杂文末编》。

致 沈雁冰

明甫先生:

稿已写好,今寄上。

写了下去,太长了。乞转告 S,在中国这报上,恐怕难以完全发表,可用第一段。至于全篇,请她看有无可用之处,完全听她自由处置,倘无用,就拉倒。但翻译后,我希望便中还我的原稿。

托其为我们的《版画集》写的序，想尚未寄来，请代催一下。

专此布达，即请

道安。

树 上 四月十一日

十二日

日记 星期。晴。晚烈文来。

致 赵家璧

家璧先生：

日前奉上一函，言印刷版画事，想已达。

现在想奉托先生一件事，良友公司想必自有摄影室，可否即摄版画中之 No 87, *Dneprostroy at Night*, by A. Kravchenko 寄下，大六寸，价乞示及，当偿还，因须用于一篇文章中，作为插画，所以来不及等候画集的出版了。

此事未知可否，希先见示为幸。

专此布达，即请

撰安。

鲁迅 四月十二日

十三日

日记 晴。上午寄赵家璧信。寄耳耶信并稿。得刘鞾〔铧〕鄂信。得靖华信。得王正今信，即复。得楼炜春信，即复。下午明甫来并赠《战争》一本。晚张因来。萧军，悄吟来。饭后邀三客并同广平往上海大戏院观 Chapayev。

致 楼炜春

炜春先生：

　　顷收到十一日信，备悉一切。至于前一函并译稿，则早已收到，所以未能即复者，即因如建兄来信所说，《中学生》上，已在登载此书译本，而译者又即《译文丛书》编者之故。因此倘不先行接洽，即不能有切实之答复也。

　　前天始与另一译者黄君会商，他以为适兄译书不易，慨然愿停止翻译，在《中学生》续登适兄译本，对于开明书店，则由他前往交涉，现在尚无回信，我看大约是可以的。

　　假使此事万一不成，则此种大部书籍，不但卖稿很难，就是只希印行，也难找到如此书店，只好到大书店商务印书馆去试一试，此外，也没有适当之处了。

　　专此布复，即请
日安。

豫　顿首　四月十三日

十四日

　　日记　晴。午后得许光希信。得颜黎民信。得唐弢信。夜得孟十还信并《作家》三本。得章雪村信。校《花边文学》起。

致 唐 弢

唐弢先生：

惠示具悉。"维止"事我不知确实的出处。只记得幼小时闻长辈说，雍正朝《东华录》本名《维止录》，取"维民所止"之意，而实则割了雍正的头，后因将兴大狱，乃急改名《东华录》云云。与来札所举之事颇相似，但恐亦齐东野语耳。

《清朝文字狱档》本有其书，去年因嫌书籍累坠，择未必常用者装箱存他处，箱乱而路远，所以不能奉借了。

专此布复，即颂
时绥。

鲁迅　上　四月十四夜。

十五日

日记　晴。午后理发。内山君赠 Somatase 一瓶。复唐弢信。

致 颜黎民

颜黎民君：

昨天收到十日来信，知道那些书已经收到，我也放了心。你说专爱看我的书，那也许是我常论时事的缘故。不过只看一个人的著作，结果是不大好的：你就得不到多方面的优点。必须如蜜蜂一样，采过许多花，这才能酿出蜜来，倘若叮在一处，所得就非常有限，枯燥了。

专看文学书，也不好的。先前的文学青年，往往厌恶数学，理化，史地，生物学，以为这些都无足重轻，后来变成连常识也没有，研究文学固然不明白，自己做起文章来也胡涂，所以我希望你们不要放开科学，一味钻在文学里。譬如说罢，古人看见月缺花残，黯然泪下，是可恕的，他那时自然科学还不发达，当然不明白这是自然现象。但如果现在的人还要下泪，那他就是胡涂虫。不过我向来没有留心儿童读物，所以现在说不出那些书合适，开明书店出版的通俗科学书里，也许有几种，让调查一下再说罢。

其次是可以看看世界旅行记，藉此就知道各处的人情风俗和物产。我不知道你们看不看电影；我是看的，但不看什么"获美""得宝"之类，是看关于菲洲和南北极之类的片子，因为我想自己将来未必到菲洲或南北极去，只好在影片上得到一点见识了。

说起桃花来，我在上海也看见了。我不知道你到过上海没有？北京的房屋是平铺的，院子大，上海的房屋却是直叠的，连泥土也不容易看见。我的门外却有四尺见方的一块泥土，去年种了一株桃花，不料今年竟也开起来，虽然少得很，但总算已经看过了罢。至于看桃花的名所，是龙华，也有屠场，我有好几个青年朋友就死在那里面，所以我是不去的。

我的信如果要发表，且有发表的地方，我可以同意。我们不是没有说什么不能告人的话么？如果有，既然说了，就不怕发表。

临了，我要通知你一件你疏忽了的地方。你把自己的名字涂改了，会写错自己名字的人，是很少的，所以这是告诉了我所署的是假名。还有，我看你是看了《妇女生活》里的一篇《关于小孩子》的，是不是？

就这样的结束罢。祝

你们好。

鲁迅　四月十五夜。

十六日

日记　晴，风。上午复颜黎民信。寄明甫信。寄三弟信。得冶秋信。

三月的租界

今年一月，田军发表了一篇小品，题目是《大连丸上》，记着一年多以前，他们夫妇俩怎样幸而走出了对于他们是荆天棘地的大连——

"第二天当我们第一眼看到青岛青青的山角时，我们的心才又从冻结里蠕活过来。

"'啊！祖国！'

"我们梦一般这样叫了！"

他们的回"祖国"，如果是做随员，当然没有人会说话，如果是剿匪，那当然更没有人会说话，但他们竟不过来出版了《八月的乡村》。这就和文坛发生了关系。那么，且慢"从冻结里蠕活过来"罢。三月里，就"有人"在上海的租界上冷冷的说道——

"田军不该早早地从东北回来！"

谁说的呢？就是"有人"。为什么呢？因为这部《八月的乡村》"里面有些还不真实"。然而我的传话是"真实"的。有《大晚报》副刊《火炬》的奇怪毫光之一，《星期文坛》上的狄克先生的文章为证——

"《八月的乡村》整个地说，他是一首史诗，可是里面有些还不真实，像人民革命军进攻了一个乡村以后的情况就不够真实。有人这样对我说：'田军不该早早地从东北回来'，就是由于他感觉到田军还需要长时间的学习，如果再丰富了自己以后,这部作品当更好。技巧上,内容上,都有许多问题在,为什么没有人指出呢?"

这些话自然不能说是不对的。假如"有人"说,高尔基不该早早不做码头脚夫,否则,他的作品当更好;吉须不该早早逃亡外国,如果坐在希忒拉的集中营里,他将来的报告文学当更有希望。倘使有谁去争论,那么,这人一定是低能儿。然而在三月的租界上,却还有说几句话的必要,因为我们还不到十分"丰富了自己",免于来做低能儿的幸福的时期。

这样的时候,人是很容易性急的。例如罢,田军早早的来做小说了,却"不够真实",狄克先生一听到"有人"的话,立刻同意,责别人不来指出"许多问题"了,也等不及"丰富了自己以后",再来做"正确的批评"。但我以为这是不错的,我们有投枪就用投枪,正不必等候刚在制造或将要制造的坦克车和烧夷弹。可惜的是这么一来,田军也就没有什么"不该早早地从东北回来"的错处了。立论要稳当真也不容易。

况且从狄克先生的文章上看起来,要知道"真实"似乎也无须久留在东北似的,这位"有人"先生和狄克先生大约就留在租界上,并未比田军回来得晚,在东北学习,但他们却知道够不够真实。而且要作家进步,也无须靠"正确"的批评,因为在没有人指出《八月的乡村》的技巧上,内容上的"许多问题"以前,狄克先生也已经断定了:"我相信现在有人在写,或豫备写比《八月的乡村》更好的作品,因为读者需要!"

到这里,就是坦克车正要来,或将要来了,不妨先折断了投枪。

到这里,我又应该补叙狄克先生的文章的题目,是:《我们要执行自我批判》。

题目很有劲。作者虽然不说这就是"自我批判",但却实行着抹杀《八月的乡村》的"自我批判"的任务的,要到他所希望的正式的"自我批判"发表时,这才解除它的任务,而《八月的乡村》也许再有些生机。因为这种模模胡胡的摇头，比列举十大罪状更有害于对手，列举还有条款，含胡的指摘，是可以令人揣测到坏到茫无界限的。

自然，狄克先生的"要执行自我批判"是好心，因为"那些作家是我们底"的缘故。但我以为同时可也万万忘记不得"我们"之外的"他们"，也不可专对"我们"之中的"他们"。要批判，就得彼此都给批判，美恶一并指出。如果在还有"我们"和"他们"的文坛上，一味自责以显其"正确"或公平，那其实是在向"他们"献媚或替"他们"缴械。

四月十六日。

原载 1936 年 5 月 10 日《夜莺》月刊第 1 卷第 3 期。

初收拟编书稿《且介亭杂文末编》。

十七日

日记 雨。上午得赵家璧信并木刻照片一枚，即复。得罗清桢信并木刻，即复。晚得内山夫人信。得须藤先生信并河豚干一合四枚。夜编《述林》下卷。

致 赵家璧

家璧先生：

顷收到来信并照片，感谢之至。

所做的铜锌板，成绩并不坏。不过印起来，总还要比样张差一点，而且和印工的手段，大有关系：这一点是必须注意的。

照《引玉集》大小，原画很大的就不免缩得太小，但要售价廉，另外也别无善法。《引玉集》的缺点，是纸张太厚，而钉用铁丝，我希望这回不用这钉法。

专此布复，并请

撰安。

鲁迅　四月十七日

再：Mitrokhin 的木刻，我想再增加一张，就是 No. 135 的 *Children's Garden*。那 No. 136 的 *Flowerbeds* 不要，这两幅其实是不相连的。

致 罗清桢

清桢先生：

顷得惠函并木刻种种，感谢之至。

E. 君并无信来，是不能寄到，或没有评论，均不可知。至于交换木刻，则因为我和那边的木刻家，均无直接交际，忽有此举，似稍嫌唐突，故亦无报命，尚希　鉴原为幸。

专此布复，并颂

时绥。

鲁迅　四月十七日

十八日

日记　雨。午前得明甫信，午后复。得荆有麟信。下午买『小林多喜二日记』一本，一元一角。下午费慎祥来。晚三弟及蕴如携菓官来，饭后并同广平携海婴往卡尔登戏院观 *The Devil's Cross*。

十九日

　日记　星期。晴。上午得赵景深信。得周昭俭信。铭之来。下午张因来。

二十日

　日记　上午得陈烟桥信并木刻两幅。得厦门大学一九三六级级会信,即复。得于黑丁信,即复。得姚克信,下午复。校日本译『羊』一过。

致 姚 克

莘农先生:

　十八夜信顷收到。《译文》复刊,又出别的,似乎又给有些人不舒服了,听说《时事新报》已有宣布我的罪状的文章,但我没有见。

　写英文的必要,决不下于写汉文,我想世界上洋热昏一定很多,淋一桶冷水,给清楚一点,对于华洋两面,都有益处的。

　电影界的情形,我不明白,但从书报检查员推测起来,那些官儿,也一定是笑剧中的脚色。

　两日本人名的英拼法,如下

　儿岛献吉郎＝KOJIMA KENKICHIRŌ.(RO 是长音,不知道是否上加一划?)

　高桑驹吉＝TAKAKUWA KOMAKICHI.

　专此布复,并请

著安。

迅　顿首　四月二十日

二十一日

日记 昙。午后得黄苹荪信。得何家槐信。得李霁野信。夜雨。

二十二日

日记 小雨。上午得『東方学报』（东京第六册）一本,五元五角。得日本译『雷雨』一本,作者寄赠。李霁野自英伦来,赠复印欧洲古木刻三帖,假以泉百五十。午后张因来。烈文来。晚河清来。夜校《海上述林》上卷讫,共六百八十一頁。

二十三日

日记 晴。上午得于黑丁信并稿。得孟十还信。得唐英伟信。得孔若君信。得季市信。得《干青木刻二集》一本,作者寄赠。下午得安弥信附与亚丹笺。得奚如信。买『読書術』一本,九角。夜雨。

致 曹靖华

汝珍兄：

插图本《41》,早已收到。能出版时,当插入。

三兄有信来,今转上。霁野回国了,昨天见过。但他说也许要回乡一看。

这里在弄作家协会,先前的友和敌,都站在同一阵图里了,内幕如何,不得而知,指挥的或云是茅与郑,其积极,乃为救《文学》也。我鉴于往日之给我的伤,拟不加入,但此必将又成一大罪状,听之而已。

近十年来,为文艺的事,实已用去不少精力,而结果是受伤。认真一点,略有信用,就大家来打击。去年田汉作文说我是调和派,我作文诘问,他函答道,因为我名誉好,乱说也无害的。后来他变成这样,我们的"战友"之一却为他辩护道,他有大计画,此刻不能定论。我真觉得不是巧人,在中国是很难存活的。

我们都好,我已复元了,但仍然忙。昨寄书两包,内有《作家》一本,新近出版。

今年各种刊物上,多刊高尔基像,此老今年忽然成为一切好好歹歹的东西的掩护旗子了。

《文学导报》颇空虚,但这么大,看起来伸着颈子真吃力。

我设法印成了一本《死魂灵百图》,Agin 画,兄所给的十二幅,也附在后面,有厚纸的一种,还未装成,成后当寄上。

专此布达,即请

近安。

弟豫　上　四月廿三夜。

二十四日

日记　昙。上午内山书店送来『人形作者篇』(『玩具丛书』之八),『闲サレタ庭』各一本,共泉四元五角。下午寄季市书十余册。复何家槐信。寄靖华信附小山笺。得段干青来信,即复。寄章雪村信。晚孔若君,李霁野同来。得河清夫人信并 *The Life of the Caterpillar* 一本。

致 何家槐

家槐先生:

前日收到来信并缘起,意见都非常之好。

我曾经加入过集团,虽然现在竟不知道这集团是否还在,也不能看见最末的《文学生活》。但自觉于公事并无益处。这回范围更大,事业也更大,实在更非我的能力所及。签名并不难,但挂名却无聊之至,所以我决定不加入。

专此布复,并颂

时绥。

致 段干青

干青先生:

顷收到廿日信。木刻二集早收到,谢谢!

木刻由普遍而入于消沉,这是因为没有技法上的指导者的缘故,于是无法上达,即使有很好的题材,也不能表现出来了。

我自己不会刻,不过绍介过一点外国作品,近来又因为杂务和生病,连绍介的事也放下了,但不久还想翻印一点。至于理论和技法,我其实是外行的。

专此布复,即颂

时绥。

鲁迅　四月廿四日

致 吴朗西

朗西先生:

昨日内山谈起,《死魂灵百图》初出时,他就面托送书的人,要二十部,至今没有送给他云云。我想这一定是那人忘记了。便中送给他罢。

　　专布,即颂

时绥。

迅　上　　四月廿四夜。

二十五日

　　日记　晴。上午复唐英伟信。寄吴朗西信。得颜黎民信。下午得增田君信,即复。明甫来。得 V. Lidin 所赠照片一枚。晚蕴如携阿玉及阿菩来。三弟来并为买得 *The Chinese on the Art of Painting* 一本,九元。得段雪生信并北平榴火文艺社信。

二十六日

　　日记　星期。晴,风。午后得于黑丁信。与广平携海婴往卡尔登影戏院观杂片。姚克,施乐同来,未见。夜河清来。巴金赠《短篇小说集》二本。

二十七日

　　日记　晴。无事。

二十八日

　　日记　雨。上午得陈佩骥信。得蔡斐君信。得赵清信。得三弟信。得『版芸術』(五月分)一本,六角。午后得周昭俭信。得狄克信。

二十九日

　　日记　小雨。上午得程靖宇信。内山书店送来『楽浪王光墓』一本,二十七元五角。

三十日

日记　晴。上午得阿英信,夜复。寄三弟信。小峰夫人来并交版税泉二百。得赵景深信。烈文寄赠《冰岛渔夫》一本。作杂文一篇。失眠。

《出关》的“关”

我的一篇历史的速写《出关》在《海燕》上一发表,就有了不少的批评,但大抵自谦为“读后感”。于是有人说:“这是因为作者的名声的缘故”。话是不错的。现在许多新作家的努力之作,都没有这么的受批评家注意,偶或为读者所发现,销上一二千部,便什么“名利双收”呀,“不该回来”呀,“叽哩咕噜”呀,群起而打之,惟恐他还有活气,一定要弄到此后一声不响,这才算天下太平,文坛万岁。然而别一方面,慷慨激昂之士也露脸了,他戟指大叫道:“我们中国有半个托尔斯泰没有?有半个歌德没有?”惭愧得很,实在没有。不过其实也不必这么激昂,因为从地壳凝结,渐有生物以至现在,在俄国和德国,托尔斯泰和歌德也只有各一个。

我并没有遭着这种打击和恫吓,是万分幸福的,不过这回却想破了向来对于批评都守缄默的老例,来说几句话,这也并无他意,只为批评者有从作品来批判作者的权利,作者也有从批评来批判批评者的权利,咱们也不妨谈一谈而已。

看所有的批评,其中有两种,是把我原是小小的作品,缩得更小,或者简直封闭了。

一种,是以为《出关》在攻击某一个人。这些话,在朋友闲谈,随意说笑的时候,自然是无所不可的,但若形诸笔墨,昭示读者,自以为得了这作品的魂灵,却未免像后街阿狗的妈妈。她是只知道,也只爱听别人的阴私的。不幸我那《出关》并不合于这一流人的胃口，于是一种小报上批评道："这好像是在讽刺傅东华，然而又不是。"既然"然而又不是"，就可见并不"是在讽刺傅东华"了，这不是该从别处着眼了么？然而他因此又觉得毫无意味，一定要实在"是在讽刺傅东华"，这才尝出意味来。

这种看法的人们，是并不很少的，还记得作《阿Q正传》时，就曾有小政客和小官僚惶怒，硬说是在讽刺他，殊不知阿Q的模特儿，却在别的小城市中，而他也实在正在给人家捣米。但小说里面，并无实在的某甲或某乙的么？并不是的。倘使没有，就不成为小说。纵使写的是妖怪，孙悟空一个筋斗十万八千里，猪八戒高老庄招亲，在人类中也未必没有谁和他们精神上相像。有谁相像，就是无意中取谁来做了模特儿，不过因为是无意中，所以也可以说是谁竟和书中的谁相像。我们的古人，是早觉得做小说要用模特儿的，记得有一部笔记，说施耐庵——我们也姑且认为真有这作者罢——请画家画了一百零八条梁山泊上的好汉，贴在墙上，揣摩着各人的神情，写成了《水浒》。但这作者大约是文人，所以明白文人的技俩，而不知道画家的能力，以为他倒凭凭空创造，用不着模特儿来作标本了。

作家的取人为模特儿，有两法。一是专用一个人，言谈举动，不必说了，连微细的癖性，衣服的式样，也不加改变。这比较的易于描写，但若在书中是一个可恶或可笑的角色，在现在的中国恐怕大抵要认为作者在报个人的私仇——叫作"个人主义"，有破坏"联合战线"之罪，从此很不容易做人。二是杂取种种人，合成一个，从和作者相关的人们里去找，是不能发现切合的了。但因为"杂取种种人"，一部分相像的人也就更其多数，更能招致广大的惶怒。我是一向取后一法的，当初以为可以不触犯某一个人，后来才知道倒触犯了一个以上，真是"悔之无及"，既然"无及"，也就不悔了。况且这方法也和中国人的习惯相合，例如画家的画人物，也是静观默察，烂熟于心，然后凝神结想，一挥而就，向来不用一个单独的模特儿的。

不过我在这里,并不说傅东华先生就做不得模特儿,他一进小说,是有代表一种人物的资格的;我对于这资格,也毫无轻视之意,因为世间进不了小说的人们倒多得很。然而纵使谁整个的进了小说,如果作者手腕高妙,作品久传的话,读者所见的就只是书中人,和这曾经实有的人倒不相干的。例如《红楼梦》里贾宝玉的模特儿是作者自己曹霑,《儒林外史》里马二先生的模特儿是冯执中,现在我们所觉得的却只是贾宝玉和马二先生,只有特种学者如胡适之先生之流,这才把曹霑和冯执中念念不忘的记在心儿里:这就是所谓人生有限,而艺术却较为永久的话罢。

　　还有一种,是以为《出关》乃是作者的自况,自况总得占点上风,所以我就是其中的老子。说得最凄惨的是邱韵铎先生——

　　　"……至于读了之后,留在脑海里的影子,就只是一个全身心都浸淫着孤独感的老人的身影。我真切地感觉着读者是会坠入孤独和悲哀去,跟着我们的作者。要是这样,那么,这篇小说的意义,就要无形地削弱了,我相信鲁迅先生以及像鲁迅先生一样的作家们的本意是不在这里的。……"(《每周文学》的《海燕读后记》)

　　这一来真是非同小可,许多人都"坠入孤独和悲哀去",前面一个老子,青牛屁股后面一个作者,还有"以及像鲁迅先生一样的作家们",还有许多读者们连邱韵铎先生在内,竟一窝蜂似的涌"出关"去了。但是,倘使如此,老子就又不"只是一个全身心都浸淫着孤独感的老人的身影",我想他是会不再出关,回上海请我们吃饭,出题目征集文章,做道德五百万言的了。

　　所以我现在想站在关口,从老子的青牛屁股后面,挽留住"像鲁迅先生一样的作家们"以及许多读者们连邱韵铎先生在内。首先是请不要"坠入孤独和悲哀去",因为"本意是不在这里",邱先生是早知道的,但是没说出在那里,也许看不出在那里。倘是前者,真是"这篇小说的意义,就要无形地削弱了";倘因后者,那么,却是我的文字坏,不够分明的传出"本意"的缘故。现在略说一点,算是敬扫一回两月以前"留在脑海里的影子"罢——

老子的西出函谷,为了孔子的几句话,并非我的发见或创造,是三十年前,在东京从太炎先生口头听来的,后来他写在《诸子学略说》中,但我也并不信为一定的事实。至于孔老相争,孔胜老败,却是我的意见:老,是尚柔的;"儒者,柔也",孔也尚柔,但孔以柔进取,而老却以柔退走。这关键,即在孔子为"知其不可为而为之"的事无大小,均不放松的实行者,老则是"无为而无不为"的一事不做,徒作大言的空谈家。要无所不为,就只好一无所为,因为一有所为,就有了界限,不能算是"无不为"了。我同意于关尹子的嘲笑:他是连老婆也娶不成的。于是加以漫画化,送他出了关,毫无爱惜,不料竟惹起邱先生的这样的凄惨,我想,这大约一定因为我的漫画化还不足够的缘故了,然而如果更将他的鼻子涂白,是不只"这篇小说的意义,就要无形地削弱"而已的,所以也只好这样子。

再引一段邱韵铎先生的独白——

"……我更相信,他们是一定会继续地运用他们的心力和笔力,倾注到更有利于社会变革方面,使凡是有利的力量都集中起来,加强起来,同时使凡是可能有利的力量都转为有利的力量,以联结成一个巨大无比的力量。"

一为而"成一个巨大无比的力量",仅次于"无为而无不为"一等,我"们"是没有这种玄妙的本领的,然而我"们"和邱先生不同之处却就在这里,我"们"并不"坠入孤独和悲哀去",而邱先生却会"真切地感觉着读者是会坠入孤独和悲哀去"的关键也在这里。他起了有利于老子的心思,于是不禁写了"巨大无比"的抽象的封条,将我的无利于老子的具象的作品封闭了。但我疑心:邱韵铎先生以及像邱韵铎先生一样的作家们的本意,也许倒只在这里的。

四月三十日。

原载 1936 年 5 月 15 日《作家》月刊第 1 卷第 2 号。

初收拟编书稿《且介亭杂文末编》。

『中国傑作小説』小引

支那に於ける新文学の始から今までの間の年月はまださう永くなかつた。始の時には矢張バルカン諸国に於けるが如く大抵創作者も翻訳者や文学革新運動戦闘者の役を勤めて居たが今になつこ稍々分れこ來た。併しその為め一部分の所謂作者の呑気さを増長した点から云へば頗る不幸な事である。

一般に云ふと現今の作者は書く事の不自由の点を別としても実に困難な境遇に置かれて居る。第一、新文学は外国の文学潮流に動かされて発生したのだから自国の古い文学から遺産として取るべきものは殆んど無かつた。第二、外国文学の翻訳物も少々あるけれども全集や傑作なく所謂"他山の石"となれるものは実に貧乏なものごあつた。

併し就中短篇小説の成績は割合に良い方に屬して居る。無論傑作と云ふ程のものはないけれども此頃流行して居る外国人の書いた支那の事を取扱ふ処の創作よりは必ず劣つて居るとも言へない。その眞実の点に至つては寧ろすぐれて居るのである。外国の読者から見れば本当でないらしい処が随分あるかも知れないが、併しそれは大抵真実である。今度、自分の浅陋をも顧みないで最近的作者の短篇小説を選出して日本へ紹介するてとになつたが──若し無駄な仕事に終らなかつたならば誠に莫大な幸である。

一九三六年四月三十日　魯迅

原载 1936 年 6 月 1 日日本《改造》月刊第 18 卷第 16 号。

初未收集。

蕭軍についての簡単た紹介

蕭軍も支那現在のあらゆる進歩的青年作家と同じく本当の姓名、戸籍などは明瞭でない。自分は姓は劉だとも云ふが疑はしい。北方の人、年は三十に近い。ハルピン、青島の新聞に創作を発表したことがあったが昨年から其の小説が上海の有名な文学雑誌にのせられて大に其名を揚げ、沢山の読者を得た。

作品集は短篇小説集『羊』、昨年出版、第二の小説集『江上』は印刷中である。

原载 1936 年 6 月日本《改造》月刊第 18 卷第 6 号，短篇小说《羊》文前。未署名。

初未收集。

致 钱杏邨

至于书面篆字，实非太炎先生作，而是陈师曾所书，他名衡寤，义宁人，陈三立先生之子，后以画名，今已去世了。

录自钱杏邨作《鲁迅书话》，原载 1937 年 10 月 19 日《救亡日报》。系残简。

《海上述林》下卷序言

这一卷所收的,都是文学的作品:诗,剧本,小说。也都是翻译。

编辑时作为根据的,除《克里慕·萨慕京的生活》的残稿外,大抵是印本。只有《没工夫唾骂》曾据译者自己校过的印本改正几个错字。高尔基的早年创作也因为得到原稿校对,补入了几条注释,所可惜的是力图保存的《第十三篇关于列尔孟托夫的小说》的原稿终被遗失,印本上虽有可疑之处,也无从质证,而且连小引也恐怕和初稿未必完全一样了。

译者采择翻译的底本,似乎并无条理。看起来:大约一是先要能够得到,二是看得可以发表,这才开手来翻译。而且有时也许还因了插图的引动,如雷赫台莱夫(B. A. Iekhterev)和巴尔多(R. Barto)的绘画,都曾为译者所爱玩,观最末一篇小说之前的小引,即可知。所以这里就不顾体例和上卷不同,凡原本所有的图画,也全数插入,——这,自然想借以增加读者的兴趣,但也有些所谓“悬剑空垅”的意思的。至于关于辞句的办法,却和上卷悉同,兹不赘。

一九三六年四月末,编者。

最初印入 1936 年 10 月诸夏怀霜社版《海上述林》下卷。

署名编者。

初未收集。

五月

一日

日记　晴。上午复周昭俭信并《死魂百图》一本。又寄程靖宇一本。寄章雪村信。得雷金茅信。得段干青信。得靖华信。夜朗西来。雨。

二日

日记　小雨。上午内山书店送来『漱石全集』(二)一本,一元七角。得良友图书公司通知信。得徐懋庸信,下午复。寄吴朗西信。晚河清来。得时玳信,即复。蕴如来。三弟来并为代定缩印本《四部丛刊》一部,百五十元。

致 徐懋庸

懋庸先生:

来信收到。关于我的信件而发生的问题,答复于下——

一、集团要解散,我是听到了的,此后即无下文,亦无通知,似乎守着秘密。这也有必要。但这是同人所决定,还是别人参加了意见呢,倘是前者,是解散,若是后者,那是溃散。这并不很小的关系,我确是一无所闻。

二、我所指的刊物,是已经油印了的。最末的一本,曾在别处见过实物,此后确是不出了。这事还早,是否已在先生负责之后,我没有查考。

至于"是非","谣言","一般的传说",我不想来推究或解释,"文祸"已够麻烦,"语祸"或"谣祸"更是防不胜防,而且也洗不胜洗,即使到了"对嘴",还是弄不清楚的。不过所谓"那一批人",我却连自己也不知道是"那一批"。

好在现在旧团体已不存在,新的呢,我没有加入,不再会因我而引起一点纠纷。我希望这已是我最后的一封信,旧公事全都从此结束了。

专此布达,并颂

时绥。

鲁迅 五月二日

三日

日记 星期。昙。上午得章雪村信,即复。寄三弟信。晚往九华堂买次单宣三十五张,抄更纸十六刀,共泉二十五元三角六分。译文社邀夜饭于东兴楼,夜往,集者约三十人。复靖华信。

致 曹靖华

汝珍兄:

廿七日信已到。此间莲姊家已散,化为傅、郑所主持的大家族,实则藉此支持《文学》而已,毛姑似亦在内。旧人颇有往者,对我大肆攻击,以为意在破坏。但他们形势亦不佳。

《作家》,《译文》,《文丛》,是和《文学》不洽的,现在亦不合作,故颇为傅郑所嫉妒,令喽罗加以破坏统一之罪名。但谁甘为此辈自私者所统一呢,要弄得一团糟的。近日大约又会有别的团体出现。我以为这是好的,令读者可以比较比较,情形就变化了。

从七月起,《文学》换王统照编辑,大约只是傀儡,而另有牵线人。今晚请客,闻到者只十八人,连主人之类在内,然则掌柜虽换,生意恐怕仍无起色。

陈君款未还,但我并不需用,现在那一面却在找他了,到现在才找他,真是太迟。而且他们还把前信失去,再要一封,我只得以没法办理回复。

《41》印起来,款子有法想,不必寄。

大会要几句话,俟见毛兄时一商再说。

我们也准备垂帘听政,不过不是莲小姐,而是别个了。南方人没有北方的直爽,办事较难,但想试试看。

印《城市与年》的木刻时,想每幅图画之下,也题一两句,以便读者,题字大抵可以从兄的解释中找到,但开首有几幅找不到,大约即是"令读者摸不着头脑的事"。今将插画所在之页数开上,请兄加一点说明,每图一两句足够了——

(1)11 页 (2)19 页对面 (3)35 页

(4)73 页 (5)341 页

以上,共五图。

上海今年很奇,至今还是冷。我已复元,女人和孩子也都好的,可请释念。

现正在印 Gogol 的《死魂灵图》,兄寄给我的十二幅,已附入。它兄的译文,上本已校毕,可付印了,有七百页。下本拟即付排。

专此布达,并请

春安。

弟豫　上　五月三夜

四日

日记 昙。上午得曹白信,即复。得王冶秋信。以《中国画论》

寄赠 P. Ettinger。

致 曹 白

曹白先生：

　　来信收到。关于力群的消息，使我很高兴。他的木刻，是很生动的，但关于形体，时有失败处，这是对于人体的研究，还欠工夫的缘故。

　　《死魂灵图》，你买的太性急了，还有一种白纸的，印的较好，正在装订，我要送你一本。至于其中的三张，原是密线，用橡皮版一做，就加粗，中国又无印刷好手，于是弄到这地步。至于刻法，现在却只能做做参考，学不来了。此书已卖去五百本，倘全数售出，收回本钱，要印托尔斯泰的《安那·卡莱尼娜》(*Anna Karenina*)的插画也说不定，不过那并非木刻。

　　你的那一篇文章，尚找不着适当的发表之处。我只抄了一段，连一封信（略有删去及改易），收在《写在深夜里》的里面。这原是为 *The Voice of China* 而作的，译文当发表在五月十五这一本上，出后当送你（你能看英文吗？便中通知我）。原文给了《夜莺》，听说不久出版，我看是要被这篇文章送终的，但他们说：这样也不要紧。

　　说起我自己来，真是无聊之至，公事，私事，闲气，层出不穷。刊物来要稿，一面要顾及被禁，一面又要不十分无谓，真变成一种苦恼，我称之为"上了镣铐的跳舞"。但《作家》已被停止邮寄了，《死魂灵》第二部，只存残稿五章，已大不及第一部，本来是没有也可以的，但我决计把它译出，第二章登《译文》第三本，以后分五期登完，大约不到十万字。作者想在这一部里描写地主们改心向善，然而他所写的理想人物，毫无生气，倒仍旧是几个丑角出色，他临死之前，将全稿烧掉，是有自知之明的。

专此布复，并颂

时绥。

迅　上　五月四日

致 王冶秋

冶秋兄：

　　五月一日函收到。此集我至少还可以补上五六篇，其中有几篇是没有刊出过的；但我以为译序及《奔流》后记，可以删去（《展览会小引》，《祝〈涛声〉》，《"论语一年"》等，也不要）。稿挂号寄书店，不至失落；印行处我当探问，想必有人肯印的，但也许会要求删去若干篇，因为他们都胆子小。

　　我没有近照，最近的就是四五年前的，印来印去的那一张。序文当写一点。

　　四月十一日的信，早收到了。年年想休息一下，而公事，私事，闲气之类，有增无减，不遑安息，不遑看书，弄得信也没工夫写。病总算是好了，但总是没气力，或者气力不够应付杂事；记性也坏起来。英雄们却不绝的来打击。近日这里在开作家协会，喊国防文学，我鉴于前车，没有加入，而英雄们即认此为破坏国家大计，甚至在集会上宣布我的罪状。我其实也真的可以什么也不做了，不做倒无罪。然而中国究竟也不是他们的，我也要住住，所以近来已作二文反击，他们是空壳，大约不久就要消声匿迹的：这一流人，先前已经出了不少。

　　你所说的药方，是医气管炎的，我的气喘原因并不是炎，而是神经性的痉挛。要复发否，现在不可知。大约能休息和换地方，就可以好得多，不过我想来想去，没有地方可去。

这里还很冷，真奇。霁已回国，见过面，但现在不知道他是回乡，还是赴津了。

专此布复，并颂

时绥。

树　上　五月四夜。

致 吴朗西

朗西先生：

《珂勒惠支版画选集》序二篇之后，拟用自笔署名，今寄上字稿，乞费神代制锌版，制成后版留尊处，寄下印本，当于校时粘入，由先生并版交与印刷局也。

专此布达，并颂

春祺。

鲁迅　上　五月四夜。

五日

日记　昙。上午复王冶秋信。寄吴朗西信。午后往内山书店见武者小路实笃氏。得赵景深信。得徐懋庸信。得山本夫人信。得明甫信，即复。下午访章雪村。晚明甫来。寄河清信并陈学昭稿。

致 黄 源

河清先生：

沈先生寄来一稿，嘱转交。今并原信之一部分，连稿寄上。我疑是长篇中之一节,但未能确定。

陈小姐通信地址,已函问沈先生,得回信后当再通知。

专布,即请

日安。

迅　上　五月五日

六日

日记　晴。上午得母亲信,二日发。得孟十还信。得文学丛报社信。得『おもちや絵集』一本,六角。下午买『東洋文化史研究』及『南北朝に於ける社会経済制度』各一本,共泉六元。复雪金茅信并还小说稿。

七日

日记　晴。上午寄母亲信。复段干青信并还艾明稿,并赠《死魂灵百图》一本。又寄赠罗清桢一本。得曹白信。得三弟信。得张静庐信,即复。得静农信,即复。午后得明甫信并《现代中国》二本。下午同广平携海婴往上海大戏院观《铁马》。夜雨。

致 母 亲

母亲大人膝下,敬禀者,五月二日来示,昨已收到。丈量的事,既经办妥,总算了了一件事。

海婴很好,每日上学,不大赖学了,但新添了一样花头,是礼拜天要看电影;冬天胖了一下,近来又瘦长起来了。大约孩子是春天长起来,长的时候,就要瘦的。

男早已复原,不过仍是忙;害马亦好,可请勿念。上海虽无须火炉,但仍是冷,夜里可穿棉袄,这是今年特别的。

专此布复,恭请

金安。

男树　叩上·广平海婴同叩。五月七日

致 段干青

干青先生:

惠示收到。艾君小说稿,亦别封寄至。但我近来力衰事烦,对于各种作品,实无法阅读作序,有拂来谕,尚希鉴原为幸。

上月印《死魂灵百图》一本,另托书店邮奉,乞哂存。艾君小说稿,亦附在内,并请转交,为感。

专此布达,并颂

时绥。

鲁迅　五月七日

致 台静农

伯简兄:

二日信收到。此信或可到在月半之前。我病已好,但依然事烦,因此疲劳而近于病,实亦不能谓之病也。霁野已见过,现回里抑北上,则未详。"第三种人"已无面目见人,则驱戴望舒为出面腔,冀在文艺上复活,远之为是。《文学》编辑,张天翼已知难而逃,现定为王统照,其实亦系傅郑辈暗中布置,操纵于后,此两公固未尝冲突

也。《死魂灵百图》有白纸绸面本,正在装订,成后当奉赠。北归在即,过沪想能晤谈,企此为慰耳。专此布复,并颂

日祉。

树　顿首　五月七日

八日

日记　昙。上午寄三弟信。吴朗西持白纸绸面本《死魂灵百图》五十本来,即陆续分赠诸相识者。下午寄曹白信。寄郑野夫信。得李霁野信并还泉百五十。晚张因来。夜译《死魂灵》二部三章起。

致　曹　白

曹白先生:

五日信收到。研究文学,不懂一种外国文,是非常不便的。日文虽名词与中国大略相同,但要深通无误,仍非三四年不可,而且他们自己无大作家,近来绍介也少了,犯不着。英国亦少大作家,而且他们颇顽固,不大肯翻译别国的作品;美国较多,但书价贵。我以为你既然学过法文,不如仍学法文。因为:一,温习起来,究竟比完全初学便当;二,他们近来颇翻译别国的好作品;三,他们现在就有大作家,如罗兰,纪德,作品于读者有益。

但学外国文须每日不放下,记生字和文法是不够的,要硬看。比如一本书,拿来硬看,一面翻生字,记文法;到看完,自然不大懂,便放下,再看别的。数月或半年之后,再看前一本,一定比第一次懂得多。这是小儿学语一样的方法。

《死魂灵百图》白纸印本已订好,包着放在书店里,请持附笺去

取为荷。

　　专此布达,即颂

时绥。

迅　上　五月八日

致 内山完造

老版：

　　曹先生宛の本をわたしてくださいまし

L　拝　五月八日

致 李霁野

霁野兄：

　　五月五日信并汇款,均收到无误。

　　我是不写自传也不热心于别人给我作传的,因为一生太平凡,倘使这样的也可做传,那么,中国一下子可以有四万万部传记,真将塞破图书馆。我有许多小小的想头和言语,时时随风而逝,固然似乎可惜,但其实,亦不过小事情而已。

　　新近印成一部《死魂灵百图》,已托书店寄上,想不日可到。翻印此种书,在中国虽创举,惜印工殊不佳也。

　　专此布复,即颂

时绥。

迅　上　五月八日

九日

　　日记　晴。上午德芷来。午后复霁野信。寄吴朗西信。得明甫信。得新知书店信并画集底本。晚河清来并交稿费四十。三弟来。

致 吴朗西

朗西先生：

　　昨天内山说要批发精装《死魂灵百图》五本，希便中送给他为荷。

　　专此布达，即请

日安。

鲁迅　五月九日

十日

　　日记　星期。小雨。上午内山书店送来牧野氏『植物分類研究』（下），『近世錦絵世相史』（六），『チェーホフ全集』（十七）各一本，共泉十一元二角。午后得季市信。同广平携海婴往大上海大戏院观《龙潭虎穴》。下午得金肇野信。得唐弢信并《推背集》一本。烈文来。夜胡风来。

十一日

　　日记　雨。上午得赵景深信。得马子华信。得木下猛信片。得烟桥木刻二幅。

十二日

日记 晴。上午收《竖琴》版税百一元五角二分。得曹白信。得阿芷信。

致 吴朗西

朗西先生：

校稿及惠示均收到。

插画题字比较的急需，先行寄上，请令排工再改一次，寄下再校为感。

专此布达，即请

日安。

鲁迅 上 五月十二日

十三日

日记 昙。午后阿芷及其夫人至书店来，并赠肉一碗，鲫鱼一尾。得欧阳山信并赠《青年男女》一本。得孟十还信。得新知书店信。校《述林》下卷起。

十四日

日记 昙。上午寄章雪村信。寄靖华信并《竖琴》版税二十六元。夜得河清信。

致 曹靖华

汝珍兄：

两三日前托书店寄上《死魂灵百图》一本，不知已到否？兄所给的十二幅，亦附在后。印工还不太坏，但和原本一比，却差远了。

四月结账，《星花》得版税二十六元，今附上汇单，乞便中往商务分馆一取为幸。

有人寄提议汇印我的作品的文章到作家社来，谓回信可和兄说。一切书店，纵使口甜如蜜，但无不惟利是图。此事我本想自办，但目前又在不决，大约是未必印的，那篇文章也不发表，请转告。

又有一大批英雄在宣布我破坏统一战线的罪状，自问历年颇不偷懒，而每逢一有大题目，就常有人要趁这机会把我扼死，真不知何故，大约的确做人太坏了。近来时常想歇歇。专此布达，并请

日安。

弟豫　顿首　五月十四日

十五日

日记　昙。上午吴朗西来。得草明信，即复。得靖华信，午后复。往须藤医院诊，云是胃病。下午得孟十还信。买《赋史大要》一本，三元三角。

致 曹靖华

汝珍兄：

昨寄一信并《星花》版税，想已到。今得到十一日来函并插画题

166

句,每条拟只删存一两句,至于印法,则出一单行本子,仍用珂罗版,付印期约在六月,是先排好文字,打了纸版,和图画都寄到东京去。

《文学》之求复活,是在依靠一大题目;我因不加入文艺家协会(傅东华是主要的发起人),正在受一批人的攻击,说是破坏联合战线,但这类英雄,大抵是一现之后,马上不见了的。《文丛》二期已出,三期则集稿颇难;《作家》编者,也平和了起来,大抵在野时往往激烈,一得地位,便不免力欲保持,所以前途也难乐观。不过究竟还有战斗者在,所以此后即使已出版者灰色,也总有新的期刊起来的。

它兄集上卷已排完,皆译论,有七百页,日内即去印,大约七八月间可成;下卷刚付印,皆诗,剧,小说译本,几乎都发表过的,则无论如何,必须在本年内出版。这么一来,他的译文,总算有一结束了。

我的选集,实系出于它兄之手,序也是他作,因为那时他寓沪缺钱用,弄出来卖几个钱的。《作家》第一期中的一篇,原是他的集子上卷里的东西,因为集未出版,所以先印一下。这样子,我想,兄的疑团可以冰释了。

纪念事昨函已提及,我以为还不如我自己慢慢的来集印,因为一经书店的手,便惟利是图,弄得一榻胡涂了,虽然印出可以快一点。

上海还是冷。我琐事仍多,正在想设法摆脱一点。有些手执皮鞭,乱打苦工的背脊,自以为在革命的大人物,我深恶之,他其[实]是取了工头的立场而已。

日前无力,今日看医生,云是胃病,大约服药七八天,就要好起来了。妇孺均安,并希释念。

专此布复,即请

日安。

弟　豫　顿首　五月十五日

十六日

日记 晴。上午得明甫信。得于雁信。得段干青信,下午复。协和及其次子来。晚蕴如携晔儿来,并为买得茶叶廿余斤,值十四元二角。三弟来。

《死魂灵》第二部第二章译者附记[*]

《死魂灵》第二部的写作,开始于一八四○年,然而并没有完成,初稿只有一章,就是现在的末一章。后二年,果戈理又在草稿上从新改定,誊成清本。这本子后来似残存了四章,就是现在的第一至第四章;而其间又有残缺和未完之处。

其实,这一部书,单是第一部就已经足够的,果戈理的运命所限,就在讽刺他本身所属的一流人物。所以他描写没落人物,依然栩栩如生,一到创造他之所谓好人,就没有生气。例如这第二章,将军贝德理锡且夫是丑角,所以和乞乞科夫相遇,还是活跃纸上,笔力不让第一部;而乌理尼加是作者理想上的好女子,他使尽力气,要写得她动人,却反而并不活动,也不像真实,甚至过于矫揉造作,比起先前所写的两位漂亮太太来,真是差得太远了。

原载 1936 年 5 月 16 日《译文》月刊新 1 卷第 3 期。
初未收集。

十七日

日记 星期。晴,风。无事。

十八日

日记 小雨。上午得陈蜕信。午后胡风来并赠《山灵》一本。夜发热三十八度二分。

致 吴朗西

朗西先生：

今送上六尺云化宣纸一百零五张，暂存社内，俟序文校毕后应用。

印时要多印五张，以便换去印得不好的页子的。

专此布达，即请

日安。

迅　上　五月十八日

致 吴朗西

朗西先生：

校样收到。未见纸板，不知已打否？如未打，有三处要改正，改后再打。如已打好，那就算了。希将纸板交下。

宣纸于今日托纸铺送上。但校样大约还得改几回。

专此布达，即请

日安。

鲁迅　上　五月十八日

十九日

日记 晴。上午得三弟信,即复。午后往须藤医院诊。下午得何家槐信。晚河清来并赠松江茶食二种,交《译文》三期稿费十七元。夜热三十八度。

二十日

日记 晴。上午得汉唐砖石刻画象拓片九枚,李秉中寄来。得卢鸿基信。得徐芬信。下午内山书店送来『世界文芸大辞書』(七)一本,五元五角。孔若君来,未见。得明甫信。晚须藤先生来诊。夜九时热三十七度七分。

二十一日

日记 晴。上午寄明甫信。寄三弟信。午后得母亲信,十八日发。收《作家》第二本稿费卅。得《现代版画》(十八)一本。夜九时热三十七度六分。

二十二日

日记 晴。上午得霁野信。得唐弢信,即复。得章靳以信,即复。下午以《述林》上卷托内山君寄东京付印。须藤先生来诊。夜九时热三十七度九分。

致 唐 弢

唐弢先生:

来信收到。编刊物决不会"绝对的自由",而且人也决不会"不属于任何一面",一做事,要看出来的。如果真的不属于任何一面,那么,他是一个怪人,或是一个滑人,刊物一定办不好。

我看，对于这样的一个要求条件，还是不编干净罢。

病中，不能多写，乞恕为幸。

此请

日安。

鲁迅　五月廿二日

二十三日

日记　晴。上午寄须藤先生信，取药。午得赵景深信。得赵家璧信并书，即复。得明甫信，即复。得靖华信并译稿，下午复。晚蕴如携阿菩来。三弟来。夜九时热三十七度六分。

致 赵家璧

家璧先生：

顷得惠函，并书报，谢谢。

发热已近十日，不能外出；今日医生始调查热型，那么，可见连什么病也还未能断定。何时能好，此刻更无从说起了。

《版画》如不久印成，那么，在做序之前，只好送给书店，再转给我看一看。假使那时我还能写字，序也还是做的。

专此布复，即请

撰安。

鲁迅　五月廿三日

致 曹靖华

汝珍兄：

二十日信收到，并稿子。《百图》纸面印了一千，绸面五百，大约年内总可售完,虽不赚钱,但可不至于赔本。

所说消息,全是谣言,此间倒无所闻,大约是北方造的,但不久一定要传过来的。

作家协会已改名为文艺家协会,其中热心者不多,大抵多数是敷衍,有些却想借此自利,或害人。我看是就要消沉,或变化的。新作家的刊物,一出锋头,就显病态,例如《作家》,已在开始排斥首先一同进军者,而自立于安全地位,真令人痛心,我看这种自私心太重的青年,将来也得整顿一下才好。

能给肖兄知道固好,但头绪纷繁,从何说起呢?这是连听听也头痛的。

上海的所谓"文学家",真是不成样子,只会玩小花样,不知其他。我真想做一篇文章,至少五六万字,把历来所受的闷气,都说出来,这其实也是留给将来的一点遗产。

如见陈君,乞转告:我只得到他的一封信;款不需用,不要放在心上。

这回又躺了近十天了,发热,医生还没有查出发热的原因,但我看总不是重病。不过这回医好以后,我可真要玩玩了。

专此布达,即请

日安。

弟豫　顿首　五月二十三日

二十四日

日记　星期。晴。上午内山君来访。午后得靳以信。晚须藤先生来诊。夜内山君赠莓一合。九时热三十七度三分。

二十五日

日记　雨。上午得钟步清信并木刻。得罗清桢信。得明甫信。

172

得孟十还信附时玳信，即复。下午须藤先生来注射。夜热三十七度八分。

致 时 玳

时玳先生：

　　十五的信，二十五收到了，足足转了十天。作家协会已改名文艺家协会，发起人有种种。我看他们倒并不见得有很大的私人的企图，不过或则想由此出点名，或者想由此洗一个澡，或则竟不过敷衍面子，因为倘有人用大招牌来请做发起人，而竟拒绝，是会得到很大的罪名的，即如我即其一例。住在上海的人大抵聪明，就签上一个姓名，横竖他签了也什么不做，像不签一样。

　　我看你也还是加入的好，一个未经世故的青年，真可以被逼得发疯的。加入以后，倒未必有什么大麻烦，无非帮帮所谓指导者攻击某人，抬高某人，或者做点较费力的工作，以及听些谣言。国防文学的作品是不会有的，只不过攻打何人何派反对国防文学，罪大恶极。这样纠缠下去，一直弄到自己无聊，读者无聊，于是在无声无臭中完结。假使中途来了压迫，那么，指导的英雄一定首先销声匿迹，或者声明脱离，和小会员更不相干了。

　　冷箭是上海"作家"的特产，我有一大把拔在这里，现在在生病，俟愈后，要把它发表出来，给大家看看。即如最近，"作家协会"发起人之一在他所编的刊物上说我是"理想的奴才"，而别一发起人却在劝我入会：他们以为我不知道那一枝冷箭是谁射的。你可以和大家接触接触，就会明白的更多。

　　这爱放冷箭的病根，是在他们误以为做成一个作家，专靠计策，不靠作品的。所以一有一件大事，就想借此连络谁，打倒谁，把自己抬上去。殊不知这并无大效，因此在上海，竟很少能够支持三四年的作家。例如《作家》月刊，原是一个商办的东西，并非文学团体的机关志，它的盛衰，是和"国防文学"并无关系的，而他们竟看得如此之重，即可见其毫无眼光，也没有自信力。

《作家》既非机关志，即无所谓"分裂"，但我却有一点不满，因为他们只从营业上着想，竟不听我的抗议，一定要把我的作品放在第一篇。

我对于初接近我的青年，是不想到他"好""不好"的。如果已经"当做不好的人看待"，不是无须接近了吗？曹先生到我写信的这时候为止，好好的（但我真不知道有些人为什么喜欢造这种谣言）活着，您放心罢。

专此布复，即请

日安。

鲁迅　五月二十五日

二十六日

日记　晴。上午得唐英伟信。得赖少其信。山本夫人寄赠秋田氏『五十年生活年譜』一本。内山君赠蒲陶汁二瓶。内山书店送来『青春を賭ける』一本，一元七角。晚须藤先生来诊察并注射。夜热三十七度八分。

二十七日

日记　晴。下午须藤先生来注射。夜热三十七度五分。

二十八日

日记　晴。上午寄吴朗西信并校稿。得 G. Cherepnin 信。得赵家璧信并复制苏联木刻。下午须藤先生来诊并注射。胡风来，赠以

『改造』一本。夜内山君来并赠海胆脏一合。九时热三十七度二分。

致 吴朗西

朗西先生：

《版画》序校稿，已另封挂号寄上，请饬印刷局于照改后，打清样两份寄下，当将此清样贴在宣纸上，再行寄奉，然后照印也。

专此布达，即请

日安。

鲁迅 五月二十八日

二十九日

日记 晴。上午季市及公衡来，为作札绍介于须藤医院。得《一天的工作》版税百另六元九角二分。得『版芸術』（六月分）一本，六角。得增田君信。寄费慎祥信。下午须藤先生来注射，并用强心剂一针。夜九时热三十七度二分。雨。

致 费慎祥

慎祥兄：

昨天来寓时，刚在发热，不能多说。现在想，校对还是由我自己办。每篇的题目，恐怕还是用长体字好看，都改用长体字罢。

不过进行未免要慢，因为我的病这回未必好得快。

此布，即请

日安

迅　上　五月二十九日

三十日

日记　晴。上午得郑野夫信,午后复。下午须藤先生来注射讫。蕴如来。晚河清来。三弟来。夜九时热三十七度七分。

三十一日

日记　星期。晴。上午季巿来。午内山书店送来『漱石全集』(十一)一本,一元七角。午后得李秉中信。得王冶秋信。得阿芷信。下午史君引邓医生来诊,言甚危,明甫译语。胡风来。须藤先生来诊。夜烈文见访,稍谈即去。九时热三十六度九分,已为平温。

本月

《凯绥·珂勒惠支版画选集》牌记

一九三五年九月,三闲书屋据原拓本及艺术护卫社印本画帖,选中国宣纸,在北平用珂罗版印造版画各一百零三幅,一九三六年五月,在上海补印文字,装订成书。内四十本为赠送本,不发卖;三十本在外国,三十三本在中国出售,每本

实价通用纸币三元二角正
上海北四川路底施高塔路十一号

176

内山书店代售。

第　　本。

有人翻印　功德无量

原载 1936 年 5 月上海三闲书屋版《凯绥·珂勒惠支版画选集》扉页后。

初未收集。

六月

一日

日记 晴。上午得吴朗西信并校稿。下午须藤先生来诊。夜又发热。

二日

日记 雨。上午得靖华信。得唐弢信。下午须藤先生来诊。得『おもちゃ絵集』(三辑)一本,七角。夜三弟来。

三日

日记 晴。上午得徐懋庸信。得王冶秋信并稿。下午须藤先生来诊。

四日

日记 晴。上午得叶紫信。午后须藤先生来注射。

五日

日记 晴。午得雷金茅信。孟十还赠《密尔格拉特》一本。

十九日

致 邵文熔

铭之吾兄左右:前日得十六日惠书,次日干菜笋干鱼干并至,厚情盛意,应接不遑,切谢切谢。弟自三月初罹病后,本未复原,上月中旬又因不慎招凉,终至大病,卧不能兴者匝月,其间数日,颇虞淹忽,直至约十日前始脱险境,今则已能暂时危坐,作百余字矣。年事已长,筋力日衰,动辄致疾,真是无可奈何耳。 吾兄胃病,鄙意以为大应小心,时加医治,因胃若不佳,遇病易致衰弱。弟此次之突成重症,即因旧生胃病,体力易竭之故也。专此布复,并请

道安

弟树　顿首　六月十九日

三十日

日记　自此以后,日渐委顿,终至艰于起坐,遂不复记。其间一时颇虞奄忽,但竟渐愈,稍能坐立诵读,至今则可略作数十字矣。但日记是否以明日始,则近颇懒散,未能定也。六月三十下午大热时志。

[附　录]

致 唐 弢

唐弢先生:

　　来信收到,刊物不编甚好,省却许多麻烦。

　　我病加重,连字也不会写了,但也许就会好起来。

　　偶见书评一则,剪下附呈。专此布达

　　即请

日安!

鲁迅　六月三日

鲁迅口述,许广平笔录。

答托洛斯基派的信

陈先生:

先生的来信及惠寄的《斗争》《火花》等刊物,我都收到了。

总括先生来信的意思,大概有两点,一是骂史太林先生们是官僚,再一是斥毛泽东先生们的"各派联合一致抗日"的主张为出卖革命。

这很使我"糊涂"起来了,因为史太林先生们的苏维埃俄罗斯社会主义共和国联邦在世界上的任何方面的成功,不就说明了托洛斯基先生的被逐,飘泊,潦倒,以致"不得不"用敌人金钱的晚景的可怜么? 现在的流浪,当与革命前西伯利亚的当年风味不同,因为那时怕连送一片面包的人也没有;但心境又当不同,这却因了现在苏联的成功。事实胜于雄辩,竟不料现在就来了如此无情面的讽刺的。其次,你们的"理论"确比毛泽东先生们高超得多,岂但得多,简直一是在天上,一是在地下。但高超固然是可敬佩的,无奈这高超又恰恰为日本侵略者所欢迎,则这高超仍不免要从天上掉下夹,掉到地上最不干净的地方去。因为你们高超的理论为日本所欢迎,我看了你们印出的很整齐的刊物,就不禁为你们捏一把汗,在大众面前,倘若有人造一个攻击你们的谣,说日本人出钱叫你们办报,你们能够洗刷得很清楚么? 这决不是因为从前你们中曾有人跟着别人骂过我拿卢布,现在就来这一手以报复。不是的,我还不至于这样下流,因为我不相信你们会下作到拿日本人钱来出报攻击毛泽东先生们的一致抗日论。你们决不会的。我只要敬告你们一声,你们的高超的理论,将不受中国大众所欢迎,你们的所为有背于中国人现在为人的道德。我要对你们讲的话,就仅仅这一点。

最后,我倒感到一点不舒服,就是你们忽然寄信寄书给我,不是没有原因的。那就因为我的某几个"战友"曾指我是什么什么的原故。但我,即使怎样不行,自觉和你们总是相离很远的罢。那切切实实,足踏在地上,为着现在中国人的生存而流血奋斗者,我得引为同志,是自以为光荣的。要请你原谅,因为三日之期已过,你未必会再到那里去取,这信就公开作答了。即颂

大安。

鲁迅。六月九日。

(这信由先生口授,O. V. 笔写。)

原载 1936 年 7 月 1 日《文学丛报》月刊第 4 期;又载《现实文学》月刊第 1 期。

初未收集。

论现在我们的文学运动

病中答访问者,O. V. 笔录

"左翼作家联盟"五六年来领导和战斗过来的,是无产阶级革命文学的运动。这文学和运动,一直发展着;到现在更具体底地,更实际斗争底地发展到民族革命战争的大众文学。民族革命战争的大众文学,是无产阶级革命文学的一发展,是无产革命文学在现在时候的真实的更广大的内容。这种文学,现在已经存在着,并且即将在这基础之上,再受着实际战斗生活的培养,开起烂缦的花来罢。因此,新的口号的提出,不能看作革命文学运动的停止,或者说"此路不通"了。所以,决非停止了历来的反对法西主义,反对一切反动者的血的斗争,而是将这斗争更深入,更扩大,更实际,更细微曲折,

将斗争具体化到抗日反汉奸的斗争，将一切斗争汇合到抗日反汉奸斗争这总流里去。决非革命文学要放弃它的阶级的领导的责任，而是将它的责任更加重，更放大，重到和大到要使全民族，不分阶级和党派，一致去对外。这个民族的立场，才真是阶级的立场。托洛斯基的中国的徒孙们，似乎胡涂到连这一点都不懂的。但有些我的战友，竟也有在作相反的"美梦"者，我想，也是极胡涂的昏虫。

但民族革命战争的大众文学，正如无产革命文学的口号一样，大概是一个总的口号罢。在总口号之下，再提些随时应变的具体的口号，例如"国防文学""救亡文学""抗日文艺"……等等，我以为是无碍的。不但没有碍，并且是有益的，需要的。自然，太多了也使人头昏，浑乱。

不过，提口号，发空论，都十分容易办。但在批评上应用，在创作上实现，就有问题了。批评与创作都是实际工作。以过去的经验，我们的批评常流于标准太狭窄，看法太肤浅；我们的创作也常现出近于出题目做八股的弱点。所以我想现在应当特别注意这点：民族革命战争的大众文学决不是只局限于写义勇军打仗，学生请愿示威……等等的作品。这些当然是最好的，但不应这样狭窄。它广泛得多，广泛到包括描写现在中国各种生活和斗争的意识的一切文学。因为现在中国最大的问题，人人所共的问题，是民族生存的问题。所有一切生活（包含吃饭睡觉）都与这问题相关；例如吃饭可以和恋爱不相干，但目前中国人的吃饭和恋爱却都和日本侵略者多少有些关系，这是看一看满洲和华北的情形就可以明白的。而中国的唯一的出路，是全国一致对日的民族革命战争。懂得这一点，则作家观察生活，处理材料，就如理丝有绪；作者可以自由地去写工人，农民，学生，强盗，娼妓，穷人，阔佬，什么材料都可以，写出来都可以成为民族革命战争的大众文学。也无需在作品的后面有意地插一条民族革命战争的尾巴，翘起来当作旗子；因为我们需要的，不是作品后面添上去的口号和矫作的尾巴，而是那全部作品中的真实的生活,生龙活虎的战斗,跳动着的脉搏,思想和热情,等等。

六月十日。

原载 1936 年 7 月 1 日《现实文学》月刊第 1 期和 7 月 10
日《文学界》月刊第 1 卷第 2 号。
　　初未收集。

致 曹 白

曹白先生:

　　今天得到来信,承

先生记挂　周先生的病,并因此感受"心的痛楚",我们万分谢谢
您的好意! 现在可以告慰的,就是周先生足足睡了一个月,先很沉
重,现在似乎向好的一面了,虽然还不晓得要调理多少时候才能完
全复原。照现在情形,他绝对须要静养,所以一切接见都被医生禁
止了,先生想"看看他"的盛意,我转达罢!

　　祝好!

景宋　六月十二日

　　鲁迅口述,许广平笔录。

《苏联版画集》序

前大半见上面《记苏联版画展览会》,

而将《附记》删云。再后便接下文:

　　右一篇,是本年二月间,苏联版画展览会在上海开会的时候,我

写来登在《申报》上面的。这展览会对于中国给了不少的益处；我以为因此由幻想而入于脚踏实地的写实主义的大约会有许多人。良友图书公司要印一本画集，我听了非常高兴，所以当赵家璧先生希望我参加选择和写作序文的时候，我都毫不思索地答应了：这是我所愿意做，也应该做的。

参加选择绘画，尤其是版画，我是践了夙诺的，但后来却生了病，缠绵月余，什么事情也不能做了，写序之期早到，我却还连拿一张纸的力量也没有。停印等我，势所不能，只好仍取旧文，印在前面，聊以塞责。不过我自信其中之所说也还可以略供参考，要请读者见恕的是我竟偏在这时候生病，不能写出一点新的东西来。

这一个月来，每天发热，发热中也有时记起了版画。我觉得这些作者，没有一个是潇洒，飘逸，伶俐，玲珑的。他们个个如广大的黑土的化身，有时简直显得笨重，自十月革命以后，开山的大师就忍饥，斗寒，以一个廓大镜和几把刀，不屈不挠的开拓了这一部门的艺术。这回虽然已是复制了，但大略尚存，我们可以看见，有那一幅不坚实，不恳切，或者是有取巧，弄乖的意思的呢？

我希望这集子的出世，对于中国的读者有好影响，不但可见苏联的艺术的成绩而已。

一九三六年六月二十三日，鲁迅述，许广平记。

最初印入 1936 年 7 月上海良友图书印刷公司版《苏联版画集》。

初未收集。

致 曹 白

曹白先生：

惠函收到。 先生们的热心，我们是很知道的。不过要写明周先生的病状,可实在不容易。因为这和他一生的生活,境遇,工作,挣扎相关,三言两语,实难了结。

所以我只好报告一点最近的情形:

大约十天以前,去用 X 光照了一个肺部的相,才知道他从青年至现在,至少生过两次危险的肺病,一次肋膜炎。两肺都有病,普通的人,早已应该死掉,而他竟没有死。医生都非常惊异,以为大约是:非常善于处置他的毛病,或身体别的部分非常坚实的原故。这是一个特别现象。一个美国医生,至于指他为平生所见第一个善于抵抗疾病的典型的中国人。可见据现在的病状以判断将来,已经办不到。因为他现在就经过几次必死之病状而并没有死。

现在看他的病的是须藤医师,是他的老朋友,就年龄与资格而论,也是他的先辈,每天来寓给他注射,意思是在将正在活动的病灶包围,使其不能发展。据说这目的不久就可达到,那时候,热就全退了。至于转地疗养,就是须藤先生主张的,但在国内,还是国外,却尚未谈到,因为这还不是目前的事。

但大约 先生急于知道的,是周先生究竟怎么样罢?这是未来之事,谁也难于豫言。据医师说,这回修缮以后,倘小心卫生,1.不要伤风;2.不要腹泻,那就也可以像先前一样拖下去,如果拖得巧妙,再活一二十年也可以的。

先生,就周先生的病状而论,我以为这不能不算是一个好消息。

专此布复,并候

健康!

景宋　上　六月廿五日。

由鲁迅拟稿,许广平抄寄。

七月

一日

日记 晴,热。上午得文尹信。午季市来并赠橘子及糖果。下午须藤先生来注射 Takamol,是为第四次。晚三弟来并为代买得景印《永乐大典》本《水经注》一部八本,十六元二角。夜略浴。

二日

日记 昙。上午得 WW 信。得姚克信。下午诗荃来,未见。得吴朗西信并《珂氏版画集序》印本百余枚。须藤先生来注射。晚小雨。得文尹所寄石雕烟灰皿二个,亚历舍夫及密德罗辛木刻集各一本。

三日

日记 昙。上午略整理《珂勒惠支版画集》。下午烈文来。晚须藤先生来注射。

四日

日记 雨。上午得季市信。得孔若君信。以荔枝赠内山,镰田及须藤先生。良友公司赠《苏联版画集》五本。下午吴朗西来。费慎祥来并赠荔枝,苹果。晚须藤先生来注射。蕴如携阿玉,阿菩来。夜三弟来,赠以石皿一。

五日

日记 星期。小雨,上午晴。得李秉中信。得杨晋豪信。得文学丛报社信并稿费廿。下午谷非来。须藤先生来诊并注射。

六日

日记　昙。上午寄母亲信。寄靖华信。复文学丛报社信。得东志翟信。得温涛信。得方之中信附詹虹笺。下午须藤先生来注射。增田君来。晚得赵家璧信并《苏联版画集》十八本,夜复。内山君来。又发热。

致　母　亲

母亲大人膝下敬禀者,不寄信件,已将两月了,其间曾托老三代陈大略,闻早已达览。男自五月十六日起,突然发热,加以气喘,从此日见沉重,至月底,颇近危险,幸一二日后,即见转机,而发热终不退。到七月初,乃用透物电光照视肺部,始知男盖从少年时即有肺病,至少曾发病两次,又曾生重症肋膜炎一次,现肋膜变厚,至于不通电光,但当时竟并不医治,且不自知其重病而自然全愈者,盖身体底子极好之故也。现今年老,体力已衰,故旧病一发,遂竟缠绵至此。近日病状,几乎退尽,胃口早已复元,脸色亦早恢复,惟每日仍发微热,但不高,则凡生肺病的人,无不如此,医生每日来注射,据云数日后即可不发,而且再过两星期,也可以停止吃药了。所以病已向愈,万请勿念为要。

海婴已以第一名在幼稚园毕业,其实亦不过"山中无好汉猢狲称霸王"而已。

专此布达,恭请

金安。

男树　叩上　广平海婴同叩　七月六日

致 曹靖华

汝珍兄：

昨看见七月一日给景宋信。因为医生已许可我每天写点字了，所以我自己来答。

每天尚发微热，仍打针，大约尚需六七天，针打完，热亦当止。我生的其实是肺病，而且是可怕的肺结核，此系在六月初用 X 光照后查出。此病盖起于少年时，但我身体好，所以竟抵抗至今，不但不死，而且不躺倒一回。现在年老力衰了，就麻烦到这样子。不过这回总算又好起来了，可释远念。此后只要注意不伤风，不过劳，就不至于复发。肺结核对于青年是险症，但对于老人却是并不致命的。

本月二十左右，想离开上海三个月，九月再来。去的地方大概是日本，但未定实。至于到西湖去云云，那纯粹是谣言。

专此布复，即请

暑安。

弟豫　顿首　七月六日

七日

　　日记　晴。上午须藤先生来注射。得陶亢德信。得陈仲山信，托罗茨基派也。萧军还泉五十。三弟为买磁青纸百五枚，直十元。午后复詹虹信。

致 赵家璧

家璧先生：

六日信及《板画集》十八本，今天同时收到，谢谢。在中国现在的出版界情形之下,我以为印刷,装订,都要算优秀的。但书面的金碧辉煌,总不脱"良友式"。不过这也不坏。至于定价,却算低廉,但尚非艺术学徒购买力之所能企及,如果能够多销,那是我的推断错误的。

本来,有关本业的东西,是无论怎样节衣缩食也应该购买的,试看绿林强盗,怎样不惜钱财以买盒子炮,就可知道。然而文艺界中人,却好像并无此种风气,所以出书真难。

《竖琴》和《一天的工作》,可以如 来信所示,合为一本。新的书名很好。序文也可以合为一篇。

靖华译过两部短篇,一名《烟袋》,一名《四十一》,前者好像是禁过的,后者未禁,我想:其实也可以将《烟袋》改名,两者合成一本,不知良友愿印否?倘愿,俟我病好后,当代接洽,并为编订也。

专此布复,即请

撰安

鲁迅 七月七日

八日

日记 晴。上午得夏传经信。得三弟信。午河清来。下午谷风来。得赵树笙信并诗。草明还泉五十。须藤先生来诊并注射。晚三弟来。

九日

日记 晴,风,大热。上午得曹白信并郝力群木刻三幅。得郑伯奇信。下午须藤先生来注射。晚增田君来辞行,赠以食品四种。

十日

日记 晴,热。上午得 P. ETTINGER 信。得内山嘉吉信。得张依吾信并稿,即复还。下午须藤先生来诊并注射。内山夫人之父自宇治来,赠海婴五色豆,综合花火各一合,赠以荔枝一筐。夜校重排《花边文学》讫。

《花边文学·骂杀与捧杀》批语

后由曹聚仁先生指出,谓应标点为"色借日月,借烛,借青黄,借眼;色无常。声借钟鼓,借枯竹窍,借……"所以再版上也许不再看见此等"妙语"了。

未另发表。据手稿编入。

这段批语写在鲁迅自存初版本《花边文学·骂杀与捧杀》一文中。

十一日

日记　晴,大热。上午寄吴朗西信。复王冶秋信。午得曹坪信。下午河清来。得徐伯䜣[昕]信并生活书店版税泉二百。晚须藤先生来诊并注射。蕴如携蕖官来。三弟来。

致 吴朗西

朗西先生:

《版画集》已整好一大部分,拟先从速付装订发行,此事前曾面托,便中希莅寓一谈为祷。

专此布达，即请

暑安。

迅　上　七月十一日

致　王冶秋

冶秋兄：

　　事情真有凑巧的，当你的《序跋集》稿寄到时，我已经连文章也无力看了，字更不会写。静兄由厦过沪，曾托其便中转达，不知提起过否？

　　其间几乎要死，但终于好起来，以后大约可无危险。

　　医生说要转地疗养。你的六月十九日信早到。青岛本好，但地方小，容易为人认识，不相宜；烟台则每日气候变化太多，也不好。现在在想到日本去，但能否上陆，也未可必，故总而言之：还没有定。

　　现在略不小心，就发热，还不能离开医生，所以恐怕总要到本月底才可以旅行，于九月底或十月中回沪。地点我想最好是长崎，因为总算国外，而知道我的人少，可以安静些。离东京近，就不好。剩下的问题就是能否上陆。那时再看罢。

　　现在还未能走动，你的稿子，只好等秋末再说了。

　　专此布达，即颂

时绥。

树　上　七月十一日

令夫人均此致候　令郎均吉。

十二日

　　日记　星期。曇。上午镰田君来并赠西瓜一枚，又赠海婴玩具

191

飞机一具。午吴朗西来并赠 *GOETHES Reise*，*Zerstreuung und Trostbüchlein* 一本。复曹坪信。下午须藤先生来诊并注射讫。

十三日

日记　昙。午后得 Dr. Y. Průšek 信。夜内山君来。

十四日

日记　昙。上午寄须藤先生信，少顷来诊。吴朗西来。午后内山君赠苹果汽水六瓶。内山书店送来『チェーホフ全集』（十八）一本，『近世錦絵世相史』（八）一本，共泉八元八角。下午大雨。得蔡南冠信，即复。得赵家璧信，即复。晚钦文来并赠火腿一只，红茶一合。小岛君〔赠〕罐头水果三合。

十五日

日记　昙。上午得母亲信，十日发。午雨一陈即霁。午后复徐伯昕信附板税收条一枚。晚广平治馔为悄吟饯行。钦文来并赠 Apetin 一瓶。夜烈文来。九时热三十八度五分。

十六日

日记　雨。上午得冶秋信并绘信片五枚。得李秉中信，即由广平复。下午须藤先生来诊并再注射。

十七日

日记　雨。上午得靖华信。得陈蜕信并还泉五十。得文尹信，下午复。寄季市信。须藤先生来注射。体温复常，最高三十七度。

致 许寿裳

季市兄：

三日惠示早到。弟病虽似向愈，而热尚时起时伏，所以一时未能旅行。现仍注射；当继续八日或十五日，至迩时始可定行止，故何时行与何处去，目下初未计及也。

顷得曹君信，谓兄南旋，亦未见李公，所以下半年是否仍有书教，毫无所知，嘱弟一探听。如可见告，乞即函知，以便转达，免其悬悬耳。

日前寄上版画集一本，内容尚佳，想已达。

专此布达，即请

道安。

弟树　顿首　七月十七日

致 杨之华

尹兄：

六月十六日信收到。以前的几封信，也收到的，但因杂事多，而所遇事情，无不倭支葛搭，所谓小英雄们，其实又大抵婆婆妈妈，令人心绪很恶劣，连写信讲讲的勇气也没有了。今年文坛上起了一种变化，但是，招牌而已，货色依旧。

今年生了两场大病。第一场不过半个月就医好了，第二场到今天十足两个月，还在发热，据医生说，月底可以退尽。其间有一时期，真是几乎要死掉了，然而终于不死，殊为可惜。当病发时，新英雄们正要用伟大的旗子，杀我祭旗，然而没有办妥，愈令我看穿了许多人的本相。本月底或下月初起，我想离开上海两三个月，作转地疗养，在这里，真要逼死人。

大家都好的。茅先生很忙。海婴刁钻了起来,知道了铜板可以买东西,街头可以买零食,这是进了幼稚园以后的成绩。

两个星期以前,有一个条子叫我到一个旅馆里去取东西,托书店伙计取来时,是两本木刻书,两件石器,并无别的了。这人大约就是那美国人。这些东西,都被我吞没,谢谢!但 M 木刻书的定价,可谓贵矣。

秋的遗文,后经再商,终于决定先印翻译。早由我编好,第一本论文,约三十余万字,已排好付印,不久可出。第二本为戏曲小说等,约二十五万字,则被排字者拖延,半年未排到一半。其中以高尔基作品为多。译者早已死掉了,编者也几乎死掉了,作者也已经死掉了,而区区一本书,在中国竟半年不能出版,真令人发恨(但论者一定倒说我发脾气)。不过,无论如何,这两本,今年内是一定要印它出来的。

约一礼拜前,代发一函,内附照相三(?)张,不知已收到否?我不要德文杂志及小说,因为没力气看,这回一病之后,精力恐怕要大不如前了。多写字也要发热,故信止于此。

俟后再谈。

迅上。七月十七日

密斯陆好像失业了,不知其详。谢君书店已倒灶。茅先生家及老三家都如常。密斯许也好的,但因我病,故较忙。

十八日

日记 晴,热。午后得丁玲信。下午须藤先生来诊并注射。夜蕴如及三弟来。

十九日

日记 晴。星期。午后得曹坪信并稿。得沈西苓信,下午复。

须藤先生病,令看护妇来注射。收生活书店补版税五十元,又石民者十五元。

致 沈西苓

西苓先生:

　　惠示谨悉。我今年接连生病,自己能起坐写字,还是最近的事。

　　左联初成立时,洪深先生曾谓要将《阿Q正传》编为电影,但事隔多年,约束当然不算数了。我现在的意思,以为×××××××乃是天下第一等蠢物,一经他们××,作品一定遭殃,还不如远而避之的好。况且《阿Q正传》的本意,我留心各种评论,觉得能了解者不多,搬上银幕以后,大约也未免隔膜,供人一笑,颇亦无聊,不如不作也。

　　专此即复,即请

暑安。

鲁迅　七月十九日

二十日

　　日记　晴。上午往内山书店闲谈。得季市信。得野夫信并木刻三幅。下午寄靖华信。须藤医院之看护妇来注射。

二十一日

　　日记　晴。上午得霁野信。午后吴朗西来。下午河清来。须藤医院之看护妇来注射。晚三弟来。

《呐喊》捷克译本序言

记得世界大战之后，许多新兴的国家出现的时候，我们曾经非常高兴过，因为我们也是曾被压迫，挣扎出来的人民。捷克的兴起，自然为我们所大欢喜；但是奇怪，我们又很疏远，例如我，就没有认识过一个捷克人，看见过一本捷克书，前几年到了上海，才在店铺里目睹了捷克的玻璃器。

我们彼此似乎都不很互相记得。但以现在的一般情况而论，这并不算坏事情，现在各国的彼此念念不忘，恐怕大抵未必是为了交情太好了的缘故。自然，人类最好是彼此不隔膜，相关心。然而最平正的道路，却只有用文艺来沟通，可惜走这条道路的人又少得很。

出乎意外地，译者竟首先将试尽这任务的光荣，加在我这里了。我的作品，因此能够展开在捷克的读者的面前，这在我，实在比被译成通行很广的别国语言更高兴。我想，我们两国，虽然民族不同，地域相隔，交通又很少，但是可以互相了解，接近的，因为我们都曾经走过苦难的道路，现在还在走——一面寻求着光明。

一九三六年七月二十一日，鲁迅。

原载 1936 年 10 月 20 日《中流》半月刊第 1 卷第 4 期，
题作《捷克文译本〈短篇小说选集〉序》。
初收拟编书稿《且介亭杂文末编》。

二十二日

日记　晴。上午得赵家璧信。得唐英伟信，午后复。寄孔若君信。下午费慎祥来并还泉百。晚须藤医院之看护妇来注射。

致 孔另境

若君先生：

　　霁野寄信来,信封上写"北平西温泉疗养院寄",照此写去,不知是否可以寄到? 又静农芜湖住址,　先生如知道,并希示知。

　　专此布达,并请

暑安。

迅　上　七月二十二日

二十三日

　　日记　晴,热。上午得楼炜春信附适夷语。午前吴朗西来并补文化生活社版税八十四元,并为代托店订《珂勒微支版画选集》百三本。午后费慎祥来。下午须藤医院之看护妇来注射,计八针毕。

致 雅罗斯拉夫·普实克

Y. Průšek 先生：

　　前两天,收到来信,说要将我的《呐喊》,尤其是《阿Q正传》,译成捷克文出版,征求我的意见。这事情,在我,是很以为荣幸的。自然,您可以随意翻译,我都承认,许可。

　　至于报酬,无论那一国翻译我的作品,我是都不取的,历来如此。但对于捷克,我却有一种希望,就是:当作报酬,给我几幅捷克古今文学家的画像的复制品,或者版画(Graphik),因为这绍介到中国的时候,可以同时知道两个人:文学家和美术家。倘若这种画片难得,就给我一本捷克文的有名文学作品,要插画很多的本子,我可以作为纪念。我至今为止，还没有见过捷克文的书。

现在，同封寄上我的照相一张，这还是四年前照的，然而要算最新的，因为此后我一个人没有照过相。又，我的《在中国文学上的位置》一篇，这是一个朋友写的，和我自己的意思并不相同；您可以自由取用，删去或改正。还有短序一篇，是特地照中国旧式——直写的；但字太大了，我想，这是可以缩小的罢。

去年印了一本《故事新编》，是用神话和传说做材料的，并不是好作品。现在别封寄呈，以博一笑。

专此布复，即请
暑安。

鲁迅　七月二十三日

再者：
此后倘赐信，可寄下列地址：
Mr. Y. Chou,
C/O Uchiyama Bookstore,
11 Scott Road,
　　Shanghai, China.

但，我因为今年生了大病，新近才略好，所以从八月初起，要离开上海，转地疗养两个月，十月里再回来。在这期间内，即使有信，我也是看不到的了。

二十四日

日记　晴，热。上午寄詹虹信。下午得陈蜕信。得孔若君信。复 Průšek 信，附《捷克译本小说序》一篇，照相一枚，又别寄《故事新编》一本。寄增田君《作家》七月号一本。

二十五日

日记 晴。上午得增田君信。得沈西苓信。下午张因来。刘军来。内山店送来『雾社』一本,一元七角。晚蕴如携阿菩来。三弟来并为买得《中国艺术在伦敦展览会出品图说》(三)一本,特价三元五角。

二十六日

日记 星期。晴,大风。下午须藤武一郎君来并赠果物一筐。

致 内山完造

老版:

『壞孩子』の紙型を費君に渡して下さい

L　拜　七月廿六日

二十七日

日记 晴,风。上午烈文来。下午季市来。

题《凯绥·珂勒惠支版画选集》赠季市

印造此书,自去年至今年,自病前至病后,手自经营,才得成就,持赠

季市一册,以为记念耳。

一九三六年七月二十七日

旅隼

未另发表。据手迹编入。

初未收集。

二十八日

　　日记　晴,热。上午得曹白信并木刻《花边文学》封面一枚。下午得『版芸術』(八月分)一本,六角。得山本夫人信。

二十九日

　　日记　晴,热。上午得《自然》(三)一本。午后昙,雷电。下午内山书店送来『女騎士エルザ』一本,一元七角。晚三弟来。夜内山君来并赠食物两种。

三十日

　　日记　晴,热。上午得曹坪信并稿。夜拭胸背,濯腰脚。

三十一日

　　日记　昙。午得世界语社信。下午往内山书店。狂雨一陈。

本月

《珂勒惠支版画选集》

KAETHE　KDLLWITZ

珂勒惠支

版画选集

二十一幅

三闲书屋印

书印无多

欲购从速！

据手搞排印件编入。

印于《珂勒惠支版画集》宣传画《德国的孩子们饥饿着》之上。

[附 录]

致 曹 白

曹白先生：

良友公司的《苏联版画集》转载了周先生一篇序，因此送给他一批书。周先生说要送 先生一本。这书放在照例的书店，今附上一笺，请便中持笺往取为荷！

专此布达，即请

时安。

景宋 上。 七月七日

鲁迅口授，许广平写寄。

致 赵家璧

家璧先生：

惠函收到。所谓汇印旧作，当初拟议，不过想逐渐合订数百或者千部,以作纪念。并非彻底改换,现在则并此数百或千部,印不印亦不可知,所以实无从谈起。至于要我做文学奖金的评判员,那是我无论如何决不来做的。

　　专此布复,敬请
撰安

鲁迅　七月十五日

　　　　鲁迅口述,许广平笔录。

致 曹 白

曹白先生:

　　七月八日信收到。

　　注射于十二日完结,据医生说:结果颇好。

　　但如果疲劳一点,却仍旧发热,这是病弱之后,我自己不善于静养的原故,大约总会渐渐地好起来的。

　　专此布复,并颂
时绥

鲁迅　七月十五日

　　　　鲁迅口述,许广平代笔。

八月

一日

日记 昙。上午邀内山君并同广平携海婴往问须藤先生疾,赠以苹果汁一打,《珂勒惠支版画选集》一本,即为我诊,云肺已可矣,而肋膜间尚有积水。衡体重为三八·七启罗格兰,即八五·八磅。下午孔若君来。得明甫信。内山书店送来『漱石全集』一本,一元七角。晚河清来。蕴如来。三弟来。夜雨。

二日

日记 星期。雨。午后复明甫信。复曹白信并赠版画两本。下午得母亲信,七月二十八日发。得林仁通信。得靖华信。得徐懋庸信。得马吉风信并稿,即复并还稿。得烈文信。内山君赠烧鳗两篓。

致 沈雁冰

明甫先生:

昨孔先生来,付我来函并木刻,当将木刻选定,托仍带回。作者还是常见的那几个,此外或则碍难发表,或则实在太难看(尚未成为"画"),只得"割爱"了。

北平故宫博物馆的珂罗版印刷,器械药品均佳,而工作似不很认真,即如此次所印,有同一画片,而百枚中浓淡不一者,可见也随随便便,但比上海的出品却好。此书在书店卖廉价一星期(二元五角,七月底止),约销去十本,中国人买者三本而已。同胞往往看一看就不要。

　　注射已在一星期前告一段落,肺病的进行,似已被阻止;但偶仍发热,则由于肋膜,不足为意也。医师已许我随意离开上海。但所往之处,则尚未定。先曾决赴日本,咋忽想及,独往大家不放心,如携家族同去,则一履彼国,我即化为翻译,比在上海还要烦忙,如何休养?因此赴日之意,又复动摇,惟另觅一能日语者同往,我始可超然事外,故究竟如何,尚在考虑中也。

　　专此布复,即请
暑安。

树　顿首　八月二日

致 曹 白

曹白先生:

　　七月二十七日信早收到。我的病已告一段落,医生已说可以随便离开上海,在一星期内,我想离开,但所向之处,却尚未定。

　　谢谢你刻的封面,构图是好的,但有一个缺点,是短刀的柄太短了。汉字我想也可以和木刻相配,不过要大大的练习。

　　郝先生的三幅木刻,我以为《采叶》最好;我也见他投给《中国的一日》,要印出来的。《三个……》初看很好,但有一避重就轻之处,是三个人的脸面都不明白。

　　我并不是对于您特别"馈赠",凡是为中国大众工作的,倘我力所及,我总希望(并非为了个人)能够略有帮助。这是我常常自己印书的原因。因为书局印的,都偷工减料,不能作为学习的范本。最可恶的是一本《庶联的版画》,它把我的一篇文章,改换题目,作为序文,而内容和印刷之糟,是只足表示"我们这里竟有人将苏联的艺术糟蹋到这么一个程度"。

病前开印《珂勒惠支版画选集》，到上月中旬才订成，自己一家人衬纸并检查缺页等，费力颇不少。但中国大约不大有人买，要买的无钱，有钱的不要。我愿意送您一本，附上一笺，请持此向书店去取（内附《士敏土图》一本，是上海战前所印，现已绝版了）。印得还好，刀法也还看得出，但要印到这样，成本必贵，使爱好者无力购买，这真是不能两全。但假使购买者有数千，就可用别一种板印，便宜了。

总之，就要走，十月里再谈罢。此颂

时绥。

迅　上　八月二日

三日

日记　雨。无事。

四日

日记　晴。上午复烈文信。得曹白信并郝力群刻象一幅。

五日

日记　昙。上午得赵越信。得依吾信。得吴渤信。同广平携海婴往须藤医院。下午岛津〔津岛〕女士来。晚蕴如携蕖官来。三弟来。夜坂本太太来并赠罐头水果二种。夜治答徐懋庸文讫。

答徐懋庸并关于抗日统一战线问题

鲁迅先生：

贵恙已痊愈否？念念。自先生一病，加以文艺界的纠纷，我就

205

无缘再亲聆　教诲,思之常觉怆然!

　　我现因生活困难,身体衰弱,不得不离开上海,拟往乡间编译一点卖现钱的书后,再来沪上。趁此机会,暂作上海"文坛"的局外人,仔细想想一切问题,也许会更明白些的罢。

　　在目前,我总觉得先生最近半年来的言行,是无意地助长着恶劣的倾向的。以胡风的性情之诈,以黄源的行为之诒,先生都没有细察,永远被他们据为私有,眩惑群众,若偶像然,于是从他们的野心出发的分离运动,遂一发而不可收拾矣。胡风他们的行动,显然是出于私心的,极端的宗派运动,他们的理论,前后矛盾,错误百出。即如"民族革命战争的大众文学"这口号,起初原是胡风提出来用以和"国防文学"对立的,后来说一个是总的,一个是附属的,后来又说一个是左翼文学发展到现阶段的口号,如此摇摇荡荡,即先生亦不能替他们圆其说。对于他们的言行,打击本极易,但徒以有先生作着他们的盾牌,人谁不爱先生,所以在实际解决和文字斗争上都感到绝大的困难。

　　我很知道先生的本意。先生是唯恐参加统一战线的左翼战友,放弃原来的立场,而看到胡风们在样子上尚左得可爱;所以赞同了他们的。但我要告诉先生,这是先生对于现在的基本的政策没有了解之故。现在的统一战线——中国的和全世界的都一样——固然是以普洛为主体的,但其成为主体,并不由于它的名义,它的特殊地位和历史,而是由于它的把握现实的正确和斗争能力的巨大。所以在客观上,普洛之为主体,是当然的。但在主观上,普洛不应该挂起明显的徽章,不以工作,只以特殊的资格去要求领导权,以至吓跑别的阶层的战友。所以,在目前的时候,到联合战线中提出左翼的口号来,是错误的,是危害联合战线的。所以先生最近所发表的《病中答客问》,既说明"民族革命战争的大众文学"是普洛文学到现在的一发展,又说这应该作为统一战线的总口号,这是不对的。

　　再说参加"文艺家协会"的"战友",未必个个右倾堕落,如先生所疑虑者;况集合在先生的左右的"战友",既然包括巴金和黄源之流,难道先生以为凡参加"文艺家协会"的人们,竟个个不如巴金和黄源么?我从报章杂志上,知道法西两国"安那其"之反动,破坏联合战线,无异于托派,中国的"安那其"的行为,则更卑劣。黄源是一个根本没有思想,只靠捧名流为生的东西。从前他奔走于傅郑门下之时,一副诏佞之相,固不异于今日之对先生效忠致敬。先生可与此辈为伍,而不屑与多数人合作,此理我实不解。

我觉得不看事而只看人,是最近半年来先生的错误的根由。先生的看人又看得不准。譬如,我个人,诚然是有许多缺点的,但先生却把我写字糊涂这一层当作大缺点,我觉得实在好笑。(我为什么故意要把"邱韵铎"三字,写成像"郑振铎"的样子呢?难道郑振铎是先生所喜欢的人么?)为此小故,遽拒一个人于千里之外,我实以为不对。

我今天就要离沪,行色匆匆,不能多写了,也许已经写得太多。以上所说,并非存心攻击先生,实在很希望先生仔细想一想各种事情。

拙译《斯太林传》快要出版,出版后当寄奉一册,此书甚望先生细看一下,对原意和译文,均望批评。敬颂

痊安。

懋庸上。八月一日。

以上,是徐懋庸给我的一封信,我没有得他同意就在这里发表了,因为其中全是教训我和攻击别人的话,发表出来,并不损他的威严,而且也许正是他准备我将它发表的作品。但自然,人们也不免因此看得出:这发信者倒是有些"恶劣"的青年!

但我有一个要求:希望巴金,黄源,胡风诸先生不要学徐懋庸的样。因为这信中有攻击他们的话,就也报答以牙眼,那恰正中了他的诡计。在国难当头的现在,白天里讲些冠冕堂皇的话,暗夜里进行一些离间,挑拨,分裂的勾当的,不就正是这些人么?这封信是有计划的,是他们向没有加入"文艺家协会"的人们的新的挑战,想这

些人们去应战，那时他们就加你们以"破坏联合战线"的罪名，"汉奸"的罪名。然而我们不，我们决不要把笔锋去专对几个个人，"先安内而后攘外"，不是我们的办法。

　　但我在这里，有些话要说一说。首先是我对于抗日的统一战线的态度。其实，我已经在好几个地方说过了，然而徐懋庸等似乎不肯去看一看，却一味的咬住我，硬要诬陷我"破坏统一战线"，硬要教训我说"对于现在基本的政策没有了解"。我不知道徐懋庸们有什么"基本的政策"。（他们的基本政策不就是要咬我几口么?）然而中国目前的革命的政党向全国人民所提出的抗日统一战线的政策，我是看见的，我是拥护的，我无条件地加入这战线，那理由就因为我不但是一个作家，而且是一个中国人，所以这政策在我是认为非常正确的，我加入这统一战线，自然，我所使用的仍是一枝笔，所做的事仍是写文章，译书，等到这枝笔没有用了，我可自己相信，用起别的武器来，决不会在徐懋庸等辈之下!

　　其次，我对于文艺界统一战线的态度。我赞成一切文学家，任何派别的文学家在抗日的口号之下统一起来的主张。我也曾经提出过我对于组织这种统一的团体的意见过，那些意见，自然是被一些所谓"指导家"格杀了，反而即刻从天外飞来似地加我以"破坏统一战线"的罪名。这首先就使我暂不加入"文艺家协会"了，因为我要等一等，看一看，他们究竟干的什么勾当;我那时实在有点怀疑那些自称"指导家"以及徐懋庸式的青年，因为据我的经验，那种表面上扮着"革命"的面孔，而轻易诬陷别人为"内奸"，为"反革命"，为"托派"，以至为"汉奸"者，大半不是正路人;因为他们巧妙地格杀革命的民族的力量，不顾革命的大众的利益，而只借革命以营私，老实说，我甚至怀疑过他们是否系敌人所派遣。我想，我不如暂避无益于人的危险，暂不听他们指挥罢。自然，事实会证明他们到底的真相，我决不愿来断定他们是什么人，但倘使他们真的志在革命与民族，而不过心术的不正当，观念的不正确，方式的蠢笨，那我就以为他们实有自行改正一下的必要。我对于"文艺家协会"的态度,我认为它是抗日的作家团体,其中虽有徐懋庸式的人,却也包含了一些新的人;但不能以为有了"文艺家协会",就是文艺界的统一战线告成了,还远得很,还没有将一切派别的文艺家都联为一气。那原因就在"文艺家协会"还非常浓厚的含有宗派主义和行帮情形。不看别的,单看那章程,对于加入者的资格就限制得太严;就是会员要缴一元入会费,两元年费,也就表示着"作家阀"的倾向,不是抗日"人民式"的了。在理论上,如《文学界》创刊号上所发表的关于"联合问题"和"国防文学"的文章,是基本上宗派主义的;一个作者引用了我在一九三〇年讲的话,并以那些话为出发点,因此虽声声口口说联合任何派别的作家,而仍自己一相情愿的制定了加入的限制与条件。这是作者忘记了时代。我以为文艺家在抗日问题上的联合是无条件的,只要他不是汉奸,愿意或赞成抗日,则不论叫哥哥妹妹,之乎者也,或鸳鸯蝴蝶都无妨。但在文学问题上我们仍可以互相批判。这个作者又引例了法国的人民阵线,然而我以为这又是作者忘记了国度,因为我们的抗日人民统一战线是比法国的人民阵线还要广泛得多的。另一个作者解释"国防文学",说"国防文学"必须有正确的创作方法,又说现在不是"国防文学"就是"汉奸文学",欲以"国防文学"一口号去统一作家,也先豫备了"汉奸文学"这名词作为后日批评别人之用。这实在是出色的宗派主义的理论。我以为应当说:作家在"抗日"的旗帜,或者在"国防"的旗帜之下联合起来;不能说:作家在"国防文学"的口号下联合起来,因为有些作者不写"国防为主题"的作品,仍可从各方面来参加抗日的联合战线;即使他像我一样没有加入"文艺家协会",也未必就是"汉奸"。"国防文学"不能包括一切文学,因为在"国防文学"与"汉奸文学"之外,确有既非前者也非后者的文学,除非他们有本领也证明了《红楼梦》,《子夜》,《阿Q正传》是"国防文学"或"汉奸文学"。这种文学存在着,但它不是杜衡,韩侍桁,杨邨人之流的什么"第三种文学"。因此,我很同意郭沫若先生的"国防文艺是广义的爱国主义的文学"和"国防文艺是作家关系间的标帜，不是作品原则上的标帜"的意见。我提议"文艺家协会"应该克服它的理论上与行动上的宗派主义与行帮现象，把限度放得更宽些，同时最好将所谓"领导权"移到那些确能认真做事的作家和青年手里去，不能专让徐懋庸之流的人在包办。至于我个人的加入与否，却并非重要的事。

其次，我和"民族革命战争的大众文学"这口号的关系。徐懋庸之流的宗派主义也表现在对于这口号的态度上。他们既说这是"标新立异"，又说是与"国防文学"对抗。我真料不到他们会宗派到这样的地步。只要"民族革命战争的大众文学"的口号不是"汉奸"的口号，那就是一种抗日的力量；为什么这是"标新立异"？你们从那里看出这是与"国防文学"对抗？拒绝友军之生力的，暗暗的谋杀抗日的力量的，是你们自己的这种比"白衣秀士"王伦还要狭小的气魄。我以为在抗日战线上是任何抗日力量都应当欢迎的，同时在文学上也应当容许各人提出新的意见来讨论，"标新立异"也并不可怕；这和商人的专卖不同，并且事实上你们先前提出的"国防文学"的口号，也并没有到南京政府或"苏维埃"政府去注过册。但现在文坛上仿佛已有"国防文学"牌与"民族革命战争大众文学"牌的两家，这责任应该徐懋庸他们来负，我在病中答访问者的一文里是并没有把它们看成两家的。自然，我还得说一说"民族革命战争的大众文学"这口号的无误及其与"国防文学"口号之关系。——我先得说，前者这口号不是胡风提的，胡风做过一篇文章是事实，但那是我请他做的，他的文章解释得不清楚也是事实。这口号，也不是我一个人的"标新立异"，是几个人大家经过一番商议的，茅盾先生就是参加商议的一个。郭沫若先生远在日本，被侦探监视着，连去信商问也不方便。可惜的就只是没有邀请徐懋庸们来参加议讨。但问题不在这口号由谁提出，只在它有没有错误。如果它是为了推动一向囿于普洛革命文学的左翼作家们跑到抗日的民族革命战争的前线上去,它是为了补救"国防文学"这名词本身的在文学思想的意义上的不明了性,以及纠正一些注进"国防文学"这名词里去的不正确的意见,为了这些理由而被提出,那么它是正当的,正确的。如果人不用脚底皮去思想,而是用过一点脑子,那就不能随便说句"标新立异"就完事。"民族革命战争的大众文学"这名词,在本身上,比"国防文学"这名词,意义更明确,更深刻,更有内容。"民族革命战争的大众文学",主要是对前进的一向称左翼的作家们提倡的,希望这些作家们努力向前进,在这样的意义上,在进行联合战线的现在,徐懋庸说不能提出这样的口号,是胡说!"民族革命战争的大众文学",也可以对一般或各派作家提倡的,希望的,希望他们也来努力向前进,在这样的意义上,说不能对一般或各派作家提这样的口号,也是胡说!但这不是抗日统一战线的标准,徐懋庸说我"说这应该作为统一战线的总口号",更是胡说!我问徐懋庸究竟看了我的文章没有?人们如果看过我的文章,如果不以徐懋庸他们解释"国防文学"的那一套来解释这口号,如聂绀弩等所致的错误,那么这口号和宗派主义或关门主义是并不相干的。这里的"大众",即照一向的"群众","民众"的意思解释也可以,何况在现在,当然有"人民大众"这意思呢。我说"国防文学"是我们目前文学运动的具体口号之一,为的是"国防文学"这口号,颇通俗,已经有很多人听惯,它能扩大我们政治的和文学的影响,加之它可以解释为作家在国防旗帜下联合,为广义的爱国主义的文学的缘故。因此,它即使曾被不正确的解释,它本身含义上有缺陷,它仍应当存在,因为存在对于抗日运动有利益。我以为这两个口号的并存,不必像辛人先生的"时期性"与"时候性"的说法,我更不赞成人们以各种的限制加到"民族革命战争的大众文学"上。如果一定要以为"国防文学"提出在先,这是正统,那么就将正统权让给要正统的人们也未始不可,因为问题不在争口号,而在实做;尽管喊口号,争正统,固然也可作为"文章",取点稿费,靠此为生,但尽管如此,也到底不是久计。

最后,我要说到我个人的几件事。徐懋庸说我最近半年的言行,助长着恶劣的倾向。我就检查我这半年的言行。所谓言者,是发表过四五篇文章,此外,至多对访问者谈过一些闲天,对医生报告我的病状之类;所谓行者,比较的多一点,印过两本版画,一本杂感,译过几章《死魂灵》,生过三个月的病,签过一个名,此外,也并未到过咸肉庄或赌场,并未出席过什么会议。我真不懂我怎样助长着,以及助长什么恶劣倾向。难道因为我生病么? 除了怪我生病而竟不死以外,我想就只有一个说法:怪我生病,不能和徐懋庸这类恶劣的倾向来搏斗。

　　其次,是我和胡风,巴金,黄源诸人的关系。我和他们,是新近才认识的,都由于文学工作上的关系,虽然还不能称为至交,但已可以说是朋友。不能提出真凭实据,而任意诬我的朋友为"内奸",为"卑劣"者,我是要加以辩正的,这不仅是我的交友的道义,也是看人看事的结果。徐懋庸说我只看人,不看事,是诬枉的,我就先看了一些事,然后看见了徐懋庸之类的人。胡风我先前并不熟识,去年的有一天,一位名人约我谈话了,到得那里,却见驶来了一辆汽车,从中跳出四条汉子:田汉,周起应,还有另两个,一律洋服,态度轩昂,说是特来通知我:胡风乃是内奸,官方派来的。我问凭据,则说是得自转向以后的穆木天口中。转向者的言谈,到左联就奉为圣旨,这真使我口呆目瞪。再经几度问答之后,我的回答是:证据薄弱之极,我不相信! 当时自然不欢而散,但后来也不再听人说胡风是"内奸"了。然而奇怪,此后的小报,每当攻击胡风时,便往往不免拉上我,或由我而涉及胡风。最近的则如《现实文学》发表了 O. V. 笔录的我的主张以后,《社会日报》就说 O. V. 是胡风,笔录也和我的本意不合,稍远的则如周文向傅东华抗议删改他的小说时,同报也说背后是我和胡风。最阴险的则是同报在去年冬或今年春罢,登过一则花边的重要新闻:说我就要投降南京,从中出力的是胡风,或快或慢,要看他的办法。我又看自己以外的事:有一个青年,不是被指为"内奸"，因而所有朋友都和他隔离，终于在街上流浪，无处可归，遂被捕去，受了毒刑的么？又有一个青年，也同样的被诬为"内奸"，然而不是因为参加了英勇的战斗，现在坐在苏州狱中，死活不知么？这两个青年就是事实证明了他们既没有像穆木天等似的做过堂皇的悔过的文章，也没有像田汉似的在南京大演其戏。同时，我也看人：即使胡风不可信，但对我自己这人，我自己总还可以相信的，我就并没有经胡风向南京讲条件的事。因此，我倒明白了胡风鲠直，易于招怨，是可接近的，而对于周起应之类，轻易诬人的青年，反而怀疑以至憎恶起来了。自然，周起应也许别有他的优点。也许后来不复如此，仍将成为一个真的革命者；胡风也自有他的缺点，神经质，繁琐，以及在理论上的有些拘泥的倾向，文字的不肯大众化，但他明明是有为的青年，他没有参加过任何反对抗日运动或反对过统一战线，这是纵使徐懋庸之流用尽心机，也无法抹杀的。

至于黄源，我以为是一个向上的认真的译述者，有《译文》这切实的杂志和别的几种译书为证。巴金是一个有热情的有进步思想的作家，在屈指可数的好作家之列的作家，他固然有"安那其主义者"之称，但他并没有反对我们的运动，还曾经列名于文艺工作者联名的战斗的宣言。黄源也签了名的。这样的译者和作家要来参加抗日的统一战线，我们是欢迎的，我真不懂徐懋庸等类为什么要说他们是"卑劣"？难道因为有《译文》存在碍眼？难道连西班牙的"安那其"的破坏革命，也要巴金负责？

还有，在中国近来已经视为平常，而其实不但"助长"，却正是"恶劣的倾向"的，是无凭无据，却加给对方一个很坏的恶名。例如徐懋庸的说胡风的"诈"；黄源的"谄"，就都是。田汉周起应们说胡风是"内奸"，终于不是，是因为他们发昏；并非胡风诈作"内奸"，其实不是，致使他们成为说谎。《社会日报》说胡风拉我转向，而至今不转，是撰稿者有意的诬陷；并非胡风诈作拉我，其实不拉，以致记者变了造谣。胡风并不"左得可爱"，但我以为他的私敌，却实在是

"左得可怕"的。黄源未尝作文捧我，也没有给我做过传，不过专办着一种月刊，颇为尽责，舆论倒还不坏，怎么便是"谄"，怎么便是对于我的"效忠致敬"？难道《译文》是我的私产吗？黄源"奔走于傅郑门下之时，一副谄佞之相"，徐懋庸大概是奉谕知道的了，但我不知道，也没有见过，至于他和我的往还，却不见有"谄佞之相"，而徐懋庸也没有一次同在，我不知道他凭着什么，来断定和谄佞于傅郑门下者"无异"？当这时会，我也就是证人，而并未实见的徐懋庸，对于本身在场的我，竟可以如此信口胡说，含血喷人，这真可谓横暴恣肆，达于极点了。莫非这是"了解"了"现在的基本的政策"之故吗？"和全世界都一样"的吗？那么，可真要吓死人！

其实"现在的基本政策"是决不会这样的好像天罗地网的。不是只要"抗日"，就是战友吗？"诈"何妨，"谄"又何妨？又何必定要剿灭胡风的文字，打倒黄源的《译文》呢，莫非这里面都是"二十一条"和"文化侵略"吗？首先应该扫荡的，倒是拉大旗作为虎皮，包着自己，去吓呼别人；小不如意，就倚势（！）定人罪名，而且重得可怕的横暴者。自然，战线是会成立的，不过这吓成的战线，作不得战。先前已有这样的前车，而覆车之鬼，至死不悟，现在在我面前，就附着徐懋庸的肉身而出现了。

在左联结成的前后，有些所谓革命作家，其实是破落户的漂零子弟。他也有不平，有反抗，有战斗，而往往不过是将败落家族的妇姑勃谿，叔嫂斗法的手段，移到文坛上。喊喊嚓嚓，招是生非，搬弄口舌，决不在大处着眼。这衣钵流传不绝。例如我和茅盾，郭沫若两位，或相识，或未尝一面，或未冲突，或曾用笔墨相讥，但大战斗却都为着同一的目标，决不日夜记着个人的恩怨。然而小报却偏喜欢记些鲁比茅如何，郭对鲁又怎样，好像我们只在争座位，斗法宝。就是《死魂灵》，当《译文》停刊后，《世界文库》上也登完第一部的，但小报却说"郑振铎腰斩《死魂灵》"，或鲁迅一怒中止了翻译。这其实正是恶劣的倾向，用谣言来分散文艺界的力量，近于"内奸"的行为的。

然而也正是破落文学家最末的道路。

我看徐懋庸也正是一个喊喊嚓嚓的作者,和小报是有关系了,但还没有坠入最末的道路。不过也已经胡涂得可观。(否则,便是骄横了。)例如他信里说:"对于他们的言行,打击本极易,但徒以有先生作他们的盾牌,……所以在实际解决和文字斗争上都感到绝大的困难。"是从修身上来打击胡风的诈,黄源的谄,还是从作文上来打击胡风的论文,黄源的《译文》呢?——这我倒并不急于知道;我所要问的是为什么我认识他们,"打击"就"感到绝大的困难"? 对于造谣生事,我固然决不肯附和,但若徐懋庸们义正词严,我能替他们一手掩尽天下耳目的吗? 而且什么是"实际解决"? 是充军,还是杀头呢? 在"统一战线"这大题目之下,是就可以这样锻炼人罪,戏弄威权的? 我真要祝祷"国防文学"有大作品,倘不然,也许又是我近半年来,"助长着恶劣的倾向"的罪恶了。

临末,徐懋庸还叫我细细读《斯太林传》。是的,我将细细的读,倘能生存,我当然仍要学习;但我临末也请他自己再细细的去读几遍,因为他翻译时似乎毫无所得,实有从新细读的必要。否则,抓到一面旗帜,就自以为出人头地,摆出奴隶总管的架子,以鸣鞭为唯一的业绩——是无药可医,于中国也不但毫无用处,而且还有害处的。

八月三——六日。

原载 1936 年 8 月 15 日《作家》月刊第 1 卷第 5 号。

初收拟编书稿《且介亭杂文末编》。

六日

日记　昙。上午得赵家璧信并《苏联作家二十人集》十本。得时玳信。

致 时 玳

时玳先生：

五日信收到。近三月来，我的确病的不轻，几乎死掉，后有转机，始渐愈，到三星期前，才能写一点字，但写得多，至今还要发热的。前一信我不记得见了没有，也许正在病中，别人没有给我看，也许那时衰弱得很，见过就忘记了。

《文艺工作者宣言》不过是发表意见，并无组织或团体，宣言登出，事情就完，此后是各人自己的实践。有人赞成，自然很以为幸，不过并不用联络手段，有什么招揽扩大的野心，有人反对，那当然也是他们的自由，不问它怎么一回事。

《作家》收稿，是否必须名人绍介，我不知道；我在《作家》，也只是一个投稿者，更无所谓闹翻不闹翻。

我不久停止服药时，须同时减少看书写字，所以对于写作问题，是没法答复的。

临末，恕我直言：我觉得你所从朋友和报上得来的，多是些无关大体的无聊事，这是堕落文人的搬弄是非，只能令人变小，如果旅沪四五年，满脑不过装了这样的新闻，便只能成为像他们一样的人物，甚不值得。所以我希望你少管那些鬼鬼祟祟的文坛消息，多看译出的理论和作品。

匆复，并颂

时绥

迅　八月六日

七日

日记　晴。上午得增田君信。得唐弢信。寄白莽信并还稿。

午后复曹白信。复时玳信。复赵家璧信并靖华书二本。吴朗西来。往须藤医院,由妹尾医师代诊,并抽去肋膜间积水约二百格兰,注射Tacamol 一针,广平,海婴亦去。晚烈文来。

致 曹 白

曹白先生:

三日信早收到。我还没有走,地点和日期仍未定,定了也不告诉人,因为每人至少总有一个好朋友,什么都对他说,那么,给一个人知道,数天后就有几十人知道,在我目前的景况上,颇不方便。

信件也不转寄。一者那时当停止服药,所以也得更减少看和写;二者所住的地方,总不是热闹处所,邮件一多,容易引人注意。

木刻开会,可惜我不能参观了。我对于现在中国木刻界的现状,颇不能乐观。李桦诸君,是能刻的,但自己们形成了一种型,陷在那里面。罗清桢细致,也颇自负,但我看他的构图有时出于拼凑,人物也很少生动的。郝君给我刻像,谢谢,他没有这些弊病,但他从展览会的作品上,我以为最好是不受影响。

迅　上　八月七日

版画的事情,说起来话长,最要紧的是绍介作品,你看珂勒惠支,多么大的气魄。我以为开这种作品的展览会,比开本国作品的展览会要紧。

致 赵 家 璧

家璧先生:

五日信收到。靖华译的小说两本,今寄上。良友如印,我有一

217

点意见以备参考:

即可名为《苏联作家七人集》。

上卷为《烟斗》(此原名《烟袋》,已被禁,其实这是北方话,南方并不如此说,现在正可将题目及文中的名词改过),删去最末一篇《玛丽亚》(这是译者的意思;本有别一篇换入,但今天找了通,找不到,只好作罢),作者六人。照相可合为二面,每面三人,品字式。

下卷即《41》。照相一个。

大约如此办法,译者该没有什么反对的。

我的病又好一点,医师嘱我夏间最好离开上海,所以我不久要走也说不定。

《二十人集》十本已收到,谢谢!

专此布复,并请

著安。

鲁迅　八月七日

八日

日记 晴,热。上午得陈光尧信。内山书店送来『フロオベエル全集』(三)一本,二元八角。斋藤秀一寄来『支那語ローマ字化の理論』二本。下午须藤医院助手钱君来注射。晚蕴如携晔儿来。三弟来。

九日

日记 星期。晴,热。午后得曹白信并力群木刻一枚。葛琴赠茶叶两包。下午钱君来注射。晚河清来。

十日

日记 晴,风而热。上午得萧军信。晚钱君来注射。

十一日

日记 晴,热。上午得靖华信。内山书店送来『おもちや絵集』(四)一本,六角。往须藤医院诊并注射,广平携海婴同去。午后寄雪村信并《海上述林》剩稿。得孟十还信,即复。得蔡斐君信。

十二日

日记 晴,热。下午烈文来。晚须藤先生来注射。蕴如来。三弟来。

十三日

日记 晴,热。上午得明甫信,下午复。须藤先生来注射。夜始于淡中见血。

致 沈雁冰

明甫先生:

十二晨信收到。纪念文不做了,一者生病,二者没有准备,我是从校何苦的翻译,才看高的作品的。

"文学"字照茄门拼法,是可以这样的。

说到贱体,真也麻烦,肺部大约告一段落了,而肋膜炎余孽,还在作怪,要再注射一星期看。大约这里的环境,本非有利于病,而不能完全不闻不问,也是使病缠绵之道。我看住在上海,总是不好的。

《述林》下卷校样,七天一来,十天一来,现在一算,未排的也不过百五十面上下了。前天寄函雪村,托其催促,于二十日止排成。至今无答说不可之函,大约是做得到的了。那么,下卷也可以在我离沪之前,寄去付印。

专此布复，即请

暑安。

树　顿首　八月十三日

十四日

　　日记　晴，风而热。上午得孟十还信。托广平送须藤先生信，即得复。午得穆克信并木刻。下午河清来。晚须藤先生来注射。

十五日

　　日记　晴，热。上午得世界社信，即复。得夏征农信，即复。得孟十还信，即复。下午须藤先生来注射。晚蕴如携阿菩来。三弟来。

答世界社信

世界社诸先生：

　　十三日信收到。前一函大约也收到的，因为久病，搁下了。

　　所问的事，只能写几句空话塞责，因为实在没法子。我的病其实是不会全愈的，这几天正在吐血，医生连话也不准讲，想一点事就头晕，但大约也未必死。

　　此复，即请

暑安。

鲁迅　十五日。

答　问

　　我自己确信，我是赞成世界语的。赞成的时候也早得很，怕有二十来年了罢,但理由却很简单,现在回想起来:一,是因为可以由此联合世界上的一切人——尤其是被压迫的人们;二,是为了自己的本行,以为它可以互相绍介文学;三,是因为见了几个世界语家,都超乎口是心非的利己主义者之上。

后来没有深想下去了,所以现在的意见也不过这一点。我是常常如此的:我说这好,但说不出一大篇它所以好的道理来。然而确然如此,它究竟会证明我的判断并不错。

八月十五日。

十六日

日记　星期。晴。午后沙汀寄赠《土饼》一本。得明甫信,即复。晚须藤先生来。

致 沈雁冰

明甫先生:

十四夜信顷收到。肋膜炎大约不足虑;肺则于十三四两日中,使我吐血数十口。肺病而有吐血,本是份内事,但密斯许之流看不惯,遂似问题较别的一切为大矣。血已于昨日完全制止,据医生言,似并非病灶活动,大约先前之细胞被毁坏而成空洞处,有小血管孤立(病菌是不损血管的,所以它能独存,在空洞中如桥梁然),今因某种原因(高声或剧动)折断,因而出血耳。现但禁止说话五日,十九日满期。

转地实为必要,至少,换换空气,也是好的。但近因肋膜及咯血等打岔,竟未想及。杨君夫妇之能以装手势贯彻一切者,因两人皆于日语不便当之故也。换了我,就难免于手势危急中开口。现已交秋,或者只我独去旅行一下,亦未可知。但成绩恐亦未必佳,因为无思无虑之修养法,我实不知道也。

倘在中国,实很难想出适当之处。莫干山近便,但我以为逼促一点,不如海岸之开旷。

专此布复,即请

暑安。

树　顿首　八月十六日

十七日

日记　昙,热,下午雨。晚须藤先生来注射。得曹聚仁信。生活书店送来《燎原》(全)一本。得王正朔信并南阳汉石画象六十七枚,夜复。

十八日

日记　晴,热。晨三弟挈马理子来,留马理居三楼亭子间。午后寄蔡斐君信并还稿。得内山夫人笺并乡间食品四种,为鹿地君之母夫人所赠。得唐英伟信。下午须藤先生来注射。夜三弟为马理取行李来。拭胸背,浴腰脚。

致　王正朔

正朔先生足下:

顷奉到八月十四日惠函,谨悉一切。其拓片一包,共六十七张,亦已于同日收到无误。桥基石刻,亦切望于水消后拓出,迟固无妨也。

知关锦念,特此奉闻,并颂

时绥不尽

周玉材　顿首　八月十八日

致　蔡斐君

斐君先生:

惠函早到。以我之年龄与生计而论,其实早无力为人阅看创作或校对翻译。何况今年两次大病,不死者幸耳,至今作千余字,即觉不支,所以赐寄大稿,真是无法可想,积存敝寓,于心又不安,尤惧遗失。今日已汇为一卷,托书店挂号寄上,乞察收,此后尤希直接寄编辑或出版者,以省转折。因为寓中人少,各无暇暑,每遇收发稿件,奔走邮局,殊以为苦也。事非得已,伏乞谅鉴为幸。

专此布达,并请

暑安。

鲁迅　八月十八日

十九日

日记　晴,热。上午得唐弢信。得叶紫信。午后得王凡信。得赵家璧信。下午须藤先生来注射。晚蕴如来。三弟来并为从北新书局取得版税泉二百。吴朗西来。

二十日

日记　晴,热。上午马理赠笺纸一合。复唐弢信。复赵家璧信。得生活书店函购部信，即复。下午须藤先生来注射。得母亲信，十八日发。得欧阳山信。夜内山君来并赠《一个日本人之中国观》一本。

致 唐 弢

唐弢先生：

十八日函收到；前两函也收到的。《珂勒惠支画集》印造不多，存寓定为分送者，早已净尽，无以报命，至歉，容他日设法耳。

我的号，可用周豫才，多人如此写法，但邮局当亦知道，不过比鲁迅稍不触目而已。至于别种笔名，恐书店不详知，易将信失落，似不妥。

专此布复，并请
暑安。

鲁迅　上　八月二十日

致 赵家璧

家璧先生：

十八日信收到。对于曹译小说的两条，我以为是都不成问题的，现在即可由我负责决定：一，暂抽去《烟袋》；二，立一新名。

因为他在旅行，我不知道其住址，一时无从探问，待到去信转辗递到，他寄回信来，我又不在上海了：这样就可以拖半年。所以还是由我决定了好。我想他不至于因此见怪的。

但我想：新名可以用漂亮点的，《两个朋友》，《犯人》之类，实在

224

太平凡。

　　我想在月底走，十月初回来。

　　专此布达，并颂

著安。

迅　　上　　八月廿日

二十一日

　　日记　晴。上午广平送马理子往陶宅。得孟十还信并稿费六十，《作家》五本。下午须藤先生来注射，于是又一环毕，且赠松鱼节三枚，手巾一合。

二十二日

　　日记　晴，热。上午得孟十还信。臧克家寄赠诗集一本。下午蕴如来。晚三弟来。得刘重民信。得蒋径三讣。须藤先生来诊。

二十三日

　　日记　星期。晴，热。上午得沈旭春信。为《中流》作小文。夜内山君引鹿地君夫妇及河野女士来。九时热七度八分。

"这也是生活"……

　　这也是病中的事情。

　　有一些事，健康者或病人是不觉得的，也许遇不到，也许太微细。到得大病初愈，就会经验到；在我，则疲劳之可怕和休息之舒适，就是两个好例子。我先前往往自负，从来不知道所谓疲劳。书

225

桌面前有一把圆椅,坐着写字或用心的看书,是工作;旁边有一把藤躺椅,靠着谈天或随意的看报,便是休息;觉得两者并无很大的不同,而且往往以此自负。现在才知道是不对的,所以并无大不同者,乃是因为并未疲劳,也就是并未出力工作的缘故。

我有一个亲戚的孩子,高中毕了业,却只好到袜厂里去做学徒,心情已经很不快活的了,而工作又很繁重,几乎一年到头,并无休息。他是好高的,不肯偷懒,支持了一年多。有一天,忽然坐倒了,对他的哥哥道:"我一点力气也没有了。"

他从此就站不起来,送回家里,躺着,不想饮食,不想动弹,不想言语,请了耶稣教堂的医生来看,说是全体什么病也没有,然而全体都疲乏了。也没有什么法子治。自然,连接而来的是静静的死。我也曾经有过两天这样的情形,但原因不同,他是做乏,我是病乏的。我的确什么欲望也没有,似乎一切都和我不相干,所有举动都是多事,我没有想到死,但也没有觉得生;这就是所谓"无欲望状态",是死亡的第一步。曾有爱我者因此暗中下泪;然而我有转机了,我要喝一点汤水,我有时也看看四近的东西,如墙壁,苍蝇之类,此后才能觉得疲劳,才需要休息。

象心纵意的躺倒,四肢一伸,大声打一个呵欠,又将全体放在适宜的位置上,然后弛懈了一切用力之点,这真是一种大享乐。在我是从来未曾享受过的。我想,强壮的,或者有福的人,恐怕也未曾享受过。

记得前年,也在病后,做了一篇《病后杂谈》,共五节,投给《文学》,但后四节无法发表,印出来只剩了头一节了。虽然文章前面明明有一个"一"字,此后突然而止,并无"二""三",仔细一想是就会觉得古怪的,但这不能要求于每一位读者,甚而至于不能希望于批评家。于是有人据这一节,下我断语道:"鲁迅是赞成生病的。"现在也许暂免这种灾难了,但我还不如先在这里声明一下:"我的话到这里还没有完。"

有了转机之后四五天的夜里，我醒来了，喊醒了广平。

　　"给我喝一点水。并且去开开电灯，给我看来看去的看一下。"

　　"为什么？……"她的声音有些惊慌，大约是以为我在讲昏话。

　　"因为我要过活。你懂得么？这也是生活呀。我要看来看去的看一下。"

　　"哦……"她走起来，给我喝了几口茶，徘徊了一下，又轻轻的躺下了，不去开电灯。

　　我知道她没有懂得我的话。

　　街灯的光穿窗而入，屋子里显出微明，我大略一看，熟识的墙壁，壁端的棱线，熟识的书堆，堆边的未订的画集，外面的进行着的夜，无穷的远方，无数的人们，都和我有关。我存在着，我在生活，我将生活下去，我开始觉得自己更切实了，我有动作的欲望——但不久我又坠入了睡眠。

　　第二天早晨在日光中一看，果然，熟识的墙壁，熟识的书堆……这些，在平时，我也时常看它们的，其实是算作一种休息。但我们一向轻视这等事，纵使也是生活中的一片，却排在喝茶搔痒之下，或者简直不算一回事。我们所注意的是特别的精华，毫不在枝叶。给名人作传的人，也大抵一味铺张其特点，李白怎样做诗，怎样耍颠，拿破仑怎样打仗，怎样不睡觉，却不说他们怎样不耍颠，要睡觉。其实，一生中专门耍颠或不睡觉，是一定活不下去的，人之有时能耍颠和不睡觉，就因为倒是有时不耍颠和也睡觉的缘故。然而人们以为这些平凡的都是生活的渣滓，一看也不看。

　　于是所见的人或事，就如盲人摸象，摸着了脚，即以为象的样子像柱子。中国古人，常欲得其"全"，就是制妇女用的"乌鸡白凤丸"，也将全鸡连毛血都收在丸药里，方法固然可笑，主意却是不错的。

　　删夷枝叶的人，决定得不到花果。

为了不给我开电灯，我对于广平很不满，见人即加以攻击；到得自己能走动了，就去一翻她所看的刊物，果然，在我卧病期中，全是精华的刊物已经出得不少了，有些东西，后面虽然仍旧是"美容妙法"，"古木发光"，或者"尼姑之秘密"，但第一面却总有一点激昂慷慨的文章。作文已经有了"最中心之主题"：连义和拳时代和德国统帅瓦德西睡了一些时候的赛金花，也早已封为九天护国娘娘了。

尤可惊服的是先前用《御香缥缈录》，把清朝的宫廷讲得津津有味的《申报》上的《春秋》，也已经时而大有不同，有一天竟在卷端的《点滴》里，教人当吃西瓜时，也该想到我们土地的被割碎，像这西瓜一样。自然，这是无时无地无事而不爱国，无可訾议的。但倘使我一面这样想，一面吃西瓜，我恐怕一定咽不下去，即使用劲咽下，也难免不能消化，在肚子里咕咚的响它好半天。这也未必是因为我病后神经衰弱的缘故。我想，倘若用西瓜作比，讲过国耻讲义，却立刻又会高高兴兴的把这西瓜吃下，成为血肉的营养的人，这人恐怕是有些麻木。对他无论讲什么讲义，都是毫无功效的。

我没有当过义勇军，说不确切。但自己问：战士如吃西瓜，是否大抵有一面吃，一面想的仪式的呢？我想：未必有的。他大概只觉得口渴，要吃，味道好，却并不想到此外任何好听的大道理。吃过西瓜，精神一振，战斗起来就和喉干舌敝时候不同，所以吃西瓜和抗敌的确有关系，但和应该怎样想的上海设定的战略，却是不相干。这样整天哭丧着脸去吃喝，不多久，胃口就倒了，还抗什么敌。

然而人往往喜欢说得稀奇古怪，连一个西瓜也不肯主张平平常常的吃下去。其实，战士的日常生活，是并不全部可歌可泣的，然而又无不和可歌可泣之部相关联，这才是实际上的战士。

八月二十三日。

原载 1936 年 9 月 5 日《中流》半月刊第 1 卷第 1 期。
初未收集。

二十四日

　日记　晴。上午寄烈文信并稿。得靖华信附与河清函,于夜转寄。

二十五日

　日记　晴。上午寄母亲信。复沈旭春信。内山书店送来『オモチャ絵集』(五,六)二本,『版芸術』(九月)一本,共泉一元八角。午后靖华寄赠猴头菌四枚,羊肚菌一合,灵宝枣二升。下午河清来。须藤先生来诊。复欧阳山信。

致　母　亲

母亲大人膝下敬禀者,来信收到,给老三的孩子的信,亦早已转交。

　男病比先前已好得多,但有时总还有微热,一时离不开医生,所以虽想转地疗养一两月,现在也还不能去。到下月初,也许可以走了。

　海婴安好,瘦长了,生一点疮。仍在大陆小学,进一年级,已开学。学校办得并不好,贪图近便,关关而已。照相当俟秋凉,成后寄上。

　何小姐我看是并不会照相的,不过在练习,照不好的,就是晒出来,也一定不高明。

　马理早到上海,老三寓中有外姓同住(上海居民,一家能独赁一宅的不多),不大便当,就在男寓中住了几天,现在搬到她朋友家里去了(姓陶的,也许是先生),不久还要来住几天也说不定。

　但这事不可给八道湾知道,否则,又有大罪的。

　害马上月生胃病,看了一回医生,吃四天药,好了。

专此布达，恭请

金安。

男树　叩上　广平海婴同叩　八月廿五日

致 欧阳山

山兄：

信早到，因稍忙，故迟复。《画集》早托胡兄带去，或已到。

"安全周"有许多人说不可靠，但我未曾失败过，所以存疑，现在看来，究竟是不可靠的。妊身之后，肺病能发热；身体不好，胃口不开也能发热，无从悬揣。Hili 我不懂，也查不出，Infection 则系"传染"，"传染病"，或"流行病"，但决非肺病。不过不可存疑，我以为还不如再找一个医生检查一下，用别的法子，如分析小便之类，倘系肺不好，则应即将胎儿取下，即使不过胃弱，也该治一下子。

诊我的医生，大约第一次诊察费二元或三元以后一年内不要，药费每天不过五角，在洋医中，算是便宜的，也肯说明（有翻译者在），不像白色医生的说一句话之后就不开口。我写一张信附上，倘要去看，可用的。

小说座谈会很好，我也已看见过广告。有人不参加，当然听其自由，但我不懂"恐怕引起误会"的话。怕谁"误会"呢？这样做人，真是可怜得很。

但我也真不懂徐懋庸为什么竟如此昏蛋，忽以文坛皇帝自居，明知我病到不能读，写，却骂上门来，大有抄家之意。我这回的信是箭在弦上，不得不发，但一发表，一批徐派就在小报上哄哄的闹起来，煞是好看，拟收集材料，待一年半载后，再作一文，此辈的嘴脸就更加清楚而有趣了。

我比先前好,但热度仍未安定,所以至今说不定何日可以旅行。

专此布复,即颂

时绥。

迅上。八月二十五日。

草明太太均此致候。　广附笔问候。

　　密勒路可坐第一路电车,在文路(上海银行分行处)下车,向文路直走,至虹口小菜场,一问,不远了。　又及

二十六日

日记　晴。上午得杨霁云信。得康小行信,即复。夜三弟来。

二十七日

日记　晴。上午马理交来芳子信。夜烈文来。

"立此存照"(一)

海派《大公报》的《大公园地》上,有《非庵漫话》,八月二十五日的一篇,题为《太学生应试》,云:

"这次太学生应试,国文题在文科的是:《士先器识而后文艺》,理科的是《拟南粤王复汉文帝书》,并把汉文帝遗南粤王赵佗书的原文附在题后。也许这个试题,对于现在的异动,不无见景生情之意。但是太学生对于这两个策论式的命题,很有些人摸不着头脑。有一位太学生在试卷上大书:'汉文帝三字仿佛故识,但不知系汉高祖几代贤孙,答南粤王赵他,则素昧生平,无从说起。且回去用功,明年再见。'某试官见此生误佗为

231

他，辄批其后云：'汉高文帝爸，赵佗不是他；今年既不中，明年再来吧。'又一生在《士先器识而后文艺》题后，并未作文，仅书'若见美人甘下拜，凡闻过失要回头'一联，掷笔出场而去。某试官批云：'闻鼓鼙而思将帅之臣，临考试而动爱美之兴，幸该生尚能悬崖勒马，否则应打竹板四十，赶出场外。'是亦孤城落日中堪资谈助者。"

寥寥三百余字耳，却已将学生对于旧学之空疏和官师态度之浮薄写尽，令人觉自言"歇后郑五作宰相，天下事可知"者，诚亦古之人不可及也。

但国文亦良难：汉若无赵他，中华民国亦岂得有"太学生"哉。

原载 1936 年 9 月 5 日《中流》半月刊第 1 卷第 1 期。署名晓角。

初未收集。

"立此存照"（二）

《申报》（八月九日）载本地人盛阿大，有一养女，名杏珍，年十六岁，于六日忽然失踪，盛在家检点衣物，从杏珍之箱箧中发现他人寄与之情书一封，原文云：

"光阴如飞般的过去了，倏忽已六个月半矣，在此过程中，很是觉得闷闷的，然而细想真有无穷快乐在眼前矣，细算时日，不久快到我们的时候矣，请万事多多秘密为要，如有东西，有机会拿来，请你爱惜金钱，不久我们需要金钱应用，幸勿浪费，是幸，你的身体爱惜，我睡在床上思想你，早晨等在洋台上，看你开门，我多看见你芳影，很是快活，请你勿要想念，再会吧，日健，爱书，"

盛遂将信呈交捕房,不久果获诱拐者云云。

案这种事件,是不足为训的。但那一封信,却是十足道地的语录体情书,置之《宇宙风》中,也堪称佳作,可惜林语堂博士竟自赴美国讲学,不再顾念中国文风了。

现在录之于此,以备他日作《中国语录体文学史》者之采择,其作者,据《申报》云,乃法租界蒲石路四七九号协盛水果店伙无锡项三宝也。

原载 1936 年 9 月 5 日《中流》半月刊第 1 卷第 1 期。署名晓角。

初未收集。

致 曹靖华

汝珍兄:

廿一日信昨收到,小包亦于昨午后取得;惟木耳至今未到,大约因交通不便,尚在山中或途中耳。红枣极佳,为南中所无法购得,羊肚亦作汤吃过,甚鲜。猴头闻所未闻,诚为珍品,拟俟有客时食之。但我想,如经植物学家及农学家研究,也许有法培养。

女院事已定,甚好,但如此屡换课目,亦令人麻烦,我疑其中必有原因,夏间见许君两次,却一句未说,岂李作怪欤?

致黄源信已转寄。印书事未知,大约因我生病,故不以告。昨晚打听,始知其实亦尚无一定办法。倘印行时,兄之译品,可以给他们印。《粮食》我这里有印本。倘决定出版时,当通知。

陈君款早收到。

出版界确略松,但大约不久又要收紧的。而且放松更有另外的原因,言之痛心,且亦不便;《作家》八月号上,有弟一文,当于日内寄上，其中有极少一点文界之黑暗面可见。我以为文界败象，必须扫荡，但扫荡一有效验，压迫也就随之而至了。

良友公司愿如《二十人集》例，合印兄译之两本短篇小说，但欲立一新名，并删去《烟袋》。我想，与其收着，不如流传，所以已擅自答应他们，开始排字。此事意在牺牲一篇，而使别的多数能够通行，损小而益多，想兄当不责其专断。书名我拟为《七人集》，他们不愿，故尚未定。版税为百分之十五，出版后每年算两次。

它兄集上卷已在装订，不久可成，曾见样本，颇好，倘其生存，见之当亦高兴，而今竟已归土，哀哉。至于第二本，说起来真是气死人；原与印刷局约定六月底排成，我在病中，亦由密斯许校对，未曾给与影响，而他们拖至现在，还差一百余页，催促亦置之不理。说过话不算数，是中国人的大毛病，一切计画，都被捣乱，无可豫算了。

《城与年》尚未付印。我的病也时好时坏。十天前吐血数十口，次日即用注射制止，医诊断为于肺无害，实际上确也不觉什么。此后已退热一星期，当将注射，及退热，止咳药同时停止，而热即复发，昨已查出，此热由肋膜而来（我肋膜间积水，已抽去过三次，而积不已），所以不甚关紧要，但麻烦而已。至于吐血，不过断一小血管，所以并非肺病加重之兆，因重症而不吐血者，亦常有也。

但因此不能离开医生，去转地疗养，换换空气，却亦令人闷闷，日内拟再与医生一商，看如何办理。

专此布复，并请
暑安。

弟豫　顿首　八月廿七日

二十八日

日记　晴。晨寄烈文信。寄靖华信并杂志。下午须藤先生来诊。得辛丹信并《北调》三本，即复。晚复杨霁云信。

致 黎烈文

烈文先生：

　　昨在《立此存照》上所写笔名，究嫌太熟，倘还来得及，乞改为"晓角"是荷。

　　专此布达，并请

著安。

迅　顿首　八月廿八晨

致 杨霁云

霁云先生：

　　二十四日函收到。我这次所生的，的确是肺病，而且是大家所畏惧的肺结核，我们结交至少已经有二十多年了，其间发过四五回，但我不大喜欢嚷病，也颇漠视生命，淡然处之，所以也几乎没有人知道。这一回，是为了年龄关系，没有先前那样的容易制止和恢复了，又加以肋膜病，遂至缠绵了三个多月，还不能停止服药。但也许就可停止了罢。

　　是的，文字工作，和这病最不相宜，我今年自知体弱，也写得很少，想摆脱一切，休息若干时，专此翻译糊口。不料还是发病，而且正因为不入协会，群仙就大布围剿阵，徐懋庸也明知我不久之前，病得要死，却雄赳赳首先打上门来也。

　　他的变化，倒不足奇。前些时，是他自己大碰钉子的时候，所以觉得我的"人格好"，现在却已是文艺家协会理事，《文学界》编辑，还

235

有"实际解决"之力,不但自己手里捏着钉子,而且也许是别人的棺材钉了,居移气,养移体,现在之觉得我"不对","可笑","助长恶劣的倾向","若偶像然",原是不足为异的。

其实,写这信的虽是他一个,却代表着某一群,试一细读,看那口气,即可了然。因此我以为更有公开答复之必要。倘只我们彼此个人间事,无关大局,则何必在刊物上喋喋哉。先生虑此事"徒费精力",实不尽然,投一光辉,可使伏在大纛荫下的群魔嘴脸毕现,试看近日上海小报之类,此种效验,已极昭然,他们到底将在大家的眼前露出本相。

《版画集》,在病中印成,照顾殊不能周到,印数又少,不久便尽,书店也不存一本了,无以奉寄,甚歉。

专此布复,并请

暑安。

鲁迅　八月廿八日。

再:现医师不许我见客和多谈,倘略愈,则拟转地疗养数星期,所以在十月以前,大约不能相晤:此可惜事也。

致 须藤五百三

須藤先生几下:

熱は随分さがりました。昨日の五度九分の前は手紙を書いて居たので睡眠したのではない。

腹が時々張って少々、いたい。瓦斯が多い。(アスピリンを飲ま
なかった前から、さうであった。)

咳嗽は減少、食欲はかわり無し、睡眠はよいです。　草草頓首

鲁迅　八月廿八日

二十九日

日记 晴。上午得自称雷宁者信。得阿芷信。理发。午后往内山书店。买『支那社会研究』及『思想研究』各一本,共泉九元五角。赙蒋径三泉十元,广平同署名。晚蕴如来。三弟来。

三十日

日记 星期。晴。午后得良友公司所送《文库》二本。下午须藤先生来诊。

三十一日

日记 昙。上午寄须藤先生信为海婴取药,又感冒也。得三一杂志社信,午后复。寄明甫信。寄三弟信。托内山君修函并寄《珂勒惠支版画选集》一本往在柏林之武者小路实笃氏,托其转致作者。下午须藤先生来注射。夜雨。

致 沈雁冰

明甫先生:

我肺部已无大患,而肋膜还扯麻烦,未能停药;天气已经秋凉,山上海滨,反易伤风,今年的"转地疗养"恐怕"转"不成了。

因此想到《述林》,那第二本,交稿时约六月底排成。在我病中,亦仍由密斯许赶校,毫不耽搁,而至今已八月底,约还差百余页。前曾函托章先生,请催排字局,必于八月二十边排完,而并无回信置可否,也看不出排稿加紧,或隔一星期来一次,或隔十多天来一次,有时新稿,而再三校居多,或只清样。这真不大像在做生意。所以想请先生于便中或专函向能拿主意的人(章? 徐?)一催,从速结束,我也算了却一事，比较的觉得轻松也。

　　那第一本的装钉样子已送来，重磅纸；皮脊太"古典的"一点，平装是天鹅绒面，殊漂亮也。专此布达，即请

著安。

树　上　八月卅一日

[附　录]

致 康小行

小行先生：

　　来信收到。

　　《珂氏版画》印本无多，出版后即为预约及当地人士购去，现已无余，且不再版，故　来函所询之书未能奉寄，不胜抱歉！此复，敬候

时绥

树　上　八月廿六

　　　鲁迅口述，许广平笔录。

九月

一日

日记 雨。上午得王冶秋信并画信片二枚。得 P. Ettinger 信。须藤先生来为海婴诊,下午复来为我注射 Pectol 起,并令停止服药。

二日

日记 昙。上午得母亲信,八月三十日发。得 Y. Průšek 信。得许深信。得明甫信。得 P. Ettinger 所寄 *Polish Art* 一本。得孔若君所寄《斧声集》一本。午晴。内山书店送来『漱石全集』(六),牧野氏『植物集说』(下)各一本,共泉五元九角。下午须藤先生来注射。河清及其夫人来,并赠海苔一合,又赠海婴玩具二事。晚蕴如来。三弟来并为取得蟫隐庐书目。

三日

日记 昙。上午寄三弟信。雨。得内山君信。得鹿地君信。晚须藤先生来诊并注射。夜孙式甫来,其夫人先至。又发热。

致 母 亲

母亲大人膝下,敬禀者,八月三十日信收到。男确是吐了几十口血,但不过是痰中带血,不到一天,就由医生用药止住了。男所生的病,报上虽说是神经衰弱,其实不是,而是肺病,且已经生了二三十年,被八道湾赶出后的一回,和章士钊闹后的一回,躺倒过的,就都是这病,但那时年富力强,不久医好了。男自己也不喜欢多讲,令人担心,所以很少人知道。初到上海后,也发过一回,今年是第四回,大约因为年纪大了之故罢,一直医了三个月,还没有能够停药,因此也未能离开医生,所以今年不能到别处去休养了。

肺病是不会断根的病,全愈是不能的,但四十以上人,却无性命危险,况且一发即医,不要紧的,请放心为要。

马理已考过,取否尚未可知。她还是孩子脾气,看得上海很新鲜。但据男看来,她的先生(北平教过的)和朋友都颇滑,恐怕未必能给她帮助,到紧要时,都托故溜开了。

害马胃已医好。海婴亦好,仍上大陆小学。

专此布复,恭请

金安。

男树　叩上　广平海婴同叩　九月三夜。

致 沈雁冰

明甫先生:

昨收到一日信,才明白了印刷之所以牛步化的原因,现经加鞭,且观后效耳。振铎常打如意算盘,结果似乎不如意的居多,但这回究竟打得印出了十分之八九,成绩还不算坏。我想,到九月底,总该可以结束了。最失败的是许钦文,他募款建陶元庆纪念堂,后来收款寥寥,自己欠一批债,而杭州之律师及记者等,以他为富翁,必令涉入命案,几乎寿终牢寝,现在出来了,却专为付利子而工作着。

美成铅字,其实并不好,不但无新五号,就是五号,也有大小,不一律的。初校送来,却颇干净,错误似不多,但我们是对原稿的,因此发见印刷局的校员,可怕之至,他于觉得错误处,大抵以意改令通顺,并不查对原稿,所以有时简直有天渊之别。大抵一切校员,无不如此,所以倘是紧要的书,真令人寒心。《述林》有一半无原稿,那就没法了。此请

著安。

树 上 九月三日

四日

日记 晴。上午寄母亲信。复明甫信。复许深信。午后又服药。下午须藤先生来注射。

五日

日记 晴,热。上午得林伟达信。得孟十还信。得靖华信。午后寄赵家璧信。下午须藤先生来注射。为《中流》(二)作杂文毕。晚蕴如携蒉官来。三弟来并为买来《庚壬录》,《陷巢记》,《雁影斋读书记》,《树蕙编》各一本,共泉二元七角,即以《树蕙编》赠之。夜烈文来。

死

当印造凯绥·珂勒惠支(Kaethe Kollwitz)所作版画的选集时,曾请史沫德黎(A. Smedley)女士做一篇序。自以为这请得非常合适,因为她们俩原极熟识的。不久做来了,又逼着茅盾先生译出,现已登在选集上。其中有这样的文字:

"许多年来,凯绥·珂勒惠支——她从没有一次利用过赠授给她的头衔——作了大量的画稿,速写,铅笔作的和钢笔作

的速写,木刻,铜刻。把这些来研究,就表示着有二大主题支配着,她早年的主题是反抗,而晚年的是母爱,母性的保障,救济,以及死。而笼照于她所有的作品之上的,是受难的,悲剧的,以及保护被压迫者深切热情的意识。

　　"有一次我问她:'从前你用反抗的主题,但是现在你好像很有点抛不开死这观念。这是为什么呢?'用了深有所苦的语调,她回答道,'也许因为我是一天一天老了!'……"

　　我那时看到这里,就想了一想。算起来:她用"死"来做画材的时候,是一九一〇年顷;这时她不过四十三四岁。我今年的这"想了一想",当然和年纪有关,但回忆十余年前,对于死却还没有感到这么深切。大约我们的生死久已被人们随意处置,认为无足重轻,所以自己也看得随随便便,不像欧洲人那样的认真了。有些外国人说,中国人最怕死。这其实是不确的,——但自然,每不免模模胡胡的死掉则有之。

　　大家所相信的死后的状态,更助成了对于死的随便。谁都知道,我们中国人是相信有鬼(近时或谓之"灵魂")的,既有鬼,则死掉之后,虽然已不是人,却还不失为鬼,总还不算是一无所有。不过设想中的做鬼的久暂,却因其人的生前的贫富而不同。穷人们是大抵以为死后就去轮回的,根源出于佛教。佛教所说的轮回,当然手续繁重,并不这么简单,但穷人往往无学,所以不明白。这就是使死罪犯人绑赴法场时,大叫"二十年后又是一条好汉",面无惧色的原因。况且相传鬼的衣服,是和临终时一样的,穷人无好衣裳,做了鬼也决不怎么体面,实在远不如立刻投胎,化为赤条条的婴儿的上算。我们曾见谁家生了小孩,胎里就穿着叫化子或是游泳家的衣服的么?从来没有。这就好,从新来过。也许有人要问,既然相信轮回,那就说不定来生会堕入更穷苦的景况,或者简直是畜生道,更加可怕了。但我看他们是并不这样想的,他们确信自己并未造出该入畜生道的罪孽,他们从来没有能堕畜生道的地位,权势和金钱。

然而有着地位,权势和金钱的人,却又并不觉得该堕畜生道;他们倒一面化为居士,准备成佛,一面自然也主张读经复古,兼做圣贤。他们像活着时候的超出人理一样,自以为死后也超出了轮回的。至于小有金钱的人,则虽然也不觉得该受轮回,但此外也别无雄才大略,只豫备安心做鬼。所以年纪一到五十上下,就给自己寻葬地,合寿材,又烧纸锭,先在冥中存储,生下子孙,每年可吃羹饭。这实在比做人还享福。假使我现在已经是鬼,在阳间又有好子孙,那么,又何必零星卖稿,或向北新书局去算账呢,只要很闲适的躺在楠木或阴沉木的棺材里,逢年逢节,就自有一桌盛馔和一堆国币摆在眼前了,岂不快哉!

　　就大体而言,除极富贵者和冥律无关外,大抵穷人利于立即投胎,小康者利于长久做鬼。小康者的甘心做鬼,是因为鬼的生活(这两字大有语病,但我想不出适当的名词来),就是他还未过厌的人的生活的连续。阴间当然也有主宰者,而且极其严厉,公平,但对于他独独颇肯通融,也会收点礼物,恰如人间的好官一样。

　　有一批人是随随便便,就是临终也恐怕不大想到的,我向来正是这随便党里的一个。三十年前学医的时候,曾经研究过灵魂的有无,结果是不知道;又研究过死亡是否苦痛,结果是不一律,后来也不再深究,忘记了。近十年中,有时也为了朋友的死,写点文章,不过好像并不想到自己。这两年来病特别多,一病也比较的长久,这才往往记起了年龄,自然,一面也为了有些作者们笔下的好意的或是恶意的不断的提示。

　　从去年起,每当病后休养,躺在藤躺椅上,每不免想到体力恢复后应该动手的事情:做什么文章,翻译或印行什么书籍。想定之后,就结束道:就是这样罢——但要赶快做。这"要赶快做"的想头,是为先前所没有的,就因为在不知不觉中,记得了自己的年龄。却从来没有直接的想到"死"。

　　直到今年的大病,这才分明的引起关于死的豫想来。原先是仍如每次的生病一样，一任着日本的 S 医师的诊治的。他虽不是肺病专家，然而年纪大，经验多，从习医的时期说，是我的前辈，又极熟识，肯说话。自然，医师对于病人，纵使怎样熟识，说话是还是有限度的，但是他至少已经给了我两三回警告，不过我仍然不以为意，也没有转告别人。大约实在是日子太久，病象太险了的缘故罢，几个朋友暗自协商定局，请了美国的 D 医师来诊察了。他是在上海的唯一的欧洲的肺病专家，经过打诊，听诊之后，虽然誉我为最能抵抗疾病的典型的中国人，然而也宣告了我的就要灭亡；并且说，倘是欧洲人，则在五年前已经死掉。这判决使善感的朋友们下泪。我也没有请他开方，因为我想，他的医学从欧洲学来，一定没有学过给死了五年的病人开方的法子。然而 D 医师的诊断却实在是极准确的，后来我照了一张用 X 光透视的胸像，所见的景象，竟大抵和他的诊断相同。

我并不怎么介意于他的宣告，但也受了些影响，日夜躺着，无力谈话，无力看书。连报纸也拿不动，又未曾炼到"心如古井"，就只好想，而从此竟有时要想到"死"了。不过所想的也并非"二十年后又是一条好汉"，或者怎样久住在楠木棺材里之类，而是临终之前的琐事。在这时候，我才确信，我是到底相信人死无鬼的。我只想到过写遗嘱，以为我倘曾贵为宫保，富有千万，儿子和女婿及其他一定早已逼我写好遗嘱了，现在却谁也不提起。但是，我也留下一张罢。当时好像很想定了一些，都是写给亲属的，其中有的是：

一，不得因为丧事，收受任何人的一文钱。——但老朋友的，不在此例。

二，赶快收敛，埋掉，拉倒。

三，不要做任何关于纪念的事情。

四，忘记我，管自己生活。——倘不，那就真是胡涂虫。

五，孩子长大，倘无才能，可寻点小事情过活，万不可去做空头文学家或美术家。

六，别人应许给你的事物，不可当真。

七，损着别人的牙眼，却反对报复，主张宽容的人，万勿和他
　接近。

　　此外自然还有，现在忘记了。只还记得在发热时，又曾想到欧
洲人临死时，往往有一种仪式，是请别人宽恕，自己也宽恕了别人。
我的怨敌可谓多矣，倘有新式的人问起我来，怎么回答呢？我想了
一想，决定的是：让他们怨恨去，我也一个都不宽恕。

　　但这仪式并未举行，遗嘱也没有写，不过默默的躺着，有时还发
生更切迫的思想：原来这样就算是在死下去，倒也并不苦痛；但是，
临终的一刹那，也许并不这样的罢；然而，一世只有一次，无论怎样，
总是受得了的……。后来，却有了转机，好起来了。到现在，我想，
这些大约并不是真的要死之前的情形，真的要死，是连这些想头也
未必有的，但究竟如何，我也不知道。

九月五日。

原载 1936 年 9 月 20 日《中流》半月刊第 1 卷第 2 期。
初未收集。

致 赵家璧

家璧先生：

　　顷接靖华信，已同意于我与先生所定之印他译作办法。并补寄
译稿四篇（共不到一万字），希望加入。稿系涅维洛夫的三篇，左琴
科的一篇，《烟袋》内原有他们之作，只要挨次加入便好。但不知已
否付排，尚来得及否？希即见示，以便办理。

　　他函中要我做一点小引，如出版者不反对，我是只得做一点的，
此一层亦希示及；但倘做起来，也当在全书排成之后了。

专此布达，并请

著安。

鲁迅　九月五日

六日

　　日记　星期。晴，风。午后复鹿地君信。得伊吾信并稿。得马子华信。得矛华堂所寄书目一本。晚须藤先生来注射。蕴如及三弟来。

致　鹿地亘

鹿地様：

　　拙作の選択に関する事はあなたの主張に同意します。実に言へば自分は此の問題について考へた事は無かったのです。

　　只、『コールヴェッツ画集序目』一篇は無くてもよいと思ふ。日本にはもっと、くわしい紹介があったとおぼえて居ます。併し若し既に訳了したなら入れてもよい。中に引用して居る永田氏の原文は『新興芸術』にあるのですら同誌を一所に送ります。

　　版画の解釈をも翻訳しますか？ これをも訳すなら、説明の2、『窮苦』の条下に「父親が小孩一人を抱き」の「父親」を「祖母」と改正して下さい。別の複製の絵を見たらどうしても女性らしい。Dielの説明にも祖母だと云って居る。

　　ほかの随筆を加へた方がいゝと思ふ。併しその事は張君と商談して下さい。僕も同君に一度たのんだ事があるのです。

鲁迅　九月六日

七日

日记 晴。上午寄豸华堂信并邮票一元二角三分。下午须藤先生来注射 Cerase 起。收赵家璧所寄赠之《新传统》一本。

致 曹靖华

汝珍兄：

八月卅一日信收到，小说四篇，次日也到了，当即写信去问书局，商量加入，尚无回信，不知来得及否。至于《安得伦》，则我以为即使来得及，也不如暂单行，以便读者购买。而且大书局是怕这本书的，最初印出时，书店的玻璃窗内就不肯给我们陈列，他们怕的是图画和"不走正路"四个字。

病重之说，一定是由吐血而来的，但北平报纸，也真肯记载我的琐事。上海的大报，是不肯载我的姓名的，总得是胡适林语堂之类。至于病状，则已几乎全无，但还不能完全停药，因此也离不开医生，加以已渐秋凉，山中海边，反易伤风，所以今年是不能转地了。

猴头已吃过一次，味确很好，但与一般蘑菇类颇不同。南边人简直不知道这名字。说到食的珍品，是"燕窝鱼翅"，其实这两种本身并无味，全靠配料，如鸡汤，笋，冰糖……的。

它兄译集的下本，正在排校，本月底必可完，去付印，年内总能出齐了。一下子就是一年，中国人做事，什么都慢，即使活到一百岁，也做不成多少事。

关于《卡巴耶夫》的几篇文章上的署名，是编辑者写的，不知道他为什么想了这么一个笔名。上月他们分两次送了稿费来，共十五元，今汇上，请便中一取。此杂志停刊了，数期停刊的杂志，上海是常有的，其原因除压迫外，也有书店太贪，或编辑们闹架。这里的文坛不大好;日前寄上《作家》一本,有弟一文,写着一点大概,现在他们正面不笔战,却在小报上玩花样——老手段。

有答 E 的一封信,想请兄译出,今寄上汉文稿,乞便中一译,无关紧要,不必急急的。

专此布达,并请

暑安。

弟豫　上　九月七日

致 巴惠尔·艾丁格尔

Pavl Ettinger 先生:

我已经收到你 Aug 十三的信,你通知我收到 Sirén 的书的那一封信,也早收到的。但我从五月起,接连的生病,没有力气,所以未曾去找朋友,托他替我写一封回信。

现在我又收到一本《波兰美术》,谢谢你。但不知他们为什么不在图画下面写出这图的名目。我有一本《波兰美术史》,图上也没有名目,看起来有时很气闷。我想,你看那没有说明的中国画时,恐怕往往也这样的。

我极希望你有关于中国印的 *Sovietic Graphics* 的批评,倘印出,可否寄我一份,我想找人译出来,给中国的青年看。不过这一本书的材料,是全从今年在上海所开的"苏联版画展览会"里取来的。在这会里,我找 Deineka 的版画,竟一幅也没有。我很想将从最初到现在的苏联木刻家们的代表作集成一册,绍介给中国,但没有这力量。

Лусин.

八日

日记 晴。上午往内山书店买『紙魚供養』一本,『私は愛す』一本,共泉四元六角。寄靖华信并稿费泉十五。得叶紫信附李虹霓信,并《开拓了的处女地》五本,下午复。晚须藤先生来注射。蕴如来并为取得《四部丛刊》三编第四期书三十二种一百五十本,全部完。三弟来。夜雨。

致 叶 紫

芷兄:

七日信收到;记得以前诸函,也都收到的。所以未写回信者,既非我病又重,也并无"其他的原故"。不过说来说去,还是为了我的病依然时好时坏,就是好的时候,写字也有限制,只得用以写点关于生计或较为紧要的东西;密斯许又自己生病,孩子生病,近来又有客寓在家里,所以无关紧要的回信,只好不写了。

我身体弱,而琐事多,向来每日平均写回信三四封,也仍然未能处处周到。一病之后,更加照顾不到,而因此又须解释所以未写回信之故,自己真觉得有点苦痛。我现在特地声明:我的病确不是装出来的,所以不但叫我出外,令我算账,不能照办,就是无关紧要的回信,也不写了。此一节请谅察为幸。

专此布复,并颂

时绥。

鲁迅 九月八日

九日

日记 雨。上午内山书店送来『反逆児』一本,一元七角。得赵家璧信。午李秉中来。晚须藤先生来注射。

致 赵家璧

家璧先生：

顷得七日信；所给我的《新传统》一本，亦收到，谢谢！

译稿四篇，今送上。末校我想只要我替他看一看就好，因为学校已开课，他所教的是新项目，一定忙于豫备。

书名我们一个也没有。不知篇名有比较的漂亮者否？请先生拟定示知。

普及本木刻，亦收到。随便看看固可，倘中国木刻者以此为范本，是要上当的。

专此布达，并请

著安。

鲁迅　九九。

十日

日记　昙。上午复赵家璧信并靖华译稿四篇。豸华堂寄来《南陵无双谱》一本，价一元，往来邮费二角五分。得练熟精信并稿。午后须藤先生来注射。下午烈文来并交《中流》（一）稿费十二元，交以第二期稿。内山书店送来『フロオベエル全集』（五），『チェーホフ全集』（十八），『世界文艺大辞典』（3）各一本，共泉十二元。

十一日

日记　昙。上午得曹坪信并稿。周文寄赠《多产集》。谷非赠《崖边》三本。下午须藤先生来注射。费慎祥来并交版税泉五十。

十二日

日记 昙。上午得母亲信,八日发。午后得靖华所寄赠之木耳一囊。下午须藤先生来注射 Cerase 第二号。晚蕴如来。三弟来。夜内山君来并持来阿纯发生机一具。

十三日

日记 星期。晴。午后内山君来。下午须藤先生来注射,并为海婴治疖。

十四日

日记 晴。上午还伊吾稿附回信。午前内山君同山崎靖纯君来,并赠羊羹一筒。下午须藤先生来注射。晚吴朗西来。夜发热至三十八度。

致 吴朗西

朗西先生:

顷面托排印之说明,已抄好底稿,今寄奉,乞便中付与印刷局为荷。校好之后,除打纸板外,并乞令在较厚的白纸(光道林)上精印五六张。专此布达,并颂

时绥。

迅 上 九月十四夜

致 沈雁冰

明甫先生:

先前有称端木蕻良的,寄给我一篇稿子,而我失其住址,无法回

复。今天见《文学》八月号，有《鸳鹭湖的忧郁》一篇，亦同名者所作。因思文学社内，或存有他的通信处，可否乞先生便中一查，见示。

又萧三之通信处，如有，亦希示知，其寓所或其信箱均可。

专此布达，并请

撰安。

树　顿首　九月十四夜。

十五日

日记　晴。上午寄吴朗西信。寄明甫信。改造社寄赠『支那』一本。生活书店寄赠《坦白集》一本。丽尼寄赠《鹰之歌》一本。得叶紫信。得靖华信。得小田岳夫信。得增田君信，午后复。复 P. Ettinger 信。复王冶秋信。下午须藤先生来注射。鹿地君来。雨。

致 王冶秋

冶秋兄：

八月廿六日的信早收到，而且给我美丽的画片，非常感谢。记得两个月以前罢，曾经很简单的写了几句寄上，现看来信，好像并未收到。

我至今没有离开上海，非为别的，只因为病状时好时坏，不能离开医生。现在还是常常发热，不知道何时可以见好，或者不救。北方我很爱住，但冬天气候干燥寒冷，于肺不宜，所以不能去。此外，也想不出相宜的地方，出国有种种困难，国内呢，处处荆天棘地。

上海不但天气不佳，文气也不像样。我的那篇文章中，所举的还不过很少的一点。这里的有一种文学家，其实就是天津之所谓青皮,他们就专用造谣,恫吓,播弄手段张网,以罗致不知底细的文学青年,给自己造地位;作品呢,却并没有。真是惟以嗡嗡营营为能事。如徐懋庸,他横暴到忘其所以,竟用"实际解决"来恐吓我了,则对于别的青年,可想而知。他们自有一伙,狼狈为奸,把持着文学界,弄得乌烟瘴气。我病倘稍愈,还要给以暴露的,那么,中国文艺的前途庶几有救。现在他们在利用"小报"给我损害,可见其没出息。

珂勒惠支的画集只印了一百本,病中装成,不久,便取尽,卖完了,所以目前无法寄奉。近日文化生活出版社方谋用铜版复制,年内当可出书,那时当寄上。

静农在夏间过沪回家,从此便无消息,兄知其近况否?

专此布复,即颂

时绥。

树　上　九月十五日

令夫人令郎均吉

致 增田涉

增田兄:

九日の手紙拝領。『大地』に関する事は近内に胡風に見せます。胡仲持の訳はあてにならないかも知れません。併し若しさうだったら作者に対して実によくない事です。

僕は不相変熱に注射に須藤先生……実に病気がどうなって居るか不明だ。併し体は先より肥えて来て居る。

徐懋庸輩に対する文章(力がないから四日間かかった)は仕方がないから書いたのである。上海にはこんな一群が居るので何かあったらぢきそれを利用して自分の為めの事をするから一寸打撃を与べたのです。

洛文　拜上　九月十五日

十六日

日记　晴。上午往内山书店。孟十还转来星光社信,即复。得梅叔卫信,即复。午后蕴如携晔儿来。晚须藤先生来诊并注射,且诊晔儿。三弟来。何太太携雪儿来。

十七日

日记　晴。上午得张依吾信。午后鹿地夫人来。学昭女士来。下午须藤先生来注射 Cerase 第三号起。寄增田君《作家》(六),《二心集》各一本。

十八日

日记　昙。上午得明甫信,即复。得綦岱峰信,即复。午蕴如来并交许杰信,午后复。下午晴。复张依吾信。河清来并持来《译文》(二卷之一)五本。须藤先生来注射,傍晚复至,赠墨鱼一枚,雲丹豆一筒。

致 许 杰

许杰先生:

　　来信收到。径三兄的纪念文,我是应该做的,我们并非泛泛之交。只因为久病,怕写不出什么来,但无论如何,我一定写一点,于十月底以前寄上。

　　我并没有豫备到日本去休养;但日本报上,忽然说我要去了,不知何意。中国报上如亦登载,那一定从日本报上抄来的。

　　专此布复,即请

撰安。

鲁迅　九一八

十九日

日记　晴。上午得尤炳圻寄赠之《一个日本人之中国观》一本。得风沙信并稿,午后寄还之,并复。下午蕴如携晔儿来。须藤先生来注射。

二十日

日记　星期。晴。上午得李秉中明信片。午后得张慧信并木刻。得唐英伟信并木刻。得唐诃信并《木刻集序》。得曾纪勋信,下午复。须藤先生来注射。烈文来。晚作《女吊》一篇讫,三千字。

女　吊

　　大概是明末的王思任说的罢:"会稽乃报仇雪耻之乡,非藏垢纳污之地!"这对于我们绍兴人很有光彩,我也很喜欢听到,或引用这两句话。但其实,是并不的确的;这地方,无论为那一样都可以用。

　　不过一般的绍兴人,并不像上海的"前进作家"那样憎恶报复,却也是事实。单就文艺而言,他们就在戏剧上创造了一个带复仇性的,比别的一切鬼魂更美,更强的鬼魂。这就是"女吊"。我以为绍兴有两种特色的鬼,一种是表现对于死的无可奈何,而且随随便便的"无常",我已经在《朝华夕拾》里得了绍介给全国读者的光荣了,这回就轮到别一种。

"女吊"也许是方言,翻成普通的白话,只好说是"女性的吊死鬼"。其实,在平时,说起"吊死鬼",就已经含有"女性的"的意思的,因为投缳而死者,向来以妇人女子为最多。有一种蜘蛛,用一枝丝挂下自己的身体,悬在空中,《尔雅》上已谓之"蜆,缢女",可见在周朝或汉朝,自经的已经大抵是女性了,所以那时不称它为男性的"缢夫"或中性的"缢者"。不过一到做"大戏"或"目连戏"的时候,我们便能在看客的嘴里听到"女吊"的称呼。也叫作"吊神"。横死的鬼魂而得到"神"的尊号的,我还没有发见过第二位,则其受民众之爱戴也可想。但为什么这时独要称她"女吊"呢?很容易解:因为在戏台上,也要有"男吊"出现了。

我所知道的是四十年前的绍兴,那时没有达官显宦,所以未闻有专门为人(堂会?)的演剧。凡做戏,总带着一点社戏性,供着神位,是看戏的主体,人们去看,不过叨光。但"大戏"或"目连戏"所邀请的看客,范围可较广了,自然请神,而又请鬼,尤其是横死的怨鬼。所以仪式就更紧张,更严肃。一请怨鬼,仪式就格外紧张严肃,我觉得这道理是很有趣的。

也许我在别处已经写过。"大戏"和"目连",虽然同是演给神,人,鬼看的戏文,但两者又很不同。不同之点:一在演员,前者是专门的戏子,后者则是临时集合的 Amateur——农民和工人;一在剧本,前者有许多种,后者却好歹总只演一本《目连救母记》。然而开场的"起殇",中间的鬼魂时时出现,收场的好人升天,恶人落地狱,是两者都一样的。

当没有开场之前,就可看出这并非普通的社戏,为的是台两旁早已挂满了纸帽,就是高长虹之所谓"纸糊的假冠",是给神道和鬼魂戴的。所以凡内行人,缓缓的吃过夜饭,喝过茶,闲闲而去,只要看挂着的帽子，就能知道什么鬼神已经出现。因为这戏开场较早，"起殇"在太阳落尽时候，所以饭后去看，一定是做了好一会了，但都不是精彩的部分。"起殇"者，绍兴人现已大抵误解为"起丧"，以为就是召鬼，其实是专限于横死者的。《九歌》中的《国殇》云："身既死兮神以灵，魂魄毅兮为鬼雄"，当然连战死者在内。明社垂绝，越人起义而死者不少，至清被称为叛贼，我们就这样的一同招待他们的英灵。在薄暮中，十几匹马，站在台下了；戏子扮好一个鬼王，蓝面鳞纹，手执钢叉，还得有十几名鬼卒，则普通的孩子都可以应募。我在十余岁时候，就曾经充过这样的义勇鬼，爬上台去，说明志愿，他们就给在脸上涂上几笔彩色，交付一柄钢叉。待到有十多人了，即一拥上马，疾驰到野外的许多无主孤坟之处，环绕三匝，下马大叫，将钢叉用力的连连掷刺在坟墓上，然后拔叉驰回，上了前台，一同大叫一声，将钢叉一掷，钉在台板上。我们的责任，这就算完结，洗脸下台，可以回家了，但倘被父母所知，往往不免挨一顿竹篠（这是绍兴打孩子的最普通的东西），一以罚其带着鬼气，二以贺其没有跌死，但我却幸而从来没有被觉察，也许是因为得了恶鬼保佑的缘故罢。

这一种仪式，就是说，种种孤魂厉鬼，已经跟着鬼王和鬼卒，前来和我们一同看戏了，但人们用不着担心，他们深知道理，这一夜决不丝毫作怪。于是戏文也接着开场，徐徐进行，人事之中，夹以出鬼：火烧鬼，淹死鬼，科场鬼（死在考场里的），虎伤鬼……孩子们也可以自由去扮，但这种没出息鬼，愿意去扮的并不多，看客也不将它当作一回事。一到"跳吊"时分——"跳"是动词，意义和"跳加官"之"跳"同——情形的松紧可就大不相同了。台上吹起悲凉的喇叭来，中央的横梁上，原有一团布，也在这时放下，长约戏台高度的五分之二。看客们都屏着气，台上就闯出一个不穿衣裤，只有一条犊鼻裈，面施几笔粉墨的男人，他就是"男吊"。一登台，径奔悬布，像蜘蛛的死守着蛛丝，也如结网，在这上面钻，挂。他用布吊着各处：腰，胁，胳下,肘弯,腿弯,后项窝……一共七七四十九处。最后才是脖子,但是并不真套进去的,两手扳着布,将颈子一伸,就跳下,走掉了。这"男吊"最不易跳,演目连戏时,独有这一个脚色须特请专门的戏子。那时的老年人告诉我,这也是最危险的时候,因为也许会招出真的"男吊"来。所以后台上一定要扮一个王灵官,一手捏诀,一手执鞭,目不转睛的看着一面照见前台的镜子。倘镜中见有两个,那么,一个就是真鬼了,他得立刻跳出去,用鞭将假鬼打落台下。假鬼一落台,就该跑到河边,洗去粉墨,挤在人丛中看戏,然后慢慢的回家。倘打得慢,他就会在戏台上吊死;洗得慢,真鬼也还会认识,跟住他。这挤在人丛中看自己们所做的戏,就如要人下野而念佛,或出洋游历一样,也正是一种缺少不得的过渡仪式。

这之后,就是"跳女吊"。自然先有悲凉的喇叭;少顷,门幕一掀,她出场了。大红衫子,黑色长背心,长发蓬松,颈挂两条纸锭,垂头,垂手,弯弯曲曲的走一个全台,内行人说:这是走了一个"心"字。为什么要走"心"字呢?我不明白。我只知道她何以要穿红衫。看王充的《论衡》,知道汉朝的鬼的颜色是红的,但再看后来的文字和图画,却又并无一定颜色,而在戏文里,穿红的则只有这"吊神"。意思是很容易了然的;因为她投缳之际,准备作厉鬼以复仇,红色较有阳气,易于和生人相接近,……绍兴的妇女,至今还偶有搽粉穿红之后,这才上吊的。自然,自杀是卑怯的行为,鬼魂报仇更不合于科学,但那些都是愚妇人,连字也不认识,敢请"前进"的文学家和"战斗"的勇士们不要十分生气罢。我真怕你们要变呆鸟。

她将披着的头发向后一抖,人这才看清了脸孔:石灰一样白的圆脸,漆黑的浓眉,乌黑的眼眶,猩红的嘴唇。听说浙东的有几府的戏文里,吊神又拖着几寸长的假舌头,但在绍兴没有。不是我祖护故乡,我以为还是没有好;那么,比起现在将眼眶染成淡灰色的时式打扮来,可以说是更彻底,更可爱。不过下嘴角应该略略向上,使嘴巴成为三角形:这也不是丑模样。假使半夜之后,在薄暗中,远处隐约着一位这样的粉面朱唇,就是现在的我,也许会跑过去看看的,但自然,却未必就被诱惑得上吊。她两肩微耸,四顾,倾听,似惊,似喜,似怒,终于发出悲哀的声音,慢慢地唱道:

"奴奴本是杨家女,

呵呀,苦呀,天哪!……"

下文我不知道了。就是这一句,也还是刚从克士那里听来的。但那大略,是说后来去做童养媳,备受虐待,终于弄到投缳。唱完就听到远处的哭声,这也是一个女人,在衔冤悲泣,准备自杀。她万分惊喜,要去"讨替代"了,却不料突然跳出"男吊"来,主张应该他去讨。他们由争论而至动武,女的当然不敌,幸而王灵官虽然脸相并不漂亮,却是热烈的女权拥护家,就在危急之际出现,一鞭把男吊打死,放女的独去活动了。老年人告诉我说:古时候,是男女一样的要上吊的,自从王灵官打死了男吊神,才少有男人上吊;而且古时候,是身上有七七四十九处,都可以吊死的,自从王灵官打死了男吊神,致命处才只在脖子上。中国的鬼有些奇怪,好像是做鬼之后,也还是要死的,那时的名称,绍兴叫作"鬼里鬼"。但男吊既然早被王灵官打死,为什么现在"跳吊",还会引出真的来呢?我不懂这道理,问问老年人,他们也讲说不明白。

而且中国的鬼还有一种坏脾气,就是"讨替代",这才完全是利己主义;倘不然,是可以十分坦然的和他们相处的。习俗相沿,虽女吊不免,她有时也单是"讨替代",忘记了复仇。绍兴煮饭,多用铁锅,烧的是柴或草,烟煤一厚,火力就不灵了,因此我们就常在地上看见刮下的锅煤。但一定是散乱的,凡村姑乡妇,谁也决不肯省些力,把锅子伏在地面上,团团一刮,使烟煤落成一个黑圈子。这是因为吊神诱人的圈套,就用煤圈炼成的缘故。散掉烟煤,正是消极的抵制,不过为的是反对"讨替代",并非因为怕她去报仇。被压迫者即使没有报复的毒心,也决无被报复的恐惧,只有明明暗暗,吸血吃肉的凶手或其帮闲们,这才赠人以"犯而勿校"或"勿念旧恶"的格言，——我到今年，也愈加看透了这些人面东西的秘密。

九月十九——二十日。

原载 1936 年 10 月 5 日《中流》半月刊第 1 卷第 3 期。
初未收集。

二十一日

日记 晴。上午得伊吾信。得郓县读者信。午后往内山书店。下午须藤先生来注射。晚复唐诃信。夜濯足。九时发热至三十七度六分。

"立此存照"(三)

饱暖了的白人要搔痒的娱乐，但菲洲食人蛮俗和野兽影片已经看厌，我们黄脸低鼻的中国人就被搬上银幕来了。于是有所谓"辱华影片"事件，我们的爱国者，往往勃发了义愤。

五六年前罢，因为《月宫盗宝》这片子，和范朋克大闹了一通，弄得不欢而散。但好像彼此到底都没有想到那片子上其实是蒙古王子，和我们不相干；而故事是出于《天方夜谈》的，也怪不得只是演员非导演的范朋克。

不过我在这里，也并无替范朋克叫屈的意思。

今年所提起的《上海快车》事件，却比《盗宝》案切实得多了。我情愿做一回"文剪公"，因为事情和文章都有意思，太删节了怕会索然无味。首先，是九月二十日上海《大公报》内《大公俱乐部》上所载的，萧运先生的《冯史丹堡过沪再志》：

"这几天，上海的电影界，忙于招待一位从美国来的贵宾，那便是派拉蒙公司的名导演约瑟夫·冯史丹堡（Josef von Sternberg），当一些人在热烈地欢迎他的时候，同时有许多人在向他攻击，因为他是辱华片《上海快车》（Shanghai Express）的导演人，他对于我国曾有过重大的侮蔑。这是令人难忘的一回事！

"说起《上海快车》，那是五年前的事了，上海正当一二八战事之后，一般人的敌忾心理还很敏锐，所以当这部歪曲了事实的好莱坞出品在上海出现时，大家不由都一致发出愤慨的呼声，像昙花一现地，这部影片只映了两天，便永远在我国人眼前消灭了。到了五年后的今日，这部片子的导演人还不能避免舆论的谴责。说不定经过了这回教训之后，冯史丹堡会明白，无理侮蔑他人是不值得的。

"拍《上海快车》的时候，冯史丹堡对于中国，可以说一点印象没有，中国是怎样的，他从来不晓得，所以他可以替自己辩护，这回侮辱中国，并非有意如此。但是现在，他到过中国了，他看过中国了，如果回好莱坞之后，他再会制出《上海快车》那样作品，那才不可恕呢。他在上海时对人说他对中国的印象很好，希望他这是真话。"（下略。）

但是，究竟如何？不幸的是也是这天的《大公报》，而在《戏剧与电影》上，登有弃扬先生的《艺人访问记》，云：

"以《上海快车》一片引起了中国人注意的导演人约瑟夫·冯史登堡氏，无疑，从这次的旅华后，一定会获得他的第二部所谓辱华的题材的。

"'中国人没有自知，《上海快车》所描写的，从此次的来华，益给了我不少证实……'不像一般来华的访问者，一到中国就改变了他原有的论调；冯史登堡氏确有着这样一种隽然的艺术家风度，这是很值得我们的敬佩的。"

（中略。）

"没有极正面去抗议《上海快车》这作品，只把他在美时和已来华后，对中日的感想来问了。

"不立刻置答，继而莞然地说：

"'在美时和已来华后，并没有什么不同，东方风味确然两样，日本的风景很好，中国的北平亦好，上海似乎太繁华了，苏州太旧，神秘的情调，确实是有的。许多访问者都以《上海快车》事来质问我，实际上，不必掩饰是确有其事的。现在是更留得了一个真切的印象。……我不带摄影机，但我的眼睛，是不会叫我忘记这一些的。'使我想起了数年前南京中山路，为了招待外宾而把茅棚拆除的故事。……"

原来他不但并不改悔，倒更加坚决了，怎样想着，便怎么说出，真有日耳曼人的好的一面的蛮风，我同意记者之所说："值得我们的敬佩"。

我们应该有"自知"之明，也该有知人之明：我们要知道他并不把中国的"舆论的谴责"放在心里，我们要知道中国的舆论究有多大的权威。

"但是现在，他到过中国了，看过中国了"，"他在上海时对人说他对中国的印象很好"，据《访问记》，也确是"真话"。不过他说"好"的是北平，是地方，不是中国人，中国的地方，从他们看来，和人们已经几乎并无关系了。

况且我们其实也并无什么好的人事给他看。我看过关于冯史丹堡的文章，就去翻阅前一天的，十九日的报纸，也没有什么体面事，现在就剪两条电报在这里：

"（北平十八日中央社电）平九一八纪念日，警宪戒备极严，晨六时起，保安侦缉两队全体出动，在各学校公共场所冲要街巷等处配置一切，严加监视，所有军警，并停止休息一日。全市空气颇呈紧张，但在平安中渡过。"

"（天津十八日下午十一时专电）本日傍晚，丰台日军突将二十九军驻防该处之冯治安部包围，勒令缴械，入夜尚在相持中。日军已自北平增兵赴丰台，详况不明。查月来日方迭请宋哲元部将冯部撤退，宋迄未允。"

跳下一天，二十日的报上的电报：

"（丰台十九日同盟社电）十八日之丰台事件，于十九日上午九时半圆满解决，同时日本军解除包围形势，集合于车站前大坪，中国军亦同样整列该处，互释误会。"

再下一天，二十一日报上的电报：

"（北平二十日中央社电）丰台中日军误会解决后，双方当局为避免今后再发生同样事件，经详细研商，决将两军调至较远之地方，故我军原驻丰台之二营五连，已调驻丰台迤南之赵家村，驻丰日军附近，已无我军踪迹矣。"

我不知道现在冯史丹堡在那里，倘还在中国，也许要错认今年为"误会年"，十八日为"学生造反日"的罢。

其实，中国人是并非"没有自知"之明的，缺点只在有些人安于"自欺"，由此并想"欺人"。譬如病人，患着浮肿，而讳疾忌医，但愿别人胡涂，误认他为肥胖。妄想既久，时而自己也觉得好像肥胖，并非浮肿；即使还是浮肿，也是一种特别的好浮肿，与众不同。如果有人，当面指明：这非肥胖，而是浮肿，且并不"好"，病而已矣。那么，他就失望，含羞，于是成怒，骂指明者，以为昏妄。然而还想吓他，骗他，又希望他畏惧主人的愤怒和骂詈，惴惴的再看一遍，细寻佳处，改口说这的确是肥胖。于是他得到安慰，高高兴兴，放心的浮肿着了。

不看"辱华影片"，于自己是并无益处的，不过自己不看见，闭了眼睛浮肿着而已。但看了而不反省，却也并无益处。我至今还在希望有人翻出斯密斯的《支那人气质》来。看了这些，而自省，分析，明白那几点说的对，变革，挣扎，自做工夫，却不求别人的原谅和称赞，来证明究竟怎样的是中国人。

原载 1936 年 10 月 5 日《中流》半月刊第 1 卷第 3 期。

署名晓角。

初未收集。

"立此存照"（四）

近年的期刊有《越风》，撰人既非全是越人，所谈也非尽属越事，殊不知其命名之所以然。自然，今年是必须痛骂贰臣和汉奸的，十七期中，有高越天先生作的《贰臣汉奸的丑史和恶果》，第一节之末云：

"明朝颇崇气节，所以亡国之际，忠臣义烈，殉节不屈的多不胜计，实为我汉族生色。但是同时汉奸贰臣，却也不少，最大汉奸吴三桂，贰臣洪承畴，这两个没廉耻的东西，我们今日闻名，还须掩鼻。其实他们在当时昧了良心努力讨好清廷，结果还是'鸟尽弓藏，兔死狗烹'，真是愚不可及，大汉奸的下场尚且如此，许多次等汉奸，结果自更属可惨。……"

后又据《雪庵絮墨》，述清朝对于开创功臣，皆配享太庙，然无汉人之耿精忠，尚可喜，吴三桂，洪承畴四名，洪且由乾隆列之《贰臣传》之首，于是诫曰：

"似这样丢脸的事情，我想不独含怨泉下的洪经略要大吃一惊，凡一班吃里爬外，枪口向内的狼鼠之辈，读此亦当憬然而悟矣。"

这种训诫，是反问不得的。倘有不识时务者问："如果那时并不'鸟尽弓藏，兔死狗烹'，而且汉人也配享太庙，洪承畴不入《贰臣传》，则将如何？"我觉得颇费唇舌。

因为卫国和经商不同，值得与否，并不是第一着也。

原载 1936 年 10 月 5 日《中流》半月刊第 1 卷第 3 期。

署名晓角。

初未收集。

致 唐 诃

唐诃先生：

得到九月十六日信，并给我仅存的序文，感谢之至。但展览会收场如此，真令人怅然。

那几个植物名，第一个一定是（Kōzo）之误，中国名"楮"，也做制纸的原料，第三个是"雁皮"，中国名不知，也许没有。只有 D'miko 不可解，也不像日本话。但日本制纸植物，普通确是三种，其一是"三桠"（Mitsumata），我想大约德文拼错的。

K 氏画集早分，卖完了；听说有人要用铜版翻印，但尚未出。我还在时时发热，但这年纪的肺病，是不会致命的，可是也不会好；这事您知道得很明白，用不着我说。

专此布复，即请

秋安。

干 顿首 九月二十一日

致 黎烈文

烈文先生：昨所说的那一篇，已抄讫，今寄上。上午又作了一则《立此存照》，一同附奉，希能见于第三期。但太长；同是"存照"，而相度其长短，或补白，或不补白，何如？

专此布达,并颂

撰安。

迅　顿首　九月二十一日

二十二日

　　日记　晴。上午寄烈文信并稿二种。寄曹坪信。午后寄母亲信。寄紫佩信。寄费慎祥信。下午姚克来并赠特印本《魔鬼的门徒》一本,为五十本中之第一本。须藤先生来注射 Cerase 第四号起。夜慎祥来。

致 母 亲

母亲大人膝下,敬禀者,九月八日来信,早已收到。男近日情形,比先前又好一点,脸上的样子,已经恢复了病前的状态了,但有时还要发低热,所以仍在注射。大约再过一星期,就停下来看一看。海婴仍在原地方读书,夏天头上生了几个小疮,现在好了,前天玻璃割破了手,鲜血淋漓,今天又好了。他同玛利很要好,因为他一向是喜欢客人,爱热闹的,平常也时时口出怨言,说没有兄弟姊妹,只生他一个,冷静得很。见了玛利,他很高兴,但被他粘缠起来的时候,我看实在也讨厌之至。

　　北京今年这样热,真是意料不到的事。上海还不算大热,现在凉了,而太阳出时,仍可穿单衣。害马甚好,请勿念。

　　专此布达,恭请

金安。

男树　叩上　广平暨海婴同叩　九月二十二日

致 费慎祥

慎祥兄：

重排的《花边文学》，想必有一本清样，望便中带来。因为我想在较有力气时，标注这回付印的《杂文初集》，要看看格式。

那一个盘光华书局的人，在将《铁流》的纸板向人出卖，要五十块钱。

专此布达，即颂

时绥。

迅　上　廿二日

致 端木蕻良

一般的"时式"的批评家也许会说结束太消沉了也说不定，我则以为缺点在开初好像故意使人坠入雾中，作者的解说也嫌多，又不常用的词也太多，但到后来这些毛病统统没了。

录自 1936 年 11 月 5 日《中流》半月刊第 1 卷第 5 期端木蕻良作《永恒的悲哀》一文。系残简。

致 增田涉

景宋に代って答え致します。彼はもう十年以上、「書録」と関係しないから、御尋に対して何も答る事が出来ない。一定のすまひがなくなって以来、多量の本を持つ事が困難であった。だから時々散って行き今は自分の撰訳も少しか持たなかった。今に云へるのは、只:

　一、死魂靈（第一部）　　　一九三五年十一月初版
　二、同　　　一百圖　　　一九三六年四月版

　欧美訳のものに対しては今まで誰も気をつけなかった。大抵のものは作者にも知らせません、いわんや、その本を送る事をや。

　　　　　　　　　　　　　　魯迅　上九月二十二日
增田兄几下

　　二十三日
　　日记　晴。午寄烈文信。午后鹿地夫人及河野女士来。下午须藤先生来注射。夜三弟来。内山君遣人来通知街上有兵警备。七时热至三十八度五分。

　　二十四日
　　日记　晴。上午往内山书店买『芸林閑步』一本，二元八角。以《中国美术在英展览图录》（绘画之部）一本寄王凡。午后寄明甫信。下午须藤先生来注射。八时热三十八度四分。

　　二十五日
　　日记　晴。上午得芳子信。夜须藤先生来注射。不发热。

致 许寿裳

季市兄：

　得《新苗》，见兄所为文，甚以为佳，所未敢苟同者，惟在欲以佛

法救中国耳。

　　从中更得读太炎先生狱中诗，卅年前事，如在眼前。因思王静安没后，尚有人印其手迹，今太炎先生诸诗及"速死"等，实为贵重文献，似应乘收藏者多在北平之便，汇印成册，以示天下，以遗将来。故宫博物馆印刷局，以玻璃板印盈尺大幅，每百枚五元，然则五十幅一本，百本印价，不过二百五十元，再加纸费，总不至超出五百，向种种关系者募捐，当亦易集也。此事由兄发起为之，不知以为何如？

　　与革命历史有关之文字不多，则书简文稿册页，亦可收入，曾记有为兄作《汉郊祀歌》之篆书，以为绝妙也。倘进行，乞勿言由我提议，因旧日同学，多已崇贵，而我为流人，音问久绝，殊不欲因此溷诸公之意耳。

　　贱恙时作时止，毕竟如何，殊不可测，只得听之。

　　专此布达，并请

道安。

　　　　　　　　　　　　弟飞　顿首　九月二十五日

二十六日

　　日记　晴。晨寄季市信。上午寄吴朗西信。午前得赖少其信并木刻。得王志之信并文稿。得梁品青信。得孟十还信。得明甫信。得三弟信。午须藤先生来注射。下午蕴如携阿菩来。晚吴朗西来并赠再版《死魂灵》特制本一本。夜三弟来。九时热三十七度六分。

致　吴朗西

朗西先生：

　　十五日寄奉一函，内有付排之稿，不知收到否？如已交印刷局，则请一催,因此系急用,而且每条须看排出之样式后,再各添一行,较费周折也。

专此布达,并请

秋安。

迅　上　九月二十六日

致 沈雁冰

明甫先生:

廿五日信廿六到。美成"排竣"之说甚巧,至于校,则尚剩序目。先前校稿,他们办法亦与上卷不同,至二校,必打清样来,以示无需三校之意。我亦遵命,但曾提出一页,要三校,而至今不至也。

《中国的一日》至今无有,有时非常宽缓,是生活书店所不甚少有的事,以前亦往往遇之。此店貌似旺盛,而办事或失之太散漫,或失之太聪明,其实是很不健康的。

《述林》初拟计款分书;但如抽去三分之一交 C. T.,则内山老板经售者只三百余本,迹近令他做难事而又克扣其好处,故付与 C. T.者,只能是赠送本也。

专此布复,并请

秋安。

树　顿首　九月廿六夜。

二十七日

日记　星期。晴。晨李秉中来并赠广平布衫一件。上午复明甫信。复梁品青信。上午访内山君。得谢炳文信。得梅叔卫信。

午后得生活书店寄赠之《中国的一日》三本。

"立此存照"（七）

近来的日报上作兴附"专刊"，有讲医药的，有讲文艺的，有谈跳舞的；还有"大学生专刊"，"中学生专刊"，自然也有"小学生"和"儿童专刊"；只有"幼稚园生专刊"和"婴儿专刊"，我还没有看见过。

九月二十七日，偶然看《申报》，遇到了《儿童专刊》，其中有一篇叫作《救救孩子！》，还有一篇"儿童作品"，教小朋友不要看无用的书籍，如果有工夫，"可以看些有用的儿童刊物，或则看看星期日《申报》出版的《儿童专刊》，那是可以增进我们儿童知识的"。

在手里的就是这《儿童专刊》，立刻去看第一篇。果然，发现了不忍删节的应时的名文：

小学生们应有的认识　　　　梦　苏

最近一个月中，四川的成都，广东的北海，湖北的汉口，以及上海公共租界上，连续出了不幸的案件，便是日本侨民及水兵的被人杀害，国交显出分外严重的不安。

小朋友对于这种不幸的案件，作何感想？于我们民族前途的关系是极大的。

国际的交涉，在非常时期，做国民的不可没有抗敌御侮的精神；但国交尚在常态的时期，却绝对不可有伤害外侨的越轨行动。倘若以个人的私忿，而杀害外侨，这比较杀害自国人民，罪加一等。因为被杀害的虽然是绝少数人，但会引起别国的误会，加重本国外交上的困难；甚至发生意外的纠纷，把整个民族复兴运动的步骤乱了。这种少数人无意识的轨外行动，实是国法的罪人,民族的败类。我们当引为大戒。要知道这种举动,和战士在战争时的杀敌致果,功罪是绝对相反的。

　　小朋友们! 试想我们住在国外的侨民,倘使被别国人非法杀害,虽然我们没有兵舰派去登陆保侨,小题大做:我们政府不会提出严厉的要求,得不到丝毫公道的保障;但总禁不住我们同情的愤慨。

　　我们希望别国人民敬视我们的华侨,我们也当敬视任何的外侨;使伤害外侨的非法行为以后不再发生。这才是大国民的风度。

　　这"大国民的风度"非常之好,虽然那"总禁不住""同情的愤慨",还嫌过激一点,但就大体而言,是极有益于敦睦邦交的。不过我们站在中国人的立场上,却还"希望"我们对于自己,也有这"大国民的风度",不要把自国的人民的生命价值,估计得只值外侨的一半,以至于"罪加一等"。主杀奴无罪,奴杀主重办的刑律,自从民国以来(呜呼,二十五年了!)不是早经废止了么?

　　真的要"救救孩子"。这"于我们民族前途的关系是极大的"!

　　而这也是关于我们的子孙。大朋友,我们既然生着人头,努力来讲人话罢!

九月二十七日。

　　　　原载 1936 年 10 月 20 日《中流》半月刊第 1 卷第 4 期,
　　题作《"立此存照"(五)》。署名晓角。
　　　　初未收集。

二十八日

　　日记　晴。午得冶秋信并画信片二枚。得吴渤信,午后复。复谢炳文信。复 Y. Průšek 信。寄烈文信并稿一篇。下午须藤先生来诊。蕴如来。费君来取去印证千五百。晚烈文来并交《中流》（二）稿费九元。

致 吴 渤

吴渤先生：

　　来信收到。

　　今年九个月中，我足足大病了六个月，至今还在天天发热，不能随便走动，随便做事。所以关于木刻展览会的事情，就也无从谈起了，真是抱歉之至。

　　专此奉答，并颂

时绥。

鲁迅　九月廿八

致 黎烈文

烈文先生：

　　近想甚忙。我仍间或发热，但报总不能不看，一看，则昏话之多，令人发指。例如此次《儿童专刊》上一文，竟主张中国人杀日本人，应加倍治罪，此虽日本人尚未敢作此种主张，此作者真畜类也。草一《存照》，寄奉，倘能用，幸甚。

　　专此布达，并请

撰安。

迅　顿首　九月廿八日

致 雅罗斯拉夫·普实克

Y. Průšek 先生：

八月二十七日的信，我早收到了；谢谢您对于我的健康的关心。

我同意于将我的作品译成捷克文，这事情，已经是给我的很大的光荣，所以我不要报酬，虽然外国作家是收受的，但我并不愿意同他们一样。先前，我的作品曾经译成法、英、俄、日本文，我都不收报酬，现在也不应该对于捷克特别收受。况且，将来要给我书籍或图画，我的所得已经够多了。

我极希望您的关于中国旧小说的著作，早日完成，给我能够拜读。我看见过 Giles 和 Brucke 的《中国文学史》，但他们对于小说，都不十分详细。我以为您的著作，实在是很必要的。

郑振铎先生是我的很熟识的人，去年时时见面，后来他做了暨南大学的文学院长，大约是很忙，就不容易看见了，但我当设法传达您的意思。

我前一次的信，说要暂时转地疗养，但后来因为离不开医师，所以也没有离开上海，一直到现在。现在是暑气已退，用不着转地，要等明年了。

专此布复，并颂

秋安。

鲁迅　上　九月二十八日

二十九日

日记　晴。上午往内山书店。得郭庆天信。得孟十还信。得明甫信。得曹白信并稿二。得郑振铎信，下午复。寄河清信。费慎祥来并赠蒲陶，梨子。晚吴朗西来。

致 郑振铎

西谛先生：

二十八日信收到。《述林》已在关上候查，但官场办事雍容，恐怕总得一星期才会通过罢。所印只五百部，如捐款者按人一律两部，则还不如不募之合适，大约有些也只能一部，然亦不过收回成本而已。我处无人可差，所以有几位之书，也只能总送尊寓，乞于便中分交。

《博古页子》早收到，初以为成书矣，今日始知是样本，我无话可写，不作序矣。《十竹斋笺谱》（二）近况如何？此书如能早日刻成，乃幸。

近得 Y. Průšek 信，谓认识先生，见时乞代问候云云，特转达。

专此布复，并请

教安。

鲁迅 九月二十九日

致 黄 源

河清先生：

有几篇稿子，想交与孟十还先生，还有一些话。可否请 先生莅寓一谈，再为转达，至幸。

专此布达，即请

著安

迅 上 九月廿九日

致 曹 白

曹白先生：

廿七夜信并稿两篇均收到。我一直没有离开上海，其实是为了不能离开医生，现在每天还发热，但医生确说已可以散步，可惜我也无处可走，到处是伤心惨目，走起来并不使我愉快。

论文并无错处，可以发表的，我只改正了几个误字。至于《夜谈》，却不佳，叙述是琐细事，而文笔并不漂亮（虽然偶有警句），材料也平常，吃蛆之类的无赖手段，在中国并不少有，不算奇异的。况且这种恶劣人物，很难写，正如鼻涕狗粪，不能刻成好木刻一样。

但原稿上时有极关紧要的误字，这我看是因为你神经太疲劳了的缘故。例如论文的 5 页后半页，《夜谈》的 4 页末行，我看都有大错，我加了问号在那里。

两篇都放在书店里，附上一笺，希便中持以一取为荷。此复，即颂

秋安

迅　上　九月二十九日

三十日

日记　昙。上午校《海上述林》下卷毕。午后寄章雪村信并校正稿。复曹白信并还稿。下午谷非及其夫人来。须藤先生来诊。晚蕴如携三孩子来。夜三弟来。中秋。似发微热。

"立此存照"（五）

《社会日报》久不载《艺人腻事》了，上海《大公报》的《本埠增刊》上，却载起《文人腻事》来。"文""腻"两音差多，事也并不全"腻"，这真叫作"一代不如一代"。但也常有意外的有趣文章，例如九月十五日的《张资平在女学生心中》条下，有记的是：

> "他虽然是一个恋爱小说作家，而他却是一个颇为精明方正的人物。并没有文学家那一种浪漫热情不负责任的习气，他之精明强干，恐怕在作家中找不出第二个来吧。胖胖的身材，矮矮的个子，穿着一身不合身材的西装，衬着他一付团团的黝黑的面孔，一手里经常的夹着一个大皮包，大有洋行大板公司经理的派头，可是，他的大皮包内没有支票账册，只有恋爱小说的原稿与大学里讲义。"

原意大约是要写他的"颇为精明方正的"，但恰恰画出了开乐群书店赚钱时代的张资平老板面孔。最妙的是"一手里经常夹着一个大皮包"，但其中"只有恋爱小说的原稿与大学里讲义"：都是可以赚钱的货色，至于"没有支票账册"，就活画了他用不着记账，和开支票付钱。所以当书店关门时，老板依然"一付团团的黝黑的面孔"，而有些卖稿或抽板税的作者，却成了一付尖尖的晦气色的面孔了。

　　　　　原载 1936 年 11 月 5 日《中流》半月刊第 1 卷第 5 期。
　　署名晓角。
　　初未收集。

"立此存照"(六)

崇祯八年(一六三五)新正,张献忠之一股陷安徽之巢县,秀水人沈国元在彼地,被斫不死,改名常,字存仲,作《再生纪异录》。今年春,上虞罗振常重校印行,改名《流寇陷巢记》,多此一改,怕是生意经了。其中有这样的文字:

"元宵夜,月光澄湛,皎如白日。邑前居民神堂火起,严大尹拜灭之;戒市人勿张灯。时余与友人薛希珍杨子乔同步街头,各有忧色,盖以贼锋甚锐,毫无防备,城不可守也。街谈巷议,无不言贼事,各以'来了'二字,互相惊怖。及贼至,果齐声呼'来了来了':非市谶先兆乎?"

《热风》中有《来了》一则,臆测而已,这却是具象的实写;而贼自己也喊"来了",则为《热风》作者所没有想到的。此理易明:"贼"即民耳,故逃与追不同,而所喊的话如一:易地则皆然。

又云:

"二十二日,……余……匿金身后,即闻有相携而蹶者,有痛楚而呻者,有襁负而至者,一闻贼来,无地可入,真人生之绝境也。及贼徜徉而前,仅一人提刀斫地示威耳;有猛犬逐之,竟惧而走。……"

非经宋元明三朝的压迫,杀戮和麻醉,不能到这田地。民觉醒于四年前之春,而宋元明清之教养亦醒矣。

原载 1936 年 10 月 20 日《中流》半月刊第 1 卷第 4 期。

署名晓角。

初未收集。

十月

一日

日记 晴。上午得母亲信,九月二十七日发。得吴渤信。午后往须藤医院诊,云是小有感冒,广平同去。称体重得 39.7K.G.（八十八磅）,较八月一日增 1K.G.,即约二磅。下午河清来。晚寄三弟信。夜七时热卅七度九分。内山君来。

二日

日记 晴。上午得曹白信。得『版芸術』（十月分）一本,六角。河出书房寄赠『支那印度短篇小説集』一本。文化生活出版社寄赠《河童》四本。下午《海上述林》上卷印成寄至,即开始分送诸相关者。寄章雪村信。下午徐懋庸寄赠《小鬼》一本。明甫来。Granich来照相。是日不发热。

致 郑振铎

西谛先生:

今送上《海上述林》上卷,系:

C.T.　革脊五本、绒面五本、

耿　　革脊一本、绒面一本、

傅　　革脊一本、

吴　　革脊一本、

共十四本。傅吴两位之书,仍希转交,因我无人可托,不能一一

分送也。此布，即请

撰安。

迅　顿首

致 章锡琛

雪村先生：

　　今送上《海上述林》上卷共七本，乞分赠：

　　章、叶、徐、宋、夏、

　　　以上五位，皮脊订本各一本，

　　王、丁、

　　　以上二位，绒面订本各一本。

　　下卷已将付印，成后续呈。专此，即请

秋安。

树人　顿首

三日

　　日记　晴。上午往须藤医院诊。得王大钟信。得紫佩信。往内山书店买『西方の作家たち』一本，一元五角。晚何太太携雪明来。蕴如携蕖官来。夜三弟来并为买得《越缦堂日记补》一部十三本，八元一角。

四日

　　日记　星期。晴。午后得静农信。得曹坪信。李霁野寄赠其所译《我的家庭》一本。鹿地君及其夫人来，下午邀之往上海大戏院观《冰天雪地》，马理及广平携海婴同去。

五日

　日记　昙。上午得增田君信,即复。得明甫信,即复。下午须藤先生来诊。

致 沈雁冰

明甫先生:

　四日信收到。

　"顾问"之列,我不愿加入,因为先前为了这一类职衔,吃苦不少,而且甚至于由此发生事端,所以现在要回避了。

　在十四日之前,当投稿一篇,虽然题目未能十分确定。

　萧红一去之后,并未给我一信,通知地址;近闻已将回沪,然亦不知其详,所以来意不能转达也。

　昨看《冰天雪地》,还好。　专此布复,即请
著安。

树　上　十月五日

致 增田涉

增田兄:

　九月三十日信收到。

　『小説舊聞鈔』序文末段の意味は御解釈の通りです。詰り:(一)羅は元人、(二)確にこんな人があって或る作者の変名でない事です。

　『支那印度短篇小説集』は出版元から一冊送って来ました。草々
頓首

洛文　十月五日

六日

　　日记　昙。上午得芷夫人信，午后复，并泉五十。复曹白信并《述林》一本。午后同马理及广平携海婴往南京大戏院观《未来世界》，殊不佳也。晚得李虹霓信并稿。得梁品青信。

致 汤咏兰

咏兰先生：

　　来信收到。

　　肺病又兼伤风，真是不大好，但我希望伤风是不久就可以医好的。

　　有钱五十元，放在书店里。今附上一笺，请持此笺，前去一取为荷。

　　专此布复，即颂

时绥。

豫　上　十月六日

致 曹 白

曹白先生：

　　一日信早收到。

　　作文要誊清，是因为不常写的缘故：手生。我也这样，翻译多天之后,写评论便涩滞;写过几篇之后,再来翻译,却又觉得不大顺手了。总之:打杂实在不是好事情,但在现在的环境中,也别无善法。

种种骚扰,我是过惯了的,一二八时,还陷在火线里。至于搬家,却早在想,因为这里实在是住厌了。但条件很难,一要租界,二要价廉,三要清静,如此天堂,恐怕不容易找到,而且我又没有力气,动弹不得,所以也许到底不过是想想而已。

我要送你一本书(这是我们的亡友的纪念),照例是附上一笺,向书店去取。还只上卷;下卷(都是剧本和小说)即将付印,看来年底总可以出版的。开首的《写实主义文学论》,虽学说已旧,却都是重要文献,可供参考,可惜的是插画的说明印错了,我当于下卷中附白订正。

《现实》和《高尔基论文集》,都被一书店(那时是在"第三种人"手里的)扣留了几年,到今年才设法赎出来的,你看上海的鬼蜮,多么可怕。

专此布达,即请
刻安。

豫　顿首　十月六日

七日

日记　晴。上午张维汉君来。得董永舒信。下午须藤先生来诊。生活书店寄赠《醒世恒言》一本。晚河清来。蕴如来。三弟来。夜慎祥来并交版税泉五十。得友生明信片。

八日

日记　晴。上午得梁品青信。得明甫信。午后往青年会观第二回全国木刻流动展览会。内山夫人来并交嘉吉入选雕刻信片,未遇。晚烈文来并交《中流》(三期)稿费二十元五角。止药。

九日

日记 昙。午后吴朗西来。得萧英信并稿。晚得费明君信,即复。内山书店送来『漱石全集』(十四)一本,一元八角。夜寄烈文及河清信,托登广告。

关于太炎先生二三事

前一些时,上海的官绅为太炎先生开追悼会,赴会者不满百人,遂在寂寞中闭幕,于是有人慨叹,以为青年们对于本国的学者,竟不如对于外国的高尔基的热诚。这慨叹其实是不得当的。官绅集会,一向为小民所不敢到;况且高尔基是战斗的作家,太炎先生虽先前也以革命家现身,后来却退居于宁静的学者,用自己所手造的和别人所帮造的墙,和时代隔绝了。纪念者自然有人,但也许将为大多数所忘却。

我以为先生的业绩,留在革命史上的,实在比在学术史上还要大。回忆三十余年之前,木板的《訄书》已经出版了,我读不断,当然也看不懂,恐怕那时的青年,这样的多得很。我的知道中国有太炎先生,并非因为他的经学和小学,是为了他驳斥康有为和作邹容的《革命军》序,竟被监禁于上海的西牢。那时留学日本的浙籍学生,正办杂志《浙江潮》,其中即载有先生狱中所作诗,却并不难懂。这使我感动,也至今并没有忘记,现在抄两首在下面——

狱中赠邹容

邹容吾小弟,被发下瀛洲。快剪刀除辫,干牛肉作餱。英雄一入狱,天地亦悲秋。临命须掺手,乾坤只两头。

狱中闻沈禹希见杀

不见沈生久,江湖知隐沦,萧萧悲壮士,今在易京门。螭魅羞争焰,文章总断魂。中阴当待我,南北几新坟。

一九〇六年六月出狱,即日东渡,到了东京,不久就主持《民报》。我爱看这《民报》,但并非为了先生的文笔古奥,索解为难,或说佛法,谈"俱分进化",是为了他和主张保皇的梁启超斗争,和"××"的×××斗争,和"以《红楼梦》为成佛之要道"的×××斗争,真是所向披靡,令人神旺。前去听讲也在这时候,但又并非因为他是学者,却为了他是有学问的革命家,所以直到现在,先生的音容笑貌,还在目前,而所讲的《说文解字》,却一句也不记得了。

民国元年革命后,先生的所志已达,该可以大有作为了,然而还是不得志。这也是和高尔基的生受崇敬,死备哀荣,截然两样的。我以为两人遭遇的所以不同,其原因乃在高尔基先前的理想,后来都成为事实,他的一身,就是大众的一体,喜怒哀乐,无不相通;而先生则排满之志虽伸,但视为最紧要的"第一是用宗教发起信心,增进国民的道德;第二是用国粹激动种性,增进爱国的热肠"(见《民报》第六本),却仅止于高妙的幻想;不久而袁世凯又攘夺国柄,以遂私图,就更使先生失却实地,仅垂空文,至于今,惟我们的"中华民国"之称,尚系发源于先生的《中华民国解》(最先亦见《民报》),为巨大的记念而已,然而知道这一重公案者,恐怕也已经不多了。既离民众,渐入颓唐,后来的参与投壶,接收馈赠,遂每为论者所不满,但这也不过白圭之玷,并非晚节不终。考其生平,以大勋章作扇坠,临总统府之门,大诟袁世凯的包藏祸心者,并世无第二人;七被追捕,三入牢狱,而革命之志,终不屈挠者,并世亦无第二人:这才是先哲的精神,后生的楷范。近有文侩,勾结小报,竟也作文奚落先生以自鸣得意,真可谓"小人不欲成人之美",而且"蚍蜉撼大树,可笑不自量"了!

但革命之后,先生亦渐为昭示后世计,自藏其锋铓。浙江所刻的《章氏丛书》,是出于手定的,大约以为驳难攻讦,至于忿詈,有违古之儒风,足以贻讥多士的罢,先前的见于期刊的斗争的文章,竟多被刊落,上文所引的诗两首,亦不见于《诗录》中。一九三三年刻《章氏丛书续编》于北平,所收不多,而更纯谨,且不取旧作,当然也无斗争之作,先生遂身衣学术的华衮,粹然成为儒宗,执贽愿为弟子者綦众,至于仓皇制《同门录》成册。近阅日报,有保护版权的广告,有三续丛书的记事,可见又将有遗著出版了,但补入先前战斗的文章与否,却无从知道。战斗的文章,乃是先生一生中最大,最久的业绩,假使未备,我以为是应该一一辑录,校印,使先生和后生相印,活在战斗者的心中的。然而此时此际,恐怕也未必能如所望罢,呜呼!

十月九日。

原载 1937 年 3 月 10 日《工作与学习丛刊》之一《二三事》。

初收拟编书稿《且介亭杂文末编》。

绍介《海上述林》上卷

本卷所收,都是文艺论文,作者既系大家,译者又是名手,信而且达,并世无两。其中《写实主义文学论》与《高尔基论文选集》两种,尤为煌煌巨制。此外论说,亦无一不佳,足以益人,足以传世。全书六百七十余页,玻璃版插画九幅。仅印五百部,佳纸精装,内一百部皮脊麻布面,金顶,每本实价三元五角;四百部全绒面,蓝顶,每本实价二元五角,函购加邮费二角三分。好书易尽,欲购从速。下卷亦已付印,准于本年内出书。上海北四川路底内山书店代售。

原载 1936 年 11 月 20 日《中流》半月刊第 1 卷第 6 期,题作《〈海上述林〉上卷出版》。

初未收集。

致 费明君

明君先生：

  《珂氏选集》早已无余……歉甚。但近日文化生活出版社已在缩印……不至于不佳，大约年内总可出版，请先生自与接洽为幸。该社地址，是福州路四三六号。 专此布复，并颂

秋安。

鲁迅 十月九日

致 黄 源

河清先生：

  寄上广告草稿，不知本月的《译文》上，还赶得及登出否？ 在《作家》上，却下月也不妨。

  专此布达，并请

撰安。

迅 上 十月九日

十日

  日记 晴。上午张维汉君来。午后同广平携海婴并邀玛理往上海大戏院观 Dubrovsky，甚佳。下午三弟及蕴如携晔儿来。晚内山书店送来『運命の丘』及『おもちゃ絵集』各一本，共泉二元四角。何太太及雪儿同来。夜为《文艺周报》作短文一篇，共千五百字。又发热几卅八度。

致 黎烈文

烈文先生：

昨寄揩油广告一种，想已达；尚有一种，仍希揩油，但第三种，可望暂时没有了。

午后至上海大戏院观《复仇遇艳》（*Dubrovsky by Pushkin*），以为甚佳，不可不看也。

特此鼓动，并颂

撰安。

迅　上　十月十夜。

致 黄 源

河清先生：

续呈广告一纸，希赐揩油登载为感。

今日往上海大戏院观普式庚之 *Dubrovsky*（华名《复仇遇艳》，闻系检查官所改），觉得很好，快去看一看罢。

专此布达，即请

撰安。

迅　上　十夜。

十一日

日记　星期。晴。上午孔若君寄赠《中国小说史料》一本。得

288

费慎祥信。得增田君信,即复。寄烈文信。寄河清信。同广平携海婴往法租界看屋。午后访内山君谈。下午须藤先生来诊。

致 增田涉

增田兄:

阿庚＝A. Agin、露人、十九世紀なかば頃の人、繪を画いたもの;雕版者は培爾那爾特斯基(E. Bernardsky)、亦同時代の露人。

梭可羅夫＝P. Sokolov、亦露人、Aginと同時代。

班臺萊耶夫＝L. Panteleev。

豎琴＝*Lira*、作者＝理定(V. Lidin)、出版年＝1932、出版所＝良友圖書公司。1936年に『一天的工作』と合裝して『蘇聯作家二十人集』となる、出版所同前。

壞孩子及其他、出版年1936、出版所＝聯華書店。

洛文　拜　十月十一日

十二日

日记　晴。上午得紫佩信,午后复。寄赵家璧信。午后往内山书店买『新シキ糧』一本,一元三角。晚吴朗西来。浅野君来,不见,留赠『転換期支那』一本而去。夜濯足。

致 宋 琳

紫佩兄:

先后惠示,均读悉。《农书》系友托购,而我实有一部在北平,今既如此难得，拟以所藏者与之，而藏在何处，已记不真切。所以请兄于便中往舍间一查，客厅中有大玻璃书柜二，上部分三层，其上二层皆中国书，《农书》或在其内；此书外观，系薄薄的八本（大本）或十本，湖色绸包角，白纸印，一望可辨大略，取疑似者，抽出阅之，或可得也。倘在，而书面已陈旧，则请兄饬人换较好之书面，作一布套寄下。如无，则只可等书坊觅得矣。

沪寓左近，日前大有搬家，谣传将有战事，而中国无兵在此，与谁战乎，故现已安静，舍间未动，均平安。惟常有小纠葛，亦殊讨厌，颇拟搬往法租界，择僻静处养病，而屋尚未觅定。贱恙渐向愈，可释远念耳。

惠寄书籍，早收到，惟得如此贵价之本，心殊不安也。

专此布复，即颂

时绥。

树人　顿首　十月十二日

致 赵家璧

家璧先生：

靖华所译小说，曾记先生前函，谓须乘暑中排完，但今中秋已过，尚无校稿见示。不知公司是否确已付排，或是否确欲出版，希便中示及为荷。

此布，并请

撰安。

迅　上　十月十二日

十三日

　　日记　晴。上午内山书店送来『西葡記』一本，三元三角。下午须藤先生来诊。

书　帐

古文苑三本　二・四〇　一月三日

笠泽丛书四本　三・二〇

罗昭谏集四本　二・四〇

ゴリキイ文学論一本　一・一〇　一月八日

果戈理画传一本　戈宝权赠

フロオベエル全集（四）一本　二・八〇　一月十一日

近世錦絵世相史（三）一本　四・二〇

现代版画（十五）一本　李桦寄赠　一月十四日

南华乡土玩具集一本　同上

チェーホフ全集（十四）一本　二・八〇　一月十五日

エネルギイ一本　一・七〇

植物分類研究（上）一本　四・〇〇

青い花一本　一・八〇　一月二十日

高士传像一本　三・五〇　一月二十一日

於越先贤像传赞二本　七・〇〇

谈天三本　二・一〇

李长吉集二本　八・四〇

皮子文薮二本　一・〇〇

土俗玩具集（九）一本　〇・六〇　一月二十二日

南阳汉画象拓片五十枚　杨君寄来　一月二十八日

版芸術(二月分)一本　〇・六〇　一月三十日

漱石全集(十)一本　一・七〇　　　　　　　　　　　　五三・三〇〇

苏联作家木刻四十五幅　刻者寄贈　二月一日

西洋史新講一本　五・〇〇　二月五日

フロオベエル全集(七)一本　二・八〇　二月七日

支那法制史論叢一本　三・三〇　二月十日

遺老説伝一本　二・二〇

雷雨(日译本)一本　二・二〇　二月十五日

支那文学概説一本　一・七〇　二月十九日

闘牛士一本　一・七〇　二月二十日

近世錦絵世相史(四)一本　四・二〇　二月二十二日

文芸学の発展と批判一本　二・〇〇　二月二十三日

版芸術(三月)一本　〇・六〇　二月二十七日　　　　二六・七〇〇

少年歌徳象等三幅　P. Ettinger 贈　三月二日

世界文芸大辞書(二)一本　五・五〇　三月四日

旧都文物略一本　紫佩贈　三月六日

漱石全集(一)一本　一・七〇

フロオベエル全集(六)一本　二・八〇　三月八日

チェーホフ全集(十五)一本　二・八〇

東方学報(京都六)一本　四・四〇　三月十二日

古铜印谱举隅四本　今关君寄贈　三月十六日

日本初期洋風版画集一本　五・五〇　三月二十日

聊斎外书磨难曲一本　一・四〇

東洋封建制史論一本　二・〇〇　三月二十一日

邦彩蛮華大宝鑑二本　七〇・〇〇

At the Sign of the Reine Pédauque 一本　盐谷俊次贈
三月二十一[二]日

版芸術(四月分)一本　〇・六〇　三月二十六日

漱石全集(十三)一本　　一・七〇　　三月二十八日

マルロオ：王道一本　　一・七〇　　三月三十一日　　　　　　一〇〇・一〇〇

近世錦絵世相史(五)一本　　四・二〇　　四月二日

土俗玩具集(十止)一本　　〇・六〇　　四月三日

おもちや絵集(一)一本　　〇・六〇

四部丛刊三编二十二种百五十本　　预约　　四月四日

国学珍本丛书九种十四本　　五・四〇

フロオベエル全集(八)一本　　二・七〇　　四月六日

新中国文学大系(十)一本　　出版者贈　　四月八日

現代版画(十七)一本　　出版者贈

南阳汉画象石拓本四十九枚　　王正今寄来　　四月九日

小林多喜二日記一本　　一・一〇　　四月十八日

東方学報(東京六)一本　　五・五〇　　四月二十二日

日译本雷雨一本　　作者贈

読書術一本　　〇・九〇　　四月二十三日

人形作者篇一本　　二・八〇　　四月二十四日

閉された庭一本　　一・七〇

The Life of the Caterpillar 一本　　三・〇〇

The Chinese on the Art of Painting 一本　　九・〇〇　　四月二十五日

版芸術(五月分)一本　　〇・六〇　　四月二十八日

楽浪王光墓一本　　二七・五〇　　四月二十九日　　　　　　九〇・三〇〇

漱石全集(二)一本　　一・七〇　　五月二日

缩印本四部丛刊初编一百本　　一五〇・〇〇

おもちや絵集(二)一本　　〇・六〇　　五月六日

東洋文化史研究一本　　三・三〇

南北朝社会経済制度一本　　二・七〇

牧野氏植物分類研究(下)一本　　四・二〇　　五月十日

近世錦絵世相史(六)一本　　四・二〇

チェーホフ全集(十七)一本　二・八〇

賦史大要一本　三・三〇　五月十五日

汉唐砖石刻画象拓片九枚　李秉中寄赠　五月二十日

世界文芸大辞書(七)一本　五・五〇

五十年生活年譜一本　山本夫人赠　五月二十六日

青春を賭ける一本　一・七〇

版芸術(六月分)一本　〇・六〇　五月二十九日

漱石全集(十一)一本　一・七〇　五月三十一日　一八〇・五〇〇

オモチヤ絵集(三)一本　〇・七〇　六月二日

Anna，eine Weib u. e. Mutter 一本　吴朗西赠

近世錦絵世相史(七)一本　四・二〇

フロオベエル全集(一)一本　二・八〇

M. Gorky's Gesammt Werke 八本　黄河清赠

M. Gorki's Ausgewahlte Werke 三本　同上

M. Gorki：Aufsätze 一本　同上

ロオランサン詩画集一本　三・三〇

影印博古酒牌一本　西谛寄来

ルウバァヤァット一本　二・二〇

ゴルキイ文芸書簡集一本　一・一〇

版芸術(七月份)一本　〇・六〇

　　月初以后病不能作字，遂失记，此乃追补，当有遗漏矣。六月
卅日。

苏联木刻原拓七枚

北ホテル一本　一・七〇

漱石全集(五)一本　一・七〇　六月三十日　　　　　　一八・三〇〇

景印大典本水经注八本　一六・二〇　七月一日

亚历舍夫木刻集一本　文尹寄来　七月二日

密德罗辛木刻集一本　同上

GOETHEs 36 Handzeichnungen 一本　　吴朗西赠

チェーホフ全集（十八）一本　　三・〇〇　　七月十四日

近世錦絵世相史（八）一本　　五・五〇

霧社一本　　一・七〇　　七月二十五日

中国艺术展览会出品图说（三）一本　　三・五〇

版芸術（八月分）一本　　〇・六〇　　七月二十八日

女騎士エルザ一本　　一・七〇　　七月二十九日　　　　　　　　　　三二・二〇〇

漱石全集（十五）一本　　一・七〇　　八月一日

フロオベエル全集（三）一本　　二・八〇　　八月八日

おもちや絵集（四）一本　　〇・六〇　　八月十一日

南阳汉石画象六十七幅　　王正朔寄来　　八月十七日

おもちや絵集（五及六）二本　　一・二〇　　八月二十五日

版芸術（九月分）一本　　〇・六〇

支那社会研究一本　　五・〇〇　　八月二十九日

支那思想研究　一本　　四・五〇　　　　　　　　　　　　　　一六・四〇〇

漱石全集（六）一本　　一・七〇　　九月二日

牧野氏植物集説（下）一本　　四・二〇

庚辛壬癸录一本　　〇・六三　　九月五日

流寇陷巢记一本　　〇・三五

雁影斋读书记一本　　一・三〇

树蕙编一本　　〇・四二〇

紙魚供養一本　　三・三〇　　九月八日

私は愛す一本　　一・三〇

四部丛刊三编四期书一百五十本　　豫约，讫

反逆児一本　　一・七〇　　九月九日

南陵无双谱一本　　一・二五　　九月十日

フロオベエル全集（五）一本　　二・八〇

チェーホフ全集（十八）一本　　二・八〇

文芸大辞典(3)一本　五・四〇

芸林閑步一本　二・八〇　九月二十四日　　　　　　　　三〇・三〇〇

版芸術(十月分)一本　〇・六〇　十月二日

西方の作家たち一本　一・五〇　十月三日

越缦堂日记补十三本　八・一〇

漱石全集(十四)一本　一・八〇　十月九日

運命の丘一本　一・八〇　十月十日

おもちや絵集(七)一本　〇・六〇

新しき糧一本　一・三〇　十月十二日

西葡記一本　三・三〇　十月十三日

十四日

日记　晴。上午得明甫信，即复。得增田君信，即复。得端木蕻良信，下午复并还稿一篇。下午河清来，得小芋信并戈理基木雕象一座。萧军来并赠《江上》及《商市场[街]》各一本。夜得三弟信。

致 端木蕻良

但肺病对于青年是险症；一到四十岁以上，它却不能怎样发展，因为身体组织老了，对于病菌的生活也不利的……五十岁以上的人，只要小心一点，带着肺病活十来年，并非难事，那时即使并非肺病，也得死掉了，所以不成问题的……

录自 1936 年 11 月 5 日《中流》半月刊第 1 卷第 5 期端木蕻良作《永恒的悲哀》一文。系残简。

致 增田涉

『俄羅斯的童話』は一九三五年出版です。

『十月』は中篇小説、原著者はヤコウレーフ（A. Yakovlev）、出版所は神州国光社。出版年は本を持ってないから明瞭でない、大概一九三〇年頃だらうと思ふ。

西崽と云ふ名詞があります。

西＝西洋人の略称；崽＝仔＝小供＝ボーイ。

だから西崽＝西洋人に使はれて居るボーイ（専ら支那人を指して云ふ）。

洛文　上　十月十四日

増田兄几下

十五日

　日记　晴。上午复刘小芋信。往须藤医院诊，广平亦去。又始服药。午得赵家璧信。得曹白信并木刻一幅。热又退。

半夏小集 *

一

A：你们大家来品评一下罢，B 竟蛮不讲理的把我的大衫剥去了！

B：因为 A 还是不穿大衫好看。我剥它掉，是提拔他；要不然，我还不屑剥呢。

A：不过我自己却以为还是穿着好……

C：现在东北四省失掉了，你漫不管，只嚷你自己的大衫，你这利己主义者，你这猪猡！

C太太：他竟毫不知道 B 先生是合作的好伴侣，这昏蛋！

二

用笔和舌，将沦为异族的奴隶之苦告诉大家，自然是不错的，但要十分小心，不可使大家得着这样的结论："那么，到底还不如我们似的做自己人的奴隶好。"

三

"联合战线"之说一出，先前投敌的一批"革命作家"，就以"联合"的先觉者自居，渐渐出现了。纳款，通敌的鬼蜮行为，一到现在，就好像都是"前进"的光明事业。

四

这是明亡后的事情。

凡活着的，有些出于心服，多数是被压服的。但活得最舒服横恣的是汉奸；而活得最清高，被人尊敬的，是痛骂汉奸的逸民。后来自己寿终林下，儿子已不妨应试去了，而且各有一个好父亲。至于默默抗战的烈士，却很少能有一个遗孤。

我希望目前的文艺家，并没有古之逸民气。

五

A：B，我们当你是一个可靠的好人，所以几种关于革命的事情，都没有瞒了你。你怎么竟向敌人告密去了？

B：岂有此理！怎么是告密！我说出来，是因为他们问了我呀。

A：你不能推说不知道吗？

B：什么话！我一生没有说过谎，我不是这种靠不住的人！

六

A：阿呀，B先生，三年不见了！你对我一定失望了罢？……

B：没有的事……为什么？

A：我那时对你说过，要到西湖上去做二万行的长诗，直到现在，一个字也没有，哈哈哈！

B：哦，……我可并没有失望。

A：您的"世故"可是进步了，谁都知道您记性好，"责人严"，不会这么随随便便的，您现在也学会了说谎。

B：我可并没有说谎。

A：那么，您真的对我没有失望吗？

B：唔，无所谓失不失望，因为我根本没有相信过你。

七

庄生以为"在上为乌鸢食，在下为蝼蚁食"，死后的身体，大可随便处置，因为横竖结果都一样。

我却没有这么旷达。假使我的血肉该喂动物，我情愿喂狮虎鹰隼，却一点也不给癞皮狗们吃。

养肥了狮虎鹰隼，它们在天空，岩角，大漠，丛莽里是伟美的壮观，捕来放在动物园里，打死制成标本，也令人看了神旺，消去鄙吝的心。

但养胖一群癞皮狗，只会乱钻，乱叫，可多么讨厌！

八

琪罗编辑圣·蒲孚的遗稿，名其一部为《我的毒》*Mes Poisons*；我从日译本上，看见了这样的一条：

"明言着轻蔑什么人，并不是十足的轻蔑。惟沉默是最高的轻蔑。——我在这里说，也是多余的。"

诚然，"无毒不丈夫"，形诸笔墨，却还不过是小毒。最高的轻蔑是无言，而且连眼珠也不转过去。

九

作为缺点较多的人物的模特儿，被写入一部小说里，这人总以为是晦气的。

殊不知这并非大晦气，因为世间实在还有写不进小说里去的人。倘写进去，而又逼真，这小说便被毁坏。

譬如画家，他画蛇，画鳄鱼，画龟，画果子壳，画字纸篓，画垃圾堆，但没有谁画毛毛虫，画癞头疮，画鼻涕，画大便，就是一样的道理。

有人一知道我是写小说的，便回避我，我常想这样的劝止他，但可惜我的毒还不到这程度。

原载 1936 年 10 月 15 日《作家》月刊第 2 卷第 1 号。
初未收集。

致 曹 白

曹白先生：

　　我并不觉得你浅薄和无学。这要看地位和年龄。并非青年，或虽青年而以指导者自居，却所知甚少，这才谓之浅薄或无学。若是还在学习途中的青年，是不当受这苛论的。我说句老实话罢：我所遇见的随便谈谈的青年，我很少失望过，但哗啦哗啦大写口号理论的作家，我却觉得他大抵是呆鸟。

　　《现实》中的论文，有些已较旧，有些是公谟学院中的人员所作，因此不免有学者架子，原是属于"难懂"这一类的。但译这类文章，能如史铁儿之清楚者，中国尚无第二人，单是为此，就觉得他死得可惜。你只懂十之六，我想，不看惯也是一个大原因。不过这原是一点文献，并非入门书，所以看后还觉得不甚有把握，也并不足怪。

　　《述林》是纪念的意义居多，所以竭力保存原样，译名不加统一，原文也不注了，有些错处，我也并不改正——让将来中国的公谟学院来办罢。上卷插图之误，改起来不好看，下卷有正误的。

　　有喜欢的书，而无钱买，是很不舒服的，我幼小时常有此苦，虽然那时的书，每部也不过四五百文。你的朋友既爱此书，可说是《述林》的知己，还是送他罢，仍附上一条，乞便中往一取。

　　病还不肯离开我，所以信写得这样了，只好收束。

　　专此布复，并颂

时绥。

迅　上　十月十五夜。

致 台静农

伯简兄:九月三十日信早到,或恙或忙,遂稽答复。夏间本拟避暑,
而病不脱体,未能离开医生,遂亦不能离开上海,荏苒已至晚
秋,倘一止药,仍忽发热,盖胃强则肺病已愈,今胃亦弱,故致纠
缠,然纠缠而已,于性命当无伤也。近仍在就医,要而论之,终
较夏间差胜矣。我鉴于世故,本拟少管闲事,专事翻译,藉以糊
口,故本年作文殊不多,继婴大病,槁卧数月,而以前以畏祸隐
去之小丑,竟乘风潮,相率出现,乘我危难,大肆攻击,于是倚
枕,稍稍报以数鞭,此辈虽猥劣,然实于人心有害,兄殆未见上
海文风,近数年来,竟不复尚有人气也。今年由数人集资印亡
友遗著,以为纪念,已成上卷,日内当托书店寄上,至希察收,其
下卷已校毕,年内当可装成耳。专此布达,并颂
时绥。

树　　顿首　十月十五夜。

十六日

日记　晴。上午复李虹霓信并还稿。复曹白信并赠《述林》上。
复静农信并赠《述林》。寄季市《述林》一。午后得内山君信,即复。
下午为靖华作译本小说集序一篇成。晚吴朗西来。

曹靖华译《苏联作家七人集》序

　　曾经有过这样的一个时候,喧传有好几位名人都要译《资本
论》,自然依据着原文,但有一位还要参照英,法,日,俄各国的译本。

302

到现在,至少已经满六年,还不见有一章发表,这种事业之难可想了。对于苏联的文学作品,那时也一样的热心,英译的短篇小说集一到上海,恰如一胛羊肉坠入狼群中,立刻撕得一片片,或则化为"飞脚阿息普",或则化为"飞毛腿奥雪伯";然而到得第二本英译《蔚蓝的城》输入的时候,志士们却已经没有这么起劲,有的还早觉得"伊凡""彼得",远不如"一洞""八索"之有趣了。

然而也有并不一哄而起的人,当时好像落后,但因为也不一哄而散,后来却成为中坚。靖华就是一声不响,不断的翻译着的一个。他二十年来,精研俄文,默默的出了《三姊妹》,出了《白茶》,出了《烟袋》和《四十一》,出了《铁流》以及其他单行小册很不少,然而不尚广告,至今无煊赫之名,且受挤排,两处受封锁之害。但他依然不断的在改定他先前的译作,而他的译作,也依然活在读者们的心中。这固然也因为一时自称"革命作家"的过于吊儿郎当,终使坚实者成为硕果,但其实却大半为了中国的读书界究竟有进步,读者自有确当的批判,不再受空心大老的欺骗了。

靖华是未名社中之一员;未名社一向设在北京,也是一个实地劳作,不尚叫器的小团体。但还是遭些无妄之灾,而且遭得颇可笑。它被封闭过一次,是由于山东督军张宗昌的电报,听说发动的倒是同行的文人;后来没有事,启封了。出盘之后,靖华译的两种小说都积在台静农家,又和"新式炸弹"一同被收没,后来虽然证明了这"新式炸弹"其实只是制造化装品的机器,书籍却仍然不发还,于是这两种书,遂成为天地之间的珍本。为了我的《呐喊》在天津图书馆被焚毁,梁实秋教授掌青岛大学图书馆时,将我的译作驱除,以及未名社的横祸,我那时颇觉得北方官长,办事较南方为森严,元朝分奴隶为四等,置北人于南人之上,实在并非无故。后来知道梁教授虽居北地,实是南人,以及靖华的小说想在南边出版,也曾被锢多日,就又明白我的决论其实是不确的了。这也是所谓"学问无止境"罢。

但现在居然已经得到出版的机会,闲话休题,是当然的。言归正传：则这是合两种译本短篇小说集而成的书，删去两篇，加入三篇，以篇数论，有增无减。所取题材，虽多在二十年前，因此其中不见水闸建筑，不见集体农场，但在苏联，还都是保有生命的作品，从我们中国人看来，也全是亲切有味的文章。至于译者对于原语的学力的充足和译文之可靠，是读书界中早有定论，不待我多说的了。

靖华不厌弃我，希望在出版之际，写几句序言，而我久生大病，体力衰惫，不能为文，以上云云，几同塞责。然而靖华的译文，岂真有待于序，此后亦如先前，将默默的有益于中国的读者，是无疑的。倒是我得以乘机打草，是一幸事，亦一快事也。

一九三六年十月十六日，鲁迅记于上海且介亭之东南角。

最初印入 1936 年 11 月良友图书印刷公司版《苏联作家七人集》。

初收拟编书稿《且介亭杂文末编》。

十七日

日记 晴。上午得崔真吾信。得季市信。得靖华信，午后复。须藤先生来诊。下午同谷非访鹿地君。往内山书店。费君来并交《坏孩子》十本。夜三弟来。

因太炎先生而想起的二三事

写完题目，就有些踌蹰，怕空话多于本文，就是俗语之所谓"雷声大，雨点小"。

做了《关于太炎先生二三事》以后，好像还可以写一点闲文，但

304

已经没有力气，只得停止了。第二天一觉醒来，日报已到，拉过来一看，不觉自己摩一下头顶，惊叹道："二十五周年的双十节！原来中华民国，已过了一世纪的四分之一了，岂不快哉！"但这"快"是迅速的意思。后来乱翻增刊，偶看见新作家的憎恶老人的文章，便如兜顶浇半瓢冷水。自己心里想：老人这东西，恐怕也真为青年所不耐的。例如我罢，性情即日见乖张，二十五年而已，却偏喜欢说一世纪的四分之一，以形容其多，真不知忙着什么；而且这摩一下头顶的手势，也实在可以说是太落伍了。

这手势，每当惊喜或感动的时候，我也已经用了一世纪的四分之一，犹言"辫子究竟剪去了"，原是胜利的表示。这种心情，和现在的青年也是不能相通的。假使都会上有一个拖着辫子的人，三十左右的壮年和二十上下的青年，看见了恐怕只以为珍奇，或者竟觉得有趣，但我却仍然要憎恨，愤怒，因为自己是曾经因此吃苦的人，以剪辫为一大公案的缘故。我的爱护中华民国，焦唇敝舌，恐其衰微，大半正为了使我们得有剪辫的自由，假使当初为了保存古迹，留辫不剪，我大约是决不会这样爱它的。张勋来也好，段祺瑞来也好，我真自愧远不及有些士君子的大度。

当我还是孩子时，那时的老人指教我说：剃头担上的旗竿，三百年前是挂头的。满人入关，下令拖辫，剃头人沿路拉人剃发，谁敢抗拒，便砍下头来挂在旗竿上，再去拉别的人。那时的剃发，先用水擦，再用刀刮，确是气闷的，但挂头故事却并不引起我的惊惧，因为即使我不高兴剃发，剃头人不但不来砍下我的脑袋，还从旗竿斗里摸出糖来，说剃完就可以吃，已经换了怀柔方略了。见惯者不怪，对辫子也不觉其丑，何况花样繁多，以姿态论，则辫子有松打，有紧打，辫线有三股，有散线，周围有看发（即今之"刘海"），看发有长短，长看发又可打成两条细辫子，环于顶搭之周围，顾影自怜，为美男子；以作用论，则打架时可拔，犯奸时可剪，做戏的可挂于铁竿，为父的可鞭其子女，变把戏的将头摇动，能飞舞如龙蛇，昨在路上，看见巡捕拿人，一手一个，以一捕二，倘在辛亥革命前，则一把辫子，至少十多个，为治民计，也极方便的。不幸的是所谓"海禁大开"，士人渐读洋书，因知比较，纵使不被洋人称为"猪尾"，而既不全剃，又不全留，剃掉一圈，留下一撮，打成尖辫，如慈菇芽，也未免自己觉得毫无道理，大可不必了。

我想，这是纵使生于民国的青年，一定也都知道的。清光绪中，曾有康有为者变过法，不成，作为反动，是义和团起事，而八国联军遂入京，这年代很容易记，是恰在一千九百年，十九世纪的结末。于是满清官民，又要维新了，维新有老谱，照例是派官出洋去考察，和派学生出洋去留学。我便是那时被两江总督派赴日本的人们之中的一个，自然，排满的学说和辫子的罪状和文字狱的大略，是早经知道了一些的，而最初在实际上感到不便的，却是那辫子。

凡留学生一到日本，急于寻求的大抵是新知识。除学习日文，准备进专门的学校之外，就赴会馆，跑书店，往集会，听讲演。我第一次所经历的是在一个忘了名目的会场上，看见一位头包白纱布，用无锡腔讲演排满的英勇的青年，不觉肃然起敬。但听下去，到得他说"我在这里骂老太婆，老太婆一定也在那里骂吴稚晖"，听讲者一阵大笑的时候，就感到没趣，觉得留学生好像也不外乎嬉皮笑脸。"老太婆"者，指清朝的西太后。吴稚晖在东京开会骂西太后，是眼前的事实无疑，但要说这时西太后也正在北京开会骂吴稚晖，我可不相信。讲演固然不妨夹着笑骂，但无聊的打诨，是非徒无益，而且有害的。不过吴先生这时却正在和公使蔡钧大战，名驰学界，白纱布下面，就藏着名誉的伤痕。不久，就被递解回国，路经皇城外的河边时，他跳了下去，但立刻又被捞起，押送回去了。这就是后来太炎先生和他笔战时，文中之所谓"不投大壑而投阳沟，面目上露"。其实是日本的御沟并不狭小，但当警官护送之际，却即使并未"面目上露"，也一定要被捞起的。这笔战愈来愈凶，终至夹着毒詈，今年吴先生讥刺太炎先生受国民政府优遇时，还提起这件事，这是三十余年前的旧账,至今不忘,可见怨毒之深了。但先生手定的《章氏丛书》内,却都不收录这些攻战的文章。先生力排清虏,而服膺于几个清儒,殆将希踪古贤,故不欲以此等文字自秽其著述——但由我看来,其实是吃亏,上当的,此种醇风,正使物能遁形,贻患千古。

剪掉辫子,也是当时一大事。太炎先生去发时,作《解辫发》,有云——

"……共和二千七百四十一年,秋七月,余年三十三矣。是时满洲政府不道,戕虐朝士,横挑强邻,戮使略贾,四维交攻。愤东胡之无状,汉族之不得职,陨涕淎淎曰,余年已立,而犹被戎狄之服,不违咫尺,弗能剪除,余之罪也。将荐绅束发,以复近古,日既不给,衣又不可得。于是曰,昔祁班孙,释隐玄,皆以明氏遗老,断发以殁。《春秋谷梁传》曰:'吴祝发',《汉书》《严助传》曰:'越劗发',(晋灼曰:'劗,张揖以为古剪字也')余故吴越间民,去之亦犹行古之道也。……"

文见于木刻初版和排印再版的《訄书》中,后经更定,改名《检论》时,也被删掉了。我的剪辫,却并非因为我是越人,越在古昔,"断发文身",今特效之,以见先民仪矩,也毫不含有革命性,归根结蒂,只为了不便:一不便于脱帽,二不便于体操,三盘在囟门上,令人很气闷。在事实上,无辫之徒,回国以后,默然留长,化为不二之臣者也多得很。而黄克强在东京作师范学生时,就始终没有断发,也未尝大叫革命,所略显其楚人的反抗的蛮性者,惟因日本学监,诫学生不可赤膊,他却偏光着上身,手挟洋磁脸盆,从浴室经过大院子,摇摇摆摆的走入自修室去而已。

未完稿。原载 1937 年 3 月 25 日《工作与学习丛刊》之二《原野》。

初未收集。

致 曹靖华

汝珍兄：

　　十月十二日信收到，甚喜。译致 E 君函及木耳，早收到了，我竟未通知，可谓健忘，近来记性，竟大不如前，作文也常感枯涩，真令人气恼。

　　它兄译作，下卷亦已校完，准备付印，此卷皆曾经印过的作品，为诗，戏曲，小说等，预计本年必可印成，作一结束。此次所印，本系纪念本，俟卖去大半后，便拟将纸版付与别的书店，用报纸印普及本，而删去上卷字样；因为下卷中物，有些系卖了稿子，不能印普及本的。这样，或者就以上卷算是《述林》全部，而事实，也惟上卷较为重要，下卷就较"杂"了。

　　农往青岛，我方以为也许较好，而不料又受人气，中国虽大，真是无处走。

　　闸北似曾吃紧，迁居者二三万人，我未受影响，其实情形也并不如传说或报章之甚，故寓中一切如常。我本想搬一空气较好之地，冀于病体有益，而近来离闸北稍远之处，房价皆大涨，倒反而只好停止了。但我看这种紧张情形，此后必时时要有，为宁静计，实不如迁居，拟于谣言较少时再找房子耳。

　　我病医疗多日，打针与服药并行，十日前均停止，以观结果，而不料竟又发热，盖有在肺尖之结核一处，尚在活动也。日内当又开手疗治之。此病虽纠缠，但在我之年龄，已不危险，终当有痊可之一日，请勿念为要。

　　兄之小说集，已在排印，二十以前可校了，但书名尚未得佳者。

　　此地文坛，依然乌烟瘴气，想乘这次风潮，成名立业者多，故清涤甚难。《文学》由王统照编后，销数大减，近已跌至五千，此后如何，殊不可测。《作家》约八千，《译文》六千，新近出一《中流》（已寄上三本),并无背景,亦六千。《光明》系自以为"国防文学"家所为,据云八千,恐不确;《文学界》亦他们一伙,则不到三千也。

余后谈,此布,即请

刻安。

弟豫　上　十月十七日

十八日

日记　星期。

致 内山完造

老版几下:

意外な事で夜中から又喘息がはじめました。だから、十時頃の約束がもう出来ないから甚だ済みません。

お頼み申します。電話で須藤先生に頼んで下さい。早速みて下さる様にと。　草々頓首

L　拝　十月十八日

本月

《海上述林》上卷插图正误

本书上卷插画正误——

58页后"普列哈诺夫"系"拉法格"之误;

96 页后"我们的路"系"普列哈诺夫"之误；

134 页后"拉法格"系"我们的路"之误：

特此订正,并表歉忱。

原载 1936 年 10 月诸夏怀霜社版《海上述林》下卷卷末。
初未收集。

本年

关于许绍棣叶溯中黄萍荪

当我加入自由大同盟时,浙江台州人许绍棣,温州人叶溯中,首先献媚,呈请南京政府下令通缉。二人果渐腾达,许官至浙江教育厅长,叶为官办之正中书局大员。

有黄萍荪者,又伏许叶嗾使,办一小报,约每月必诋我两次,则得薪金三十。黄竟以此起家,为教育厅小官,遂编《越风》,函约"名人"撰稿,谈忠烈遗闻,名流轶事,自忘其本来面目矣。"会稽乃报仇雪耻之乡",然一遇叭儿,亦复途穷道尽!

未另发表。据手稿编入。原无标题。
初未收集。

死魂灵（第二部残稿）

[俄国]果戈理

第 一 章

为什么我们要从我们的祖国的荒僻和边鄙之处,把人们掘了出来,拉了出来,单将我们的生活的空虚,而且专是空虚和可怜的缺点,来公然展览的? ——但如果这是作者的特性,如果他有一种特别的脾气,就只会这一件事:从我们的祖国的荒僻和边鄙之处,把人们掘了出来,来描写我们的生活的空虚,而且专是空虚和可怜的缺点,那又有什么法子呢? 于是我们又跑到荒僻之处的中心,又闯进一个寂寥的,凄凉的窠里来了。而且还是怎样的一个窠,怎样的一个荒僻之处呵!

恰如带着炮塔和角堡的无际的城墙一样,一座不断的连山,联绵曲折着有一千维尔斯他之远。它倨傲的,尊严的耸在无边的平野里,忽而是精光的粘土和白垩的断崖,忽而是到处开裂的崩坠的绝壁,忽而又是碧绿的山顶模样,被着从枯株上发出的新丛,远望就像柔软的羊皮一样,忽而终于是茂密的,幽暗的森林了,奇怪得很,还没有遭过斧斤。那溪流呢,到处在高岸间潺湲,跟着山蜿蜒曲折,只有几处离开了它,飞到平野和牧场那里去,流作闪闪的弯曲,突然不见了,还在白桦,白杨,或者赤杨的林中,映着辉煌的阳光,灿然一闪,但到底又胜利的从昏暗中出现,受着每一曲折之处的小桥,水磨和堤防的相送,奔波而去了。

有一处地方,是险峻的山地,特别满饰着新的绿树的螺发。仗着山地的不一律,由人力的树艺,南北的植物都聚起来了。槲树,枫树,梨树和柳丛,蒌蒿和白桦,还有绕着蛇麻的山薇,这边协力着,彼此互助着滋生,那边妨碍着,挤得紧紧的,都满生在险峻的山上。山顶上面,在碧绿的枝梢间,夹杂着地主老爷的红屋顶,藏在背后的农家的屋角和屋梁,主邸的高楼和它那雕花的露台和半圆的窗户——再在这挨挤的房屋和树木的一团之上,是一所旧式的教堂,将它那五个贴金的光辉灿烂的阁顶耸在天空中。这阁顶上装饰着金的雕镂的十字架,是用同一质料的也施雕镂的锁索,系在圆顶咯上的,远远一望,令人觉得好像空气被毫无支架,浮在蔚蓝的天宇中的发光的铸了钱的黄金,烧得红光闪闪。而这树木,屋顶和十字架的一团,又出色的倒映在溪水里,这里有高大的不等样的杨柳,一部分剩在岸上,一部站在水中,把它那纠缠着碧绿的,粘腻的水草和茂盛的睡莲的枝叶浸入溪流,仿佛在凝眺这辉煌的景象。

　　这风景实在很出色,然而从高处向着山谷,从府邸的高楼向着远方的眺望,却还要美丽得多。没有一个宾客,没有一个访问者能够淡然的在露台上久立,他总是惊异得喘不出气来,只好大声叫喊道:"天哪,这里是多么旷远和开展呵!"一片无边无际的空阔,在眼前展开:点缀着小树林和水磨的牧场后面,耸立着郁苍的森林,像一条微微发光的丝带;森林之后是在渐远渐昏的空际,隐现着闪闪的黄色的沙丘;接着这就又是森林,青苍隐约,恰如辽阔的大海或者平远的烟霭;后面又是沙丘,已经没有前一道的清楚了,然而还是很分明的在黄苍苍的空气中发闪。在远远的地平线上,看见山脊的轮廓:这是白垩岩,虽在极坏的天候,也自灿然发白,似乎为永久的太阳所照射。在这一部分是石膏岩的山脚下,由雪白的质地衬托出几个烟雾似的依稀的斑点来:这是远处的乡村,却已不是人的目力所能辨别——但见一个教堂的金色的尖顶,炎炎的火花似的忽明忽灭,令人觉得这该是住着许多人们的较大的村庄。但全体却沉浸于深的寂静中,绝不被在澄净的大气里飘扬,忽又在遥远的寥廓里消失的隐约可闻的空际歌人的歌词所妨碍。总而言之,是没有一个宾客和访问者能在露台上静下来的;如果站着凝眺了一两点钟,他就总是反复着这句话:"天哪,这里是多么旷远和开展呵!"

　　然而这宛然是不可攻取的城寨,从这方面并无道路可通的田庄的居人和地主,是什么人呢?人应该从别一方面去——那地方有许多散种的槲树,在欣欣然迎接渐渐临近的行人,远伸着宽阔的枝条,像一个朋友的臂膊,把人一直引到邸宅那里去,那屋顶,是我们已经从后面看见过了的,现在却完全显现了,在一大排农人小屋,带着雕刻的屋栋和屋角,以及它那十字架和雕镂的悬空的锁索,都在发着金光的教堂的中间。

　　这是武莱玛拉罕斯克省的地主安特来·伊凡诺维支·田退德尼科夫的地方。这福人是一个三十三岁的年青的汉子,而且还没有结过婚。

这地主安特来·伊凡诺维支·田退德尼科夫又是何等样人呢？是什么人物？特质怎样，性格如何？——那我们可当然应该去打听亲爱的邻人了，好心的读者女士们。邻人们中的一个，是退伍佐官和快乐主义者一流，现在是已经死掉了，往往用这样的话来说明他道："一匹极平常的猪狗！"一位将军，住在相距大约十维尔斯他的地方，时常说："这小伙子并不蠢，但是他脑袋里装得太多了。我能够帮助他，因为我在彼得堡有着一点连络，而且在……"将军从来没有说完他的话。地方审判厅长的回答却用了这样的形式："明天我要向他收取还没完清的税款去了！"一个农夫，对于他的主人是何等样人的问题，简直什么回答也没有。总而言之，邻人们对他所抱的意见，是很不高妙的。但去掉成见的来说，安特来·伊凡诺维支却实在并不是坏人，倒仅仅是无所为的活在世上的一个。就是没有他，无所为的活在世上的家伙也多得很，为什么田退德尼科夫就不该这么着呢？至于其余，我们只将他每天相同的一天的生活，给一个简短的摘要，他是怎样的性格，他的生活，和围绕着他的天然之美相关到怎样，请读者由此自去判断就是了。

每天早上，他照例醒得很晚，于是坐在床上，很久很久的擦眼睛。晦气的是他的眼睛小得很，所以这工作就需要很多的时光。在这施行期间，有一个汉子，名叫米哈罗，拿着一个面盆和一条手巾，站在房门口。这可怜的米哈罗在这里总得站个点把钟；后来走到厨房里去了，于是仍复回转来；但他的主人却还是坐在床上，尽在擦他的眼睛。然而他终于跳起来了，洗过手脸，穿好睡衣，走进客厅里去喝一杯茶，咖啡，可可，或者还有鲜牛奶。他总是慢吞吞的喝，一面胡乱的撒散着面包屑，漠不关心的到处落着烟卷灰。单是吃早餐，他就要坐到两点钟，但是这还不够。他又取一杯凉茶，慢慢的走到对着庭园的窗口去，在这里，是每天演着这样的一出的。

首先，是侍者性质的家丁格力戈黎，和管家女贝菲利耶夫娜吵架,这是他照例用了这样的话来道白的:"哼,你这贱货,你这不中用的雌儿的你! 你还是闭了嘴的好,你这野种!"

"你要这样吗?"这雌儿或是贝菲利耶夫娜给他看一看捏紧的拳头,怒吼着,这位雌儿,虽然极喜欢锁在自己箱子里的葡萄干,果子酱和别的甜东西,但是并非没有危险,态度也实在很粗野,勇壮的。

"你还和当差的打过架哩,你这沙泥,轻贱的,"格力戈黎叫喊道。

"那当差的可也正像你一样,是一个贼骨头呀,你想是老爷不知道你吗? 他可是在那里,什么都听见。"

"老爷在那里呀?"

"他坐在窗口,什么都看见。"

一点不错,老爷坐在窗口,什么都看见。

还有来添凑这所多玛和哥摩剌①的,是一个孩子在院子里放声大叫,因为母亲给了他一个耳光,还有一匹猎狗也一下子坐倒,狂吠起来了;厨子从窗口倒出沸水来,把它烫坏;总而言之,是一切都咆哮,喧嚷得令人受不住。那主人却看着一切,听着一切,待到这吵闹非常激烈,快要妨碍他田退德尼科夫的无所为了,他这才派人到院子里来,说道,但愿下面闹得轻一点。

午餐之前的两点钟,安特来·伊凡诺维支是坐在书房里,做着一部伟大的著作,要从所有一切的立场,社会的,政治的,哲学的和宗教的,来把捉和照见全体俄罗斯;并且解决时代所给与的困难的悬案和问题,分明的决定俄国的伟大的将来,是在那一条道路上;总而言之,这是一部现代人才能够计划出来的著作。但首先是关于他那主意的杰构的布置;咬着笔干,在纸上画一点花儿,于是又把一切都推在一边;另外拿起一本书,一直到午餐时候不放下。一面喝羹

---

① Sodom i Gomorrah 是两个古市名,见于《旧约》,大约在近死海南界,后来就用它来喻风俗紊乱的都市了;这里是以比下面的胡闹和嚣喧的。——译者。

汤,添酱油,吃烧肉以及甜点心,一面慢慢的看着这本书,弄得别的看馔完全冰冷了,有些还简直没有动。于是又喝下一杯咖啡去,吸起烟斗儿,独自玩一局象棋做消遣。到晚餐时候为止,此外还做些什么呢——可实在很难说。我想,大概是什么也不做了。

这三十三岁的年青人,就总是穿着睡衣,不系领带,完全孤独而且离开了世界,消遣着他的时光。散步和奔波,他不喜欢,他从来不高兴到外面去走走,或者开一扇窗户,把新鲜空气放进房里来。乡村的美丽的风景,宾客和访问者是不胜其叹赏的,但对于主人自己,却仿佛一无所有,读者由此可以知道,这安特来·伊凡诺维支·田退德尼科夫,是属于在俄国已经绝迹,先前是叫作睡帽,废料,熊皮等等的一大群里面的,现在我可实在找不出名目。这样的性质,是生成的,还是置身严厉的环境里,作为一个悲凉的生活关系的出产,造了出来的,是一个问题。要来解答,也许还是讲一讲安特来·伊凡诺维支的童年和学龄的故事,较为合适罢。

开初,是大家都说他会很有些聪明的。到十二岁,有一点病态和幻想了,但以神经锐敏的儿童,进了一个学校,那校长,是一位当时实在很不平常的人:是少年们的偶像,所有教师们的惊奇的模范,亚历山大·保甫洛维支有一种非常微妙的感觉。他多么熟悉俄国人的性质呵! 他多么知道孩子的心情呵! 他多么懂得引导和操纵儿童呵! 刁滑的和捣乱的如果闹出事情来,没有一个不自己去找校长招认他的胡行和坏事的。然而这还不是全部:他受了严重的责罚,但小滑头却并不因此垂头丧气,反比先前更加昂然的走出屋子来。他的脸上有着新鲜的勇气模样的东西,一种心里的声音在告诉他道:“前去! 快点站起,再静静的立定罢。虽然你跌倒了。”校长对于他的少年们从不多讲好规矩。他单是常常说:“我只希望我的学生一件事:就是他们伶俐和懂事,此外什么也没有! 谁有想要聪明的雄心,他就没有工夫胡闹;那胡闹也就自然消灭了。”而且也真是这样子,胡闹完全消灭了,一个不肯用功的学生,只好受他的同窗的轻蔑。年纪大的蠢才和傻子,就得甘受最年幼者给他起的极坏的绰号,不能动一动他们的毫毛。"这太过了!"许多人说。"孩子太伶俐,就会骄傲的。"——"不,毫没有太过,"他回答道,"资质低的学生,我是不久留在校里的;只要他修完了课程,就足够了;但给资质好的,我却还有别样的科目。"而且实在,资质好的可真得修完一种别样的课程。他许可看许多捣乱和胡闹,毫不想去禁止它;在孩子的这轻举妄动里,他看见他们的精神活动的滋长的开端,他还声明说,在他,这是少不得的,倒非常必要,恰如一个医生的看疹子——为了精密的调查人的内部,究竟在怎样的发展着起来。

然而孩子们也多么爱他呵!孩子对他的父母,也没有这样的依恋和亲爱,在不顾前后的年纪,投入怀抱的奔放的情热,也不及对于他的爱的强烈和坚牢。他的感恩的门徒们,一直到入墓,一直到临终,都在他久经死去的先生的生辰,举起酒杯,来作纪念,闭了眼睛,为他下感伤之泪。从他嘴里得一句小小的夸奖,学生们就高兴得发抖,萌生努力的志愿,要胜过所有的同窗。没有资质的人,他是不给久留在校里的;他们只须修完一种短短的课程;但有资质的,就得做加倍的学业,而全由特选生组成的最高年级,则和别的学校完全不相同。到这一级,这才把别的胡涂虫所施教于孩子的东西,来向学生们施教——就是发达的理性,不自戏弄,然而了然,安受讥笑,宽恕昏愚,力戒轻率,不失坚忍,决不报怨,长保俨然的宁静和坚定的自持;只要遇到可以把人炼成一个强毅的人的一切,就来实行,他自己也和学生们在不断的尝试和实验。唉唉,他是多么深通人生的科学呵!

他的教师的数目不很多,大部份的学科都由他自己教。他知道不玩学者的排场,不用难懂的术语,不说高远的学说和胖大的空谈,而讲述学问的精神,就是还未成年的人,也立刻懂得,他将这智识有什么用。从一切学问里,他只选取教人成为祖国的一个公民的东西。他的讲义,大半是关于青年的将来的,且又善于将他们的人生轨道的全局,在学生面前展开,使青年们在学校的桌子上,那精神的一切思维和梦想,却已在将来的职务:为国家出力。他对他们毫不遮瞒:无论是起于人生前路的绝望和艰难,无论是算着他们的试炼和诱惑,都以绝无粉饰的裸露,陈在他们的眼前,什么隐讳也没有。他又熟悉一切官职和职务,好像亲身经历过似的。奇怪得很,也许是他们起了非常强烈的雄心,也许是在这非凡的教育家的眼里,含着叱咤青年"前去"的东西罢——这句话,是俄国人非常耳熟,也在他们的敏感的天性上,有伟大的神奇作用的——总而言之,青年们就立刻去找寻艰苦,渴望着克服一种困难或者一个障碍,以及显出英毅和神勇的地方。修完了这课程的,固然非常之少,然而也都是坚强的好汉,所谓站在硝烟里面的。出去办公,他们也只得到不安稳的地位,比他们聪明的许多人,已经耐不下去,为了小小的个人的不舒服,就放弃一切,或者行乐,偷懒,落在骗子和强盗的手里了。他们却站得极稳,毫不动摇的在自己的哨位上,还由认识人物和性灵,而更加老练,也将一种强有力的道德的影响,给与了不良和不正的人们。

孩子的热烈的雄心,是只为着到底能够编进这学级里去的思想,鼓动了很久的。给我们的田退德尼科夫,人总以为再没有比这样的教育家更好的了。但不幸的是刚在允许他编入级里的时候——这是他非常想望的——这位非凡的教师竟突然死掉了。对于少年人,这真是一个大打击,一个吓人的,无可补救的损失。现在是学校立刻两样了。亚历山大·彼得洛维支的位置上,来了一个叫作菲陀尔·伊凡诺维支的人。他首先是定出单管表面的章程和严厉的规则,并且向孩子们督促着只有成年人才能做到的东西。他把自由的解放,看作粗蛮和放纵。恰如反对着他的前任校长似的,在第一天,他就声明在学问上的理解和进步,毫无价值,最要紧的是好品行。然而怪哉!菲陀尔·伊凡诺维支在这么竭力经营的好品行,从他的学生那里却是得不到。他们玩着一切坏道儿,不过很秘密。

白天是好像有点秩序的,但到夜里,可就闹起粗野的不拘礼节的筵宴和小吃来了。

在学问上也弄得很奇怪,菲陀尔·伊凡诺维支请了有着新的见解和主意的新教师。他们向学生们落下新的言语和术语的很急的雹子来;它们的开讲,并不急慢逻辑的联系,也注意于科学的新进步,又不缺少热烈和精诚——然而,唉唉,他们的学问上,却欠缺真实的生活!死知识讲出来有些硬,而且死气沉沉的。一句话,就是什么都颠倒了。对于学校当局和师长的尊敬,完全失坠,大家嘲笑着教师,连校长也叫作菲地加①,起了"打鼓手"以及别样出色的绰号了。暗暗的起了坏风气,简直毫不再有烂漫的天真,那些学生们就闹着很狡猾的乱子,令人只好从中开除了许多。两年之间,这学校就几乎面目全非了。

安特来·伊凡诺维支的性质是安静,温和的。他反对同学们在校长住宅的窗前,毫无规矩的留住了一个小妇人,来开不讲礼节的夜宴,也不赞成他们的对于宗教的攻击和坏话,只因为偶然有一个真很愚蠢的教士来做教师,他们闹得过火了。不但如此,他是梦想着自己的魂灵,发源于天国的。这还不至于迷惑他,然而他立刻因此很懊丧。他的雄心已经觉醒了,可惜的是并无用武之地。这雄心,也许还是没有起来的好罢。安特来·伊凡诺维支听着教授们在讲台上大发气焰,一面就记起了并不这么起劲,却也总是说得很明白,很易解的先前的先生。他有什么对象和学课没有听呢!哲学,医学,还有法学,世界通史,详细到整整三年间,教授总算讲完了序论和关于所谓德意志联邦的成立——天知道他什么还没有听了,然而这些都塞在他脑子里,像一堆歪七竖八的零碎——亏得他天质好,觉到了这并不是正当的教育法,但要怎样才算是正当的呢——他却自己也不明白。他于是时常记起亚历山大·彼得洛维支来,心里沉

---

① 就是菲陀尔的爱称,也是贱称。——译者。

钿钿的,悲伤到不知道要怎么样才好。

然而青春还有着将来,这正是它的幸福。到得快要毕业的时候,他的心在胸腔里跳得很活泼了。他对自己说:"这一切可还不是人生,真的人生是要到为国效力这才开始的,那可进了大有作为的时期了。"于是他毫不顾及使所有宾客耸然惊叹的美丽的乡村,也不去拜扫他父母的坟墓,恰如一切雄才大志的人们一样,照着一切青年所抱的热烈的目的,赶忙跑上彼得堡去了,那些青年们,就是都为了给国家去服务,为了赚堂皇的履历,或者也不过为了想添一点我们那冰冷的,没有颜色的,昏昏沉沉的社会的情态,从俄国的各地,聚到这里来的。然而安特来·伊凡诺维支的雄心大志,立刻被他的叔父,现任四等官阿奴弗黎·伊凡诺维支挫折了,他直捷的说,第一要紧的是写得一笔好字除此之外,什么都不相干;要不然,他就没法做到大官或者得着高级的地位。仗了他叔父的非常的尽力和庇护,总算给他在属下的衙门里找到了一个小位置。当他跨进那发光的地板,亮漆的桌子的辉煌华丽的大厅,仿佛国家的最高的勋臣,就坐在这里决定全国的运命的时候,当他看见了漂亮的绅士一大堆,坐着歪了头,笔尖写得飕飕的发响,招呼他坐在一顶桌子前,去抄一件公事的时候(好像是故意给他毫无意思的东西的;只为着三个卢布的诉讼,这么那么的已经抄写了半个年头了),一种非常奇怪的感情,就来侵袭这未经世故的青年了。环坐在他周围的绅士们,使他明明白白的记起学校的生徒来。他们中的有几个,在听讲义时一心一意的只看翻译出来的无聊的小说,就使情形更加神似;他们把小说夹在公文的页子里,装作好像在检查案卷模样,长官在门口一出现,他也就吃一惊。这一切都使他很诧异,而且总觉得他先前的工作,到底更其有意义,而办公的豫备,也远胜于实在的办公。他并神往于自己的学校时代了。亚历山大·彼得洛维支就忽然像活着似的站在他的眼前——他好容易这才熬住了眼泪。

全部的屋子都旋转起来。桌子和官员,转得混成一团。他眼前骤然一黑,几乎倒在地上了。"不能,"他一定神,就对自己说,"纵使事务见得这么琐屑,我可也要办的。"他鼓起勇气之后,就决心像别人一样,把自己的事务安心办下去。

世界那里会毫无快乐?就是彼得堡,表面上虽然见得粗糙和阴郁,却也给人许多乐趣的。外面君临着三十三度的怕人的严寒;风卷雪的巫女,是朔方的孩儿,恰如脱了束缚的恶魔似的,咆哮着在空中奔腾,愤愤的把雪片打着街道,粘住人们的眼睛,还用白粉洒在人的皮袍和外套的领子上,动物的嘴脸上;但在盘旋交错的雪花之间,那里的高高的五层楼上,却令人眷念的闪着一个可爱的明窗;在舒适的屋子里,在得宜的脂油烛光和茶炊的沸腾音响的旁边,交换着温暖心神的意见,朗吟着上帝送给他所眷爱的俄国的一大批辉煌超妙的诗篇,许多青年的心,都颤动的潮涌起来,这在广大的南方的天宇下,是决不会有的。

田退德尼科夫立刻惯于他的职务了,然而这并不是他先前所想象的,合于他的宗旨的光荣的事业,倒是所谓第二义。他的办公只不过消磨时光,真的爱惜的却是其余的闲空的一瞬息。他的叔父现任四等官,刚以为侄子是还会好一点的,然而立刻碰了一个大钉子。我们在这里应该说明,在安特来·伊凡诺维支的许多朋友里面,有两个年青人,是属于所谓"脾气大"的人们一类的。他们俩都是古怪的不平稳的性格,不但对于不正不肯忍受,连对于他们看来好像不正的也决不肯忍受。天性并不坏,但他们的行为却不伶俐,没秩序,自己对人非常之褊狭,一面却要别人凡事都万分的周详。他们的火一般的谈吐和对于社会的义愤的表示,给了田退德尼科夫一个强有力的影响。在交际中,他的神经也锐敏起来,觉得到极小的感触和刺戟了。他从他们学习了注意一切小事情,先前是并不措意的。菲陀尔·菲陀罗维支·莱尼金,是设在那堂皇的大厅里的一科的科长,忽然招了他的厌恶了。他觉得这莱尼金和上司说话,就简直变了一块糖,满脸浮着讨厌的甜腻腻的微笑,但转过来对着他的属下,却立刻摆出一副威严腔;而且也如凡是小人之流,总在留心的一样,有谁在大节日不到他家里去拜访,他总不会忘记把那人的姓名记在门房里的簿子上。于是他对他起了一种按捺不住的,近于切身的反感。好像有恶鬼在螫他,撩他似的,总想给菲陀尔·菲陀罗维支一个不舒服。他怀着秘密的高兴在等机会,也立刻就得到了。有一回,他对科长很粗暴,弄到当局要他去谢罪,或者就辞职。他就辞了职。他的叔父,现任四等官,骇的不得了,跑到他那里去恳求他道:"看上帝面上,安特来·伊凡诺维支!我求你!你这是怎么的?单为了看得一个上司不顺眼,你就把你全盘的幸而弄到手里的前程统统玩掉了!这是什么意思呀?如果谁都这么干,衙门里就要一个都不剩了。你明白一点罢……改掉你的虚矫之气和你的自负,到他那里去和他好好的说一说罢!"

"可是完全不是在这一点呵,亲爱的叔父,"那侄儿说。"向他去请求宽恕,我倒是毫不难办的。这实在是我的过失,他是我的上司,我不该向他这么的说话。然而事情却在这里:我还有一个别样的职务和别样的使命,我有三百个农奴,我的田地出息坏,我的管家又是一个傻子。如果衙门里叫别人补了我的缺,来誊写我的公文,国家的损失是并不很多的,但倘使三百个农奴缴不出他们的捐税,那损失可就很大了。请你想一想罢,我是地主呀,闲散的职业并不是我的事。如果我来用心于委任给我的农人的地位的保护和提高,给国家造成三百个有用的,谨慎和勤快的小百姓——那么,我的事情,还比一个什么科长莱尼金做得少吗?"

现任四等官吃了一吓,大张了嘴巴;这样的一番话,他是没有料到的。他想了一下,这才说出一点这种话:"不过……唉唉,你在怎么想呀?你不能把自己埋在乡下罢?农人可并不是你的前程呵!这里却两样,时常会遇见一个将军,或者一个公爵的。只要你高兴,你也可以走过那里的一所堂皇高敞的屋子。这里有煤气灯,有欧洲工业,都看得见!那里却只有村夫村妇。为什么你竟要把自己弄到那么无智识的人们里去了？"

　　然而叔父的这竭力晓谕的抗议和说明，对于侄儿并没有好影响。他觉得乡村乃是自由的幽栖，好梦和深思的乳母，有用之业的唯一的原野了。他早经收集了关于农业的最新的书籍。总而言之，在这番对话的两礼拜之后，他已在他年青时代曾经生活过的地方，使所有宾客非常惊叹的乡曲的附近了。一种全新的感情来激励他。他的心灵中，又觉醒了旧日的久已褪色的印象。许多地方，他是早经忘却了的，就很诧异的看着一路的美丽之处，仿佛一个生客。忽然间，为了一种莫名其妙的原因，他的心剧烈的跳动起来了。但道路进了大森林的茂密所形成的狭窄的隧道里，他只看见上上下下，各到各处，都是要三个人才能合抱的三百年老的槲树，其间夹杂些比普通的白杨长得还高的枞树，榆树和黑杨，他一问："这森林是谁家的呢？"那回答是："田退德尼科夫的，"于是道路出了森林，沿着白杨树丛，新柳树和老柳树，灌木，以及远处的连山前进，过了两条桥，时而走在河的左边，时而又在那右边，当旅人一问："这牧场和这水地是谁家的呢？"那回答又是："田退德尼科夫的，"路又引向山上，在高原中展开，经过了禾束，小麦，燕麦和大麦，一面是他曾经经过之处，又忽然远远的全盘出现了，道路愈走愈暗，入了密密的站在绿茵上面的横枝广远的树阴下，一直到了村边；当那饰着雕刻的农家小屋，石造府邸的红屋顶，亲密的迎面而来的时候，当那教堂的金色屋尖向他发闪的时候，他的猛跳的心，就是并不问，也知道自己是在那里了，——于是他那愈涨愈高的感情，竟迸出这样的大声的话来道："至今为止，我不是一个呆子吗？运命是选拔我来做世间的天国的主人，我却自贬了去充下贱的誊录，自去当死文字的奴才。我学得很多，受过严密的教育，通晓物情，有大识见，足够督励自己的下属，改良全体的田地，执行地主的许多义务，是萃管理人，执法官和秩序监督人于一身的！但是我跑掉了，把这职掌托付一个什么没教育，没资格的经理！自己却挑选了法院书记的职务，给漠不相识，也毫不知道那资质和性格的别人的讼事去着忙。我怎么能只去办那些单会弄出一大堆胡涂事的,离我怕有一千维尔斯他之远,而我也没有到过的外省的纸片上的空想的公事——来代我自己的田地的现实的公事呢?"

然而其时在等候他的还有一场别样的戏剧。农奴们一听到主人的归来,就都聚在府邸的大门口了。这些美丽人种的斑斓的围巾,带子,头巾,小衫和茂盛的如画的大胡子,挤满了他的周围。当百来个喉咙大叫道:"小爹!你竟也记得了我们了!"而年老的人们,还认识他的祖父和曾祖父的,不由的流出泪来的时候,他也禁不住自己的感动。他只好暗暗的追问:"有这样爱!我给他们办了些什么呀?我还没有见过他们,还没有给他们出过力哩!"于是他就立誓,从今以后,要和他们分任一切工作和勤劳了。

于是田退德尼科夫就很认真的来管理和经营他的田产。他削减地租,减少服役,给农奴们有为自己做事的较多的时间。胡涂经理赶走了,自己来独当一切。他亲自去到田野,去到谷仓,去到打禾场,去到磨场和河埠;也去看装货和三桅船的发送,这就已经使懒家伙窘得爬耳搔腮。然而这继续得并不久。农人是并不愚蠢的,他立刻觉得,主人实在是敏捷,聪明,而且喜欢做出能干的事情来,但还不大明白这应该怎样下手;而他的说话,也太复杂,太有教养。到底就弄成这模样,主人和农奴——这是说过一说的了:彼此全不了解,然而并不互相协同,学走一致的步调。

田退德尼科夫立刻觉察到,主人的田地上,什么都远不及农奴的田地上的收成好;种子撒得早,可是出得迟;不过也不能说人们做得坏。主人是总归亲自站在那里的,如果农奴们特别出力,还给他一杯烧酒喝。但是虽然如此,农奴那边的裸麦早已长足,燕麦成熟了,黍子长得很兴旺,他的却不过种子发了一点芽,穗子也没有饱满。一言以蔽之,主人觉得了他对于农奴,虽然全都平等,宽仁,但农奴对于他,却简直是欺骗。他试去责备那农奴,然而得到的是这样的答话："您怎么能这样想,好老爷,说我们没有替主人的利益着想呢? 您亲自看见的,我们怎样使劲的锄地呀下种! ——您还给我们一杯烧酒哩。"对于这,他还能回答些什么呢?

"那么,谷子怎会长得这么坏的呢?"主人问了下去。

"天知道! 一定有虫子在下面咬罢! 况且是这么坏的一夏天:连一点雨也没有。"

但主人知道,谷物的虫子是袒护农奴的,而且雨也下得很小心,就是所谓条纹式,只把好处去给农奴,主人的田地上却一滴也没有。

更艰难的是他的对付女人们。她们总在恳求工作的自由,和诉说服役的负担之苦。奇怪得很! 他把她们的麻布,果实,香菌,胡桃那些的贡献品,统统废止了,还免掉了她们所有别样工作的一半,因为他以为女人们就会用了这闲空的时间,去料理家务,给自己的男人照顾衣服,开辟自家的菜园。怎样的一个错误呵! 在这些美人儿之间,倒盛行了懒散,吵嘴,饶舌,以及各种争闹之类的事情,至于使男人们时时刻刻跑到主人这里来,恳求他道:"好老爷,请您叫那一个妈的娘儿清楚些! 这真是恶鬼。和她是谁也过活不了的!"

他屡次克服了自己,要用严厉来做逃路。然而他怎么能做得出来呢! 如果是一个女人,女人式的呼号起来,他怎么能够严厉呢?况且她又见得这么有病,可怜,穿着非常龌龊的,讨厌的破布片!(她从那里弄来的呢——那只有天晓得!)"去罢,离开我的眼前,给我用不着看见你!"可怜的田退德尼科夫大声说,立刻也就赏鉴了这女人刚出门口,就为了一个芜菁和邻女争闹起来,虽然生着病,却极有劲道的在脊梁上狠狠的给了一下,虽是壮健的农夫,也不能打的这么出色的。

很有一些时候,他要给他们办一个学校,然而这却吃了大苦,弄得非常消沉,垂头丧气,后悔他要来开办了。

他一去做调停人和和事老,也即刻觉到了他那哲学教授传授给他的法律上的机微,简直没有什么用。这一边说假话,那一边谎也撒的并不少,归根结蒂,事件也只有魔鬼才了然。他知道了平常的世故,价值远胜于一切法律的机微和哲学的书籍;——他觉察了自己还有所欠缺,但缺的是什么呢,却只有上帝知道。而且发生了常常发生的事情:就是主人不明白农奴,农夫也不明白主人;而两方面,无论主人或农奴,都把错处推到别人身上去。这很冷却了地主的热中。现在他出去监督工作的时候,几乎完全缺少了先前那样的注意了。当收割牧草之际,他不再留心镰刀的微音,不去看干草怎样的堆积,怎样的装载,也不注意周围割草工作的进行。——他的眼睛只看着远方;一看见工作正在那边,那眼睛就在四近去找一种什么对象,或者看看旁边的河流的曲折,那地方有一个红腿红嘴的家伙,正在来回的散步——我说的自然是一只鸟,不是人;他新奇的凝视着翠鸟怎样在河边捕了一条鱼,衔在嘴里许多工夫,好像在沉思是否应该吞下去,再细心的沿河一望,就看见远地里另有一匹同类的鸟,还没有捉到鱼的,却在紧张的看着衔鱼的翠鸟。或者是闭了眼睛,仰起头,向着蔚蓝的天空,他的鼻子嗅着旷野的气息,耳朵是听着有翼的,愉快的歌人的歌吟,这从天上,从地下,集成一个神奇的合唱,没有噪音来搅乱那美丽的和谐:鹌鹑在裸麦中鼓翼,秧鸡在野草里钩辀,红雀四处飞鸣,一匹水鹬冲上空中,嘎的一声叫,云雀歌啭着,消在蔚蓝的天空中,而鹤唳就像鼓声,高高的在天上布成三角形的阵势。上下四方,无不作响,有声,而每一音响,都神奇的互相呼应……唉唉,上帝呵! 你的世界,即使在荒僻的土地,在远离通都大邑的最小的村庄,也还是多么壮美呵! 但到后来,虽是这些也使他厌倦了。他不久就完全不到野外去,从此只躲在屋子里,连跑来报告事情的经理人,也简直不想接见了。

早先还时时有一个邻居到他这里来谈天;什么退伍的骠骑兵中尉呀,是一位容易生气的吸烟家,浑身熏透着烟气,或者一位急进的大学生,大学并没有卒业,他的智慧是从各种应时的小本子和日报上采来的。但这也使他厌倦起来了。这些人们的谈话,立刻使他觉得很浅薄；他们那欧式恳切的，伶俐的举动，来敲一下他的膝盖那样的随便，他们的趋奉和亲昵，他看起来都以为太不雅，太显然。于是他决计和他们断绝往来，还用了很粗卤的方法。当一位大佐而且是快乐主义者一类货色的代表，现在是已经亡故了的专会浮谈的周到的交际家，和我们这里刚刚起来的新思想的先驱者瓦尔瓦尔·尼古拉耶维支·威锡涅坡克罗摩夫两个，同来访他，要和他畅谈政治，哲学，文学，道德，还有英国的经济情形的时候，他派了一个当差的去，嘱咐他说，主人不在家，而自己却立刻轻率的在窗口露了脸。主人和客人的眼光相遇了。一个自然是低声说："这畜生！"别一个在齿缝里，也一样的送了他一个近乎畜生之类。他们的交情就从此完结。以后也不再有人来访他了。

他倒很喜欢，就潜心思索着他那关于俄国的大著作。怎样做法的呢——那是读者已经知道的了。他的家里传染了一种奇特的——随随便便的规矩。虽然人也不能说，他竟并无暂时梦醒的工夫。如果邮差把新的日报和杂志送到家里来，他读着碰到一个旧同学的姓名，或者出仕升到荣显的地位，或者对于科学的进步和全人类的事业有了供献，他的心就隐隐的发生一种幽微的酸辛，对于自己的无为的生活，起了轻柔的，沉默的，然而是严峻的不满。觉得他全部的存在，都恶心，讨厌了。久经过去的他的学校时代的光景，历历如在目前，亚历山大·彼得洛维支的形象，突然活泼的在面前出现，他的眼泪就泉涌起来……

这眼泪是表示什么的呢？恐怕是大受震撼的魂灵，借此来发抒他那烦恼的苦楚的秘密，他胸中蕴蓄着伟大高贵的人物，正想使他发达强壮起来，却中途受了窒碍的苦痛的罢？还没有试和运命的嫉妒相搏斗，他还未达到这样的成熟，学得使自己很高强，能冲决遮拦和妨碍；伟大而高华的感情的宝藏，未经最后的锻炼，就烧红的金属似的化掉了；对于他，那出色的教师真是死得太早，现在是全世界已没有一个人，具备才能，来振作这因怯弱而不绝的动摇，为反对所劫夺的无力的意志，——用一句泼剌的话来使他奋起——一声泼剌的"前去"来号令精神了，这号令，是凡有俄国人，无论贵贱，不问等级，职业和地位，谁都非常渴望的。

能向我们俄国的魂灵，用了自己的高贵的国语，来号令这全能的言语"前去"的人在那里呢？谁通晓我们本质中的一切力量和才能，所有的深度，能用神通的一瞬眼，就带我们到最高的生活去呢？俄国人会用了怎样的泪，怎样的爱来酬谢他呵！然而一世纪一世纪的驶去了，我们的男女沉沦在不成材的青年的无耻的怠惰和昏愚的举动里，上帝没有肯给我们会说这句全能的言语的人！

然而有一件事几乎使田退德尼科夫觉醒过来，在他的性格上发生一个彻底的转变。这是恋爱故事一类的，但也继续得并不久。在田退德尼科夫的邻村，离他的田地十维尔斯他之远，住着一个将军，这人，我们早经知道，批评田退德尼科夫是并不很好的。这位将军的过活，可真是一位将军，这就是说，恰像一位大人物，大于府第，喜欢前来拜访，向他致敬的邻人；他自己呢，自然是不去回拜的，一口粗嗄的声音，看着许多书，还有一个女儿，是稀奇的，异乎寻常的存在。她非常活泼有生气，好像她就是生活似的。

她的名字是乌理尼加，受过特别的教育。指授她的是一个一句俄国话也不懂的英国家庭教师。她的母亲很早就死掉了，父亲又没有常常照管她的余暇。但发疯似的爱着女儿，至于见得一味拼命的趋奉。她什么都惟我独尊，恰如一个放纵长大的孩子一样。倘使有谁见过她怎样忽然发怒，美丽的额上蹙起严峻的皱纹，怎样懊恼的和她的父亲争论，那是一定要以为她是世界上最任性的创造物的。但她的愤怒，只在听到了一件别人所遭遇的惨事或不平。她决不为了自己来发怒或纷争，也不为自己来辩解。一看见她所恼怒的人陷入不幸的困苦，她的气恼也就立刻消失了！有人来求她布施，她当即抛出整个的钱袋去，却并不子细的想一想，这是对的呢还是不对的。她有些莽撞，急躁。说起话来，好像什么都在跟着思想飞跑：她那脸上的表情,她的言语,她的举动,她的一双手;连她的衣服的襞积也仿佛在向前飘动,人几乎要想,她自己也和她的言语一同飞去了。她毫不隐瞒,对谁也不怕说出自己的秘密的思想,如果要说话,世界上就没有力量能够沉默她。她那惊人的步法,是一种惟她独具的,非常自由而稳重的步法,谁一相遇,就会不由自主的退到一旁,给她让出道路来。和她当面,坏人就总有些惶恐,沉默了。连最不怕羞的人也说不出话,失了所有的把握和从容,而老实人却立刻极其坦然的和她谈起闲天来,仿佛遇到了世间未见的人物,听过一句话,就好像他在什么地方,什么时候,曾经认识她,而且已在什么地方见过这一个相貌:是在他仅能依稀记得的童年,在自己的父亲的家里,在快乐的夜晚,在一群孩子高兴的玩着闹着的当时,——从此以后许多时,壮龄的严肃和成就,就使他觉得凄凉了。

田退德尼科夫和她的关系,是也和一切别的人们完全一样的。一种新的,不可以言语形容的感情激励了他,一道明亮的光辉,照耀了他那单调的,凄凉的生活。

将军当初是很亲爱和诚恳的接待了田退德尼科夫的,但两人之间,竟不能弄到实在的融洽。每一见面,临了总是争论,彼此都怀着不舒服的感情;因为将军是不受反对和辩驳的。而田退德尼科夫这一面,可也是有些易于感动的年青人。他自然也为了他的女儿,常常对父亲让步,因此久没有搅乱彼此之间的平和,直到一个很好的日子,有将军的两位亲戚,一位是伯爵夫人幡尔提来瓦,一位是公爵夫人尤泻吉娜,前来访问的时候:这两位都曾经做过老女皇的宫中女官,但和彼得堡的大有势力的人物,也还有一点密切的关系的;将军就竭力活泼的向她们去凑奉。田退德尼科夫觉得她们一到,对他就很冷淡,不大注意,把他当哑子看待了。将军向他常用居高临下的口气;称他为"我的好人"或是"最敬爱的",而有一回竟对他称了"你"。田退德尼科夫气恼起来了。他咬着牙齿,然而还知道用非常的自制力,保持着镇静,当怒不可遏,脸上飞红的时候,也用了很和气,很谦虚的声音回答道:"对于您的出格的好意,我是万分感谢的,军门大人。您用这亲昵的'你'对我表示着密切的交情,我就对您也有了一样的称'你'的义务。然而年纪的悬隔,却使我们之间,完全不能打这样亲戚似的交道呵!"将军狼狈了。他搜寻着自己的意思和适当的说法;终于声明了这"你"用的并不是这一种意思,老年人对于一个年青人,大约是可以称之为"你"的。关于他的将军的品级,却一句话也不说。

当然,两面的交际,自从这一事件以后,就彼此断绝了,他的爱情,也一发芽就凋落。暂时在他面前一闪的光明,黯然消灭,现在降临的昏暮,比先前更暗淡,更昏沉。他的生活又回上旧路,成了读者已经知道的那老样子了。他又整天无为的躺着。家里满是龌龊和杂乱。扫帚在屋子的中央,终日混在一堆尘埃里。裤子竟会在客厅里到处游牧,安乐椅前面的华美的桌子上,放着几条垢腻的裤带,像是对于来宾的赠品似的。田退德尼科夫的全部生活,就这样的无聊,昏沉起来,不但他的仆役不再敬畏,连鸡也肆无忌惮的来啄他了。他会许多工夫,拿着笔,坐在那里,在摊在面前的一张纸上画着各种图:饼干,房屋,小屋,小车,三驾马车等。有时还会忘掉了一切,笔在纸上简直自动起来,在主人的无意中,形成一个娇小的头脸,是优秀动人的相貌,流利探索的眼光和一个微微蜷曲的髻子——于是画家就惊疑的凝视,这是那人的略画,那肖像是没有一个美术家能够摹绘的。他心里就越加伤痛起来;他不愿意再相信这世界上会有幸福,因此也比先前更其悲哀,更少说话了。这样的是安特来·伊凡诺维支·田退德尼科夫的心情。有一天当他照例的坐在窗前,望着前园时,忽然惊疑不定,是觉得既不见格力戈黎,也不见贝菲利耶夫娜,下面却只是一种不安和扰动了。

青年的厨子和管家女都跑出去开大门:门一开,就看见三匹马,和刻在凯旋门上的完全一样的。一匹的头在左,一匹在右,一匹是在中间。这上面高高的君临着一个马夫和一个家丁,宽大的衣服,头上包一块手帕。两人之后坐着一位外套和皮帽的绅士，满满的围着红色的围巾。当马车停在门口的阶前时，就显出这原来是一辆有弹簧的轻巧的车子。那一表非凡的绅士，就以仿佛军人似的敏捷和熟练，跳出车子，匆匆的跑上阶沿来了。

安特来·伊凡诺维支着了急。他以为来客是一位政府的官员。到这里我应该补叙一下，他在年青时候，是受过一件傻事情的连累的。有一对读过一大批时下小本子的哲学化的骠骑兵官，一位进了大学，却未卒业的美学家，和一个败落的赌客要设立一个慈善会，会长是一个秘密共济会员，也爱打牌的老骗子，然而口才极好的绅士。这会藏着一种非常高尚的目的：就是要使从泰姆士河边到亢卡德加的全人类永远得到幸福。但这须有莫大的现钱，从大度的会员们募集的捐款，是闻所未闻的大。这钱跑到那里去了呢，除了掌握指导之权的会长以外，自然谁也不知道。田退德尼科夫是由两个朋友拉进这会里去的；那两个都是属于满肚牢骚类的人，天性是善良的，为了科学，为了教化，以及为了给人类服务的他们的未来的壮举，喝了许许多多杯，于是就成为正式的酒鬼了。田退德尼科夫觉察的还早，退了会。但这会却已经玩了一个上等人不很相宜的另外的花样，招出不愉快的结果来，竟闹到警察局去了……田退德尼科夫退会之后，就和这些人断绝了一切的交涉，但还不能觉得很放心，也是毫不足怪的：他的良心并不完全清净。所以他现在瞥见大门一开放，就不能不吃惊。

但当来客几乎出人意外的老练地一鞠躬，一面微微的侧着头，作为致敬的表示的时候，他的焦急立刻消散了。那人简短地，然而清楚地声明，他从很久的以前起，就一半为了事务，一半为了嗜奇，在俄国旅行：即使不计那些有余的产业和多种的土壤，我们的国度里也很富于显著的东西；他是给这田地的出色的位置耸动了，但倘若他的马车没有因为这春天的泛滥和难走的道路忽然出了毛病，他是决不敢到这美丽之处来惊动主人的；就为了想借铁匠的高手给修理一下。然而即使马车全没有出什么事，他也还是禁不住要趋前来请安的。

那客人一说完话，就又可爱到迷人的一鞠躬，露出他那珠扣的华美的磁漆长靴来，而且他的身子虽然肥胖，却以橡皮球的弹性，向后跳退了几步。

安特来·伊凡诺维支早已放心了；他认为这人该是一个好奇的学者或是教授，旅行俄国，在采集植物或者也许倒是稀奇的化石的。他立刻声明了对于一切事情，自己都愿意协助，请他用自己的车匠和铁匠来修理马车，请他像在他自己的家里一样，在这里休息，请他坐在一把宽大的服尔德式安乐椅子①上，要倾听他那博学的，关于自然科学的物事的谈话了。

然而那客人所讲的却多是内心生活的事情。他把自己的生涯，比作一只小船，在大海里，被怕人的风暴所吹送；说，他怎样的屡次变换了职业，他多少次为真理受苦，以及他怎样的屡次被敌人所暗算，生命几濒于危险，此外还有许多别的事，于是田退德尼科夫看出来了，他的客人乃是一个实际家。收场是他把一块雪白的麻纺手巾按在鼻子上，大声的醒了一下鼻涕，响到安特来·伊凡诺维支从来没有听过。在交响乐里，是往往会遇到这种讨厌的喇叭的；如果只有这一声，却令人觉得并不在交响乐里，倒是自己的耳朵在发响。在久经沉睡的府邸中的突然惊醒的许多屋子里，立刻轰传了一样的声音，而立刻也在空气中充满了可伦香水的芳烈的气息，这是由麻纺手帕的轻轻一挥，隐隐约约的散在屋里的。

读者恐怕已经猜到，这客人并非别个，即是我们那可敬的，长久没有顾到了的保甫尔·伊凡诺维支·乞乞科夫。他老了一点了：可见他的过活，也并非没有狂风骇浪。就是他穿着的常礼服，也显得

---

① 一种宽而深的椅子：法国的作家服尔德（Voltaire，1694—1778）因病曾用这样的椅子，故名。——译者。

有些穿熟的样子；连那马夫和篷车，家丁，马匠和马具，看去都好像有一点减损和消耗了。他的经济景况似乎也并不很出色。但那脸面的表情，行为的优雅，恰依然全如先前一样。是的，他的应酬，倒比以前更可爱了一些，坐在安乐椅子上的时候，也还是架起了一条腿。谈吐近乎更加柔软，言语之间，也仿佛愈在留心和节制，态度是更聪明，更稳重，在一切举动上，几乎更加能干了。他的衣领和胸衣是雪似的又白又亮，虽然在旅行，外衣上却不沾一粒灰尘：他可以立刻去赴庆祝生日的筵宴。下巴和面颊都刮得极光，只有瞎子，才会不惊叹他那饱满和圆滑的。

府邸里立刻起了很大的变化：因为关着外层门，久已躲在昏暗中的一半，突然照得光明耀眼了。在很亮的屋子里，摆起家具来，一切就马上显得这模样：作为卧室的屋子，陈列着各种夜晚化妆应用的东西，做书房的一间……等一等罢，我们先应该知道这屋子里摆着三张的桌子：一张是沙发前面的书桌，一张是镜子和窗门之间的打牌桌，还有一张是屋角上的三角桌，正在卧室的门和通到堆积破烂家具，不住人的大厅的门的中间。这大厅，向来是充作前厅之用的，已经整年的没有人进去过。在这三角桌子上，那旅客从衣箱里发出来的衣裳就找到了它的位置，便是：两条配着那件常礼服用的裤子，两条簇新的裤子，两条灰色的裤子，两件绒背心，两件绸背心和一件常礼服。这些都积迭了起来，像一座金字塔，上面盖一块绢手帕。在房门和窗门之间的别一个屋角上呢，排着一大批长靴：一双不很新的，一双完全新的，一双磁漆鞋和一双睡鞋。这些上面也怕羞似的盖着一块绢帕——简直好像并无其物的一样。书桌上也立刻整整齐齐的摆出这些东西来：小匣子，一个装有可伦香水的瓶儿，一个日历和两种小说，但两种都只有第二本。干净的小衫裤，是放在卧室里的衣橱里面了；要给洗衣女人去洗的那些，就捆成一团，塞在床底下。连那衣箱，到得发空之后，也塞进床底下去了。为了吓跑强盗和偷儿，一路带着的长刀，也拿进卧室去，挂在靠近眠床的一个钉头上。什么都见得了不得的干净,异乎寻常的整齐了。那里都找不出一片纸,一根毛或者一粒尘埃了。连空气也显得美好起来:其中散布着一个小衫裤常常替换,礼拜天一定要去用湿海绵洗澡的鲜活而健康的男子汉的令人舒服的气味。在充作前厅之用的大厅里,一时也粘住了家丁彼得尔希加的气息,但彼得尔希加又即搬家,这正和他相称,弄到厨房里去了。

在第一天,安特来·伊凡诺维支很有些为自己的无拘无束担心;他怕这客人会烦扰他,带累他的生活有不惬意的变化,扰乱他自己幸而立定了的日课,但他的担心是毫无根据的。我们的朋友保甫尔·伊凡诺维支却显示了适应一切的简直非凡的弹性和才能。他称扬主人的哲学气味的悠闲,并且说明这可以使人长寿。关于他的孤独生活,是赞成的说,这对于人,乃是养成伟大思想的。也看了一看图书室,把书籍赞美非常,还指出这可以防人的误入歧路。他话说的很少,但凡有所说,却无不真切,而且分明。一切举动,尤其证明着可爱和伶俐。进退都适得其时,不把质问和愿望来麻烦主人,如果是这边沉默着,不爱谈天的话;也很满足的来下一盘棋,也很满足的不开口,当主人把烟草的烟云喷向空中时,他不吸烟,就来找一件相称的事情:举个例子,就如他从袋子里摸出土拉银的烟盒来,钳在右手的两个指头的中间,再用左手的一个指头拨得它飞快的旋转起来,简直好像地球的转着自己的轴子,或者用手指冬冬的敲着盖子,再加口哨吹出谐和的声调。一句话,他一点也不妨碍他的主人,"在一生中,这才看见了一个可以一同过活的人!"田退德尼科夫对自己说。"这种本领,在我们这里实在是很少有的。我们里面有许多人:聪明,有教养,也确是好人,然而永远稳妥的人,可以同住一世纪,并不争闹的人——这样的人我却不知道。这一种人,我们这里到底有多少呢?这是我所认识的这类人的第一个。"田退德尼科夫这样的判断着他的客人。

乞乞科夫那一面也很高兴,因为他能够在一个这么温和而恳切的主人家里，寄住若干的时光。流浪人的生活，他实在尝饱了。能够好好的住下一个月，心赏着出色的村庄的风景，田野的气味和开始的春光，就是为痔疮起见，也有大用处和利益的。

　　轻易就找不出给他休息的更好的地方来。春天战胜了压迫的严寒，骤然展开那全部的华美，幼小的生命到处抽芽了。树林和牧场都闪出淡绿，嫩草的新鲜的碧玉里，明晃晃的抽着蒲公英的黄花，还有红紫的白头翁花，也温顺的垂着纤柔的颈子。成群的蚊虻和许多昆虫，都在沼泽上出现，跟着的是长脚的水鸟，于是禽鸟也从各方面来躲在干枯的，可以遮蔽的芦苇里。一切都潮涌似的聚集在这地方，彼此互相见面，互相亲近了。地上忽然增添了丁口。树林觉醒起来，牧场上是活泼而且响动。村子里跳着圆舞。还有多少地方是闲空的呢。怎样的明朗的新绿！空气是多么的清新！园里是多少禽鸟的歌吟！万有的天上似的欢呼和高兴！村庄在发声，在歌唱，好像结婚的大宴了。

　　乞乞科夫时常去散步。出去游行和漫步的机会是多得很的。他直上平坦的高原，可眺望横在下面的谿谷，到处还有啮岸的洪水所留下的大湖，其中耸着幽暗的，尚未生叶的树林的岛屿；或者是穿过暗林的密处和阴地的中间，树木戴着鸟巢，接近的屹立着，乌鸦叫着乱飞起来，好像一片云遮暗了天宇。从燥地上可以一径走到埠头，装着豌豆，大麦和小麦的初次的船刚要开行，流水激着慢慢的转动起来，水车轮发出震聋耳朵的声响。或者他去看看方才开始的春耕，观察一块新耕的土地，怎样展在原野的碧绿里，还有播种的人，用手敲着挂在胸前的筛子，匀整的撒出种子去，却没有一粒落在别地方。

　　乞乞科夫什么地方都走到。他和管家，农夫，磨工样样的议论，谈天。他什么都问到，问那里和怎样，还问怎样的营生，卖掉了多少谷子，春天和秋天磨什么谷子，每个农奴叫什么名字，谁和谁有亲，他从那里买了他的公牛，他用什么喂他的猪子，总而言之，他一点也不漏落。他也问出了死掉多少农奴,知道是好像少得很。因为他是聪明人,立刻明白了安特来·伊凡诺维支的家景并不很出色。他到处发见了怠慢,懒惰,偷盗,还有纵酒也很风行,他自己想:"田退德尼科夫可多么胡涂呀!这样的产业!却一点也不管!从这里赚出总额五万卢布来,是可以把得稳的!"

在散步时,他不止一回,起了这样的思想,自己也在什么时候——当然并非现在,却在将来,如果办妥要务,他手里有了钱的话——自己也在什么时候要做一个像这产业的平和的主人。于是不消说,立刻有一个商家的,或是别的有钱人家的,粉面的年青而娇滴滴的女人的形象,在他眼前出现。唔,他竟还梦想她是性情和音乐相近的哩。他也设想着后代,他的子孙,那责任,是在传乞乞科夫氏于无穷:一个泼剌的男孩和一个漂亮的女孩,或者简直是两个男孩和两个女孩,当然,三个也可以,由此给大家知道知道,他的确生活过,存在过,至少是并不像一个幽灵或者影子似的在地上逛荡了一下——而且他对于祖国,因此也用不着惭愧了。于是就往往起了这一种思想,那也并不坏,如果他有了头衔的话:例如五等官。这总是一个很有名誉,很可尊敬的称号呀!人如果去散步,是什么都会想起来的:非常之多,至于把人从这无聊的,凄凉的现在拉开,挑拨他的幻想力,加以戏弄,使他活动,纵使他明知道做不到,在他自己却还是觉得甜蜜的。

乞乞科夫的仆役也很中意了这地方。他们很快的习惯了新生活。彼得尔希加立刻和侍者格力戈黎结了交,虽然他们俩开初都很矜持,而且非常之装模作样。彼得尔希加想朦蔽格力戈黎,用自己的游历和世界知识使他肃然起敬;但格力戈黎却马上用了彼得尔希加没有到过的彼得堡制了胜。他还要用那些地方的非常之远来对抗,而格力戈黎可就说出这样的一个地方来,谁都决不能在地图上找到,而且据说还远在三千维尔斯他以上,弄得保甫尔·伊凡诺维支的家丁无法可想,只好张开了嘴巴,遭所有奴婢的哄笑了。但相处却很合式;两个家丁订结了亲密的交情。村边有一个出名的小酒店,是一切农奴的老伯伯,秃头的庇门开设的,店名叫作"亚勒苦以卡"。在这店堂里,每天总可以见到他们。所以用人民爱用的话来说,他们是成了酒店的"老主顾"了。

给绥里方却有另外的乐处。村子里是每晚上都唱歌;村里的年青人聚集起来,用歌唱和跳舞来庆祝新春;跳着圆舞,合围了,又忽然分散。在现在的大村子里是已经很少有了的苗条而血统纯粹的,招人怜爱的姑娘们,给了他一个强有力的印象,至于久立不动,看得入迷。其中谁最漂亮呢,那可很难说! 他们都是雪白的胸脯和颈子,又大又圆的含蓄的眼睛,孔雀似的步子,一条辫发,一直拖到腰带边。每当她那洁白的双手拉着他的手,在圆阵中和她们徐徐前进,或者和别的青年们排成一道墙,向她们挤过去的时候,每当姑娘们高声大笑着,向他们迎上来,并且唱着"新郎在那里呢,主人呀?"的时候,每当周围都沉入黑夜中,那谐调的回声,远从河流的后边,忧郁的反响过来的时候,他就几乎忘却了自己。此后许多时:无论是在早上或是黄昏,是在睡着或是醒着——他总觉得好像有一双雪白的手捏在自己的两手里,和她们在圆阵里慢慢的动弹。

乞乞科夫的马匹也觉得在它们的新住宅里好得很。青马,议员,连花马在内,也以为留在田退德尼科夫这里毫不无聊,燕麦是很出色的,而马房的形势,也极其适意。每匹都有各自的位置,用隔板和别的分开,然而又很容易从上面窥探。所以也能够看见别的马,如果从中有一匹,即使是在最末的边上的,高兴嘶起来了,那么,别匹也就可以用同样的方法,来回答它的同僚。

总而言之,在田退德尼科夫这里,谁都马上觉得像在自己的家里了。但一涉及保甫尔·伊凡诺维支因此游行着广大的俄国的事务,就是死魂灵`,关于这一点,他却纵使和十足的呆子做对手,也格外谨慎和干练了。然而田退德尼科夫总是在看书,在思索,要查明一切现象的原因和底蕴——它们的为着什么和什么缘故……"不,我从别一面下手,也许要好一些罢!"乞乞科夫这样想。他时常和婢仆去谈闲天,于是他有一回,知道了主人先前常常到一家邻居——一位将军——那里去做客,知道了那将军有一个女儿,知道了主人对于那小姐——而小姐对于主人也有一点……知道了但他们忽然断绝,从此永远不相来往了。而他自己也早经觉到,安特来·伊凡诺维支总在用铅笔或毛笔画着种种头,但是全都见得非常相像的。

有一天,午餐之后,他又照例的用了第二个指头,使银烟盒依轴而转的时候,向着田退德尼科夫道:"凡是心里想要的东西,您什么都有,安特来·伊凡诺维支;只是您还缺一样。"

"那是?"这边问,一面在空中喷出一团的烟云。

"一个终身的伴侣,"乞乞科夫说。安特来·伊凡诺维支没有回答,于是这回的谈话,就此收场了。

乞乞科夫却并不害怕,寻出一个另外的时机来——这回是在晚餐之前——当谈天的中途,突然说:"真的,安特来·伊凡诺维支,您得结婚了!"

然而田退德尼科夫仍旧一句话也不回答,仿佛他不爱这个题目似的。

但是,乞乞科夫不退缩。他第三次选了一个别样的时机,是在晚餐之后说了这些话:"唔,真的,无论从那一方面来看您的生活,我总以为您得结婚了! 您还会生忧郁症呢。"

也许是乞乞科夫的话这回说得特别动听,也许是安特来·伊凡诺维支这时特别倾于直率和坦白,他叹息一声,并且说,一面又喷出一口烟:"第一着,是人总该有幸福,总该有运气的,保甫尔·伊凡诺维支。"于是他很详细的对他讲述了自己的遭遇:他和将军的结交以及他们的绝交的全部的故事。

当乞乞科夫一句一句的明白了已经知道的案件,听到那只为一句话儿"你",却闹出这么大故事来的时候,他简直骇了一跳。暂时之间,他查考似的看着田退德尼科夫的眼睛,决不定他是十足的呆子呢,还不过稍微有一点昏。

"安特来·伊凡诺维支! 我请教您!"他终于说,一面捏住了主人的两只手:"这算什么侮辱呢? 在'你'这个字里,您找得出什么侮辱来呢?"

"这字的本身里自然是并不含有侮辱的,"田退德尼科夫回答道。"侮辱是在说出这字来的意思里,表现里。'你!'——这就是说:'知道罢,你是一个无足重轻的东西;我和你来往,只因为没有比你好的人;现在是公爵夫人尤泻吉娜在这里了,我请你记一记那里是你本来的地位,站到门口去罢。'就是这意思呀!"说到这里,我们的和气的,温顺的安特来·伊凡诺维支的眼睛就发光;在他的声音里,颤动着出于大受侮辱的感情的愤激。

"唔,如果竟是这一类的意思呢? ——那有什么要紧呀?"乞乞科夫说。

"怎么,您要我在这样的举动之后,还去访问他吗?"

"是的,这算得什么举动? 这是决不能称为一种举动的,"乞乞科夫极冷静的说。

"怎么会不是'举动'的?"田退德尼科夫诧异的问道。

"总之这不是举动,安特来·伊凡诺维支。这不过是这位军门大人的这样一种习惯,对谁都这么称呼。况且对于一位这样的给国家出过力,可以尊敬的人物,为什么不宽恕他一下呢?"

"这又是另一件事了,"田退德尼科夫说,"如果他只是一个老先生或者一个穷小子,不这么浮夸,骄傲和锋利,如果他不是将军,那么,就是用'你'来称呼我,我也很愿意宽恕,而且还要恭恭敬敬的应对的。"

"实实在在,他是一个呆子!"乞乞科夫想。"他肯宽恕一个破烂衣服的家伙,对于一位将军倒不!"在这料想之后,他就大声的说下去道:"好,可以,就是了,算是他侮辱您罢,但是您也回报他:他侮辱您了,您也还了他侮辱。然而人怎么可以为了一点这样的芥蒂,就大家分开,抛掉个人藏在心里的事情呢? 我应该先求原谅,这真是……如果您立定了目标,那么,您也应该向这奔过去,有什么要来吗,来就是。谁还留心有人在对人吐唾沫呢? 一切的人,都在互相吐唾沫。现在是您在全世界上,也找不出一个人,会不周围乱打,也不对人吐唾沫了。"

田退德尼科夫被这些话吓了一大跳,他完全目瞪口呆的坐着,单是想:"一个太古怪的人,这乞乞科夫!"

"是一个稀奇的家伙,这田退德尼科夫!"乞乞科夫想,于是他放声说下去道:"安特来·伊凡诺维支,请您给我像对兄弟似的来说一说罢。您还毫无经验。您要原谅我去弄明白这件事。我要去拜访大人,向他说明,这件事在您这边是由于您的误会,原因还在您年纪青,您的世界知识和人间知识都很有限。"

"我没有到他面前去爬的意思,"田退德尼科夫不高兴的说,"也不能托付给您的!"

"我也没有爬的本领,"乞乞科夫不高兴的回答道。"我只是一个人。我会犯错误,但是爬呢——断断不来的! 请您原谅罢,安特来·伊凡诺维支;您竟有权利,在我的话里垫进这么侮辱的意义去,我可是没有料到的。"

"您宽恕罢,保甫尔·伊凡诺维支,我错了!"田退德尼科夫握着乞乞科夫的两只手,感激的说。"我实在并不想侮辱您。您的好意,在我是极有价值的。我对您起誓。但我们收起这话来,我们不再要来谈这件事罢!"

"那么,我也就平平常常的到将军那里去罢,"乞乞科夫说。

"为什么?"田退德尼科夫问,一面诧异的凝视着乞乞科夫。

"我要去拜访他!"乞乞科夫道。

"这乞乞科夫是一个多么古怪的人呵!"田退德尼科夫想。

"这田退德尼科夫是一个多么古怪的人呵!"乞乞科夫想。

"我明天早上十点钟的样子到他那里去,安特来·伊凡诺维支。

我想,去拜访一位这样的人物,表示自己的敬意,还是早一点好。只可惜我的马车还没有整顿,我想请您允许我用一用您的车子。我预备早晨十点钟就到他那里去的!"

"自然可以。达算得什么!您吩咐就是。您爱用那一辆,就用那一辆,都随您的便!"

在这交谈之后,他们就走散,各归自己的房子,睡觉去了,彼此也并非没有推测着别人的思想的特性。

但是,——这岂不奇怪,当第二天马车到门,乞乞科夫身穿新衣服,白背心,结着白领带,以军人似的熟练,一跳而上,驶了出去,拜访将军去了的时候——田退德尼科夫就起了一种好像从未体验过的感动。他那一切生锈和昏睡的思想,都不安起来,活动起来。神经性的激情,忽然用了全力,把这昏沉的,浸在舒服和无为中的迷梦,一扫而空了。

他忽而坐在沙发上,忽而走向窗口去,忽而拿起一本书,忽而又想思索些什么事。失掉的爱的苦恼呵!他找不出思想来。或者他想什么也不想。枉然的辛苦呵!一种思想的无聊的零星,各种思想的尾巴和断片,都闯进脑子里,搅扰着他的头颅。"这情形可真怪!"他说着,坐在窗前,眺望道路去了,道路穿过昏暗的槲树林,林边分明有一阵烟尘,是驶去的马车卷了起来的。但是,我们抛下田退德尼科夫,我们跟定乞乞科夫罢。

第 二 章

在十足的半个钟头里,出色的马匹就把乞乞科夫拉了大约十维尔斯他之远——先过槲树林,其次是横在新耕的长条土地之间的,夸着春天新绿的谷物的田地,其次又沿了时时刻刻展开着堂皇的远景的连山——终于是经过了刚在吐叶的菩提树的宽阔的列树路,直到将军的领地里。菩提树路立刻变成一条两面白杨的长路,树身都围着四方的篱笆,后来就到透空铸铁的大门,可以窥见府邸的八个珂林德式的圆柱,支着华美的破风,雕镂得非常精美。到处发着油漆气,全部给人新鲜之感,没有一样东西显得陈旧。前园是平坦而且干净,令人觉得就要变成地板。当马车停在门前时,乞乞科夫就十分恭敬的跳了下来,走上阶沿去。他立刻把名片送到将军那里,而且又即被引进书斋里去了。将军的威严相貌,可给了我们的主角一个很深的印象。他穿一件莓子红的一声不响的天鹅绒的睡衣,他的眼色是坦白的,他的脸相是有丈夫气的,他有一大部唇须,茂盛而花白的颊须和头发,背后剪得很短;他的颈子,又宽又肥,也就是我们这里之所谓"三层楼",意思是那上面有横走的三条皱,一言以蔽之,这是一八一二年顷非常之多的豪华的将军标本的一个。这位贝得理锡且夫将军,是也如我们大家一样,有一大堆优点和缺点的。在我们俄国人里面也常常可以看到,这两点实在交织的非常陆离光怪:豁达,大度,临到要决断的时候,也果决,明白,然而一到他居高无事,以及没有事情来惹他了,那就也如没有一个俄国人能够破例一样,要夹上一大批虚荣,野心,独断和小气。凡有品级超过了他的,他都非常之厌恶,对他们发表一些冷话也似的东西。最遭殃的是他的一个先前的同僚,因为将军确信着自己的明白和干练,都在那人之上,而那人却超过了自己,已经做了两省的总督。还有一样晦气的事情,是将军的田产,又正在他的同僚所管的一省里。将军就屡次的复仇;一有机会,他就讲起自己的对手,批评他的一切命令。说明他的一切办公和行政,都是胡涂透顶。他什么都显得有些所谓古怪,尤其是在教养上。他是一个革新的好朋友和前驱;也总在愿意比别人知道得更多,知道得更好,所以他不喜欢知道看一点什么他所没有知道的东西的人。总而言之,他是很爱夸耀自己的聪明的。他的教育,大半从外国得来,然而又要摆俄国的贵人架子。性格上既然有这么多的固执,这么多的厉害的冲突,做起官来,自然只好和不如意打仗,终于也弄得自己告退了。闹成这样的罪孽,他却归之于一个所谓敌党,因为他是没有负点责任的勇气的。告退以后,他仍旧保存着堂堂的威风。无论他穿着一件燕尾服,一件常礼服,或者一件睡衣——他总是这模样。从他的声音起,一直到一举一动,无不是号令和威严,使他的一切下属,即使并非尊敬,至少也要觉得害怕或胆怯。

乞乞科夫觉到了两样:敬重和胆怯。他恭敬的微歪了头,好像要搬一个载着茶杯的盘子似的,伸出两只手去,用了出奇的熟练,鞠躬快要碰到地面上,并且说道:"前来恭候大人,我以为是自己的义务。对于在战场上救了祖国的人们的道德,抱着至高的尊敬,所以使我,使我来拜见您老了。"

这几句开场白,在将军似乎并没有什么不满意。他很和气的点点头,说道:"和您相识,我是很高兴的。请,您请坐! 您是在那里办公的呀?"

"我的办事的地方,"乞乞科夫说,一面坐在安乐椅子上——但并非中央,却在微微靠边的一面——而且用手紧抓着椅子的靠手,"我的办事的地方,是在国库局开头的,大人,后来就过种种的位置;我在地方审判厅,在一个建筑委员会,在税务处,都办过公。我的生涯,就像一只小船,在狂风巨浪中间一样,大人。我可以说,我是用忍耐喂养大的,我自己就是所谓忍耐的化身。我吃了敌人的多少苦呢,这是用言语,就是用艺术家的画笔,也都描写不来的。现在到了晚年,这才在寻一个角落,好做一个窠,给自己过活。这回是就住在您大人的近邻的人家……"

"谁家呢,如果我可以问?"

"在田退德尼科夫家,大人。"

将军皱起了眉头。

"他是在非常懊悔,没有向您大人来表示当然的尊敬的。"

"尊敬! 为什么?"

"为了您大人的勋业,"乞乞科夫说。"不过他找不出适当的话来……他说：'只要我能够给军门大人做点什么……因为我是知道尊重救了祖国的人物的，'他说。"

"我，那么，他想怎样？……我可是毫不怪他呵!"将军说着，已经和气得远了。"我是真心喜欢他的，还相信他一到时候，会成一个很有用的人呢。"

"说的真对，大人。"乞乞科夫插嘴道。"一个很有用的人；他很有口才，文章也写得非常之好。"

"但我想，他是写着种种无聊东西的。我想，他是在做诗或者这一类罢。"

"并不是的，大人，全不是无聊的东西。他在做一部极切实，极紧要的著作。他在做……一部历史，大人……"

"一部历史？……什么历史？"

"一部历史……"到这里，乞乞科夫停了一下，不知道是因为有一位将军坐在眼前，还不过是想要加重这事情的力量呢，总之，他又接着道："一部将军们的历史，大人!"

"什么？ 将军们的？ 怎样的将军们的？"

"将军们一般，大人，就是全体的将军们……也就是，切实的说起来，是祖国的将军们的。"

乞乞科夫觉得自己岔得太远了，因此非常惶惑。他恨得要吐唾沫，一面自己想：我的上帝，我在说怎样的昏话呵。

"请您原谅，我还没有全懂……那究竟是怎么的呀？ 那是或一时代的历史，还是各人的传记呢？ 还有：写的是现存的所有的将军们，还是只取那参与过一八一二年的战事的呢？"

"对得很，大人，只是那参加战事的!"一面却自己想道："打死我罢，我可说不清!"

"哦，那么，他为什么不到我这里来的？ 我可以给他非常有味的史料哩!"

"他不敢，大人!"

"多么胡涂！为了彼此之间有什么一句傻话……我可全不是这样的人呵。我自己到他那里去也可以的。"

"这他可不敢当，他自己会来的，"乞乞科夫说，他已经完全恢复了元气，自己想道："哼，将军们！可来的真凑巧；然而这全是我随口滑出来的！"

在将军的书斋里，听到一种声音。雕花框子的胡桃木门，自己开开了。门背后出现了一个闺女的活泼的姿色，手捏着房门的把手，即使在屋子的昏暗的背景上忽而显出了被灯火映得雪亮的照相也不及这可爱的丰姿的突然涌现，给人这么强有力的印象。她分明是因为要说什么话，走了进来的，但一看见屋子里有一个陌生人……好像和她一同涌进了太阳的光线，将军的森严的房屋，也仿佛全部灿烂起来，微笑起来了。在最初的一瞬间，乞乞科夫竟猜不出站在他面前的是什么人。她是生在那一国度里的呢，也很难断定，因为这么纯净而优美的相貌，是并不能够轻易找到的，即使在古代的浮雕玉石上。她那高华的全体，苗条而轻捷像一枝箭，显得比一切都高一些。然而这只是一种美的错觉。她其实并不很高大。这种现象，不过由于她的肢体，彼此无不出奇的融洽和均匀。那衣服，她所穿的，也和她的身样非常相称，令人要以为因为想给她做得极好，最有名的裁缝们曾经会议一番的。然而这也只是一种错觉。她并不考究自己的装饰，什么都好像自然而然的一样：只要在单色的匆匆裁好的布片上，用针缝上两三处，就自然成功了称身的高华的襞褶；倘将这衣裳和它的穿着人一同移在绘画上，那么，一切时髦的年青闺秀，就见得好像花母牛，或是旧货店里的美人儿了。倘将她连这襞褶和所穿的衣裳一同凿在白石上，那么，人就要称这雕像为天才的艺术家的作品的。她只有一个缺点：是她有些过于瘦弱和纤柔。

"我来给您介绍我的搅家精罢！"将军说着，转向乞乞科夫这面去。"还要请您原谅，我还没有知道您的本名和父称哩……"

"对于一个还没有表见一点特色和德行的人,也得知道那本名和父称吗?"乞乞科夫谦虚的歪着头,回答道。

"但是……这一点是总该知道的!"

"保甫尔·伊凡诺维支,大人!"乞乞科夫说着,一面用了军人似的熟练,鞠一个躬,又用了橡皮球似的强力,向后跳了一下。

"乌理尼加!"将军接着道,"保甫尔·伊凡诺维支刚告诉了我很有意思的新闻。我们邻人田退德尼科夫可全不是像我们所想那样的傻子。他在做一部大著作:一部一八一二年的将军们的历史哩。"

"哦,但是谁说他是傻的呀?"她很快的说。"至多,也不过是你很相信的那个米锡内坡克罗摩夫会这么说,爸爸,而他却不过一个空虚而卑劣的人呀。"

"怎么就卑劣?他有些浮浅,那是真的!"将军说。

"他有点卑劣,也有点坏,不单是浮浅的。谁能这样的对付自己的兄弟,还把他的同胞姊妹从家里赶出去呢,这是一个讨厌的,可恶的人!"

"然而这不过是人们讲说他的话。"

"人们不会无缘无故的说出这样的事来的。我真不懂你,爸爸。你有一颗少有的好心,但你却会和一个万不及你,你也明知道他不好的人打交道。"

"你瞧就是,"将军微笑着对乞乞科夫说。"我们是总在这么吵架的!"于是他又转向乌理尼加去,接着道:"亲爱的心儿!我可不能赶出他去呀!"

"为什么就赶出去?但也用不着招待得这么恭敬,像要把他抱在你的怀里似的呀!"

到这里,乞乞科夫以为也来说句话,已是他的义务了。

"每个生物都在求爱,"乞乞科夫道。"这教人有什么办法呢?连兽类也爱人去抚摩它,它从槛房里伸出鼻子来,仿佛想要说:来呀,摩摩我。"

将军笑起来了。"真对,就是这样的。它伸出鼻子来,恳求着:在这里呢。摩摩我! 哈,哈,哈! 不单是鼻子哩,整个人都从龌龊东西里钻上来,然而他却求人表示所谓同情……哈,哈,哈!"将军笑得发了抖。他那曾经搁过肥厚的肩章的双肩,在抖动,好像现在也还饰着肥厚的肩章的一样。

乞乞科夫也短声的笑起来,但因为对于将军的尊敬,他的笑总不张开口:嘻,嘻,嘻,嘻,嘻,嘻!① 他也笑得发了抖,不过肩膀没有动,因为他并不缀着肥厚的肩章。

"这么一个先是欺骗和偷窃国家的家伙,却还想人因此来奖励他! 倘没有奖励的鼓舞和希望,谁肯来出力和吃苦呵!"他说。"哈,哈,哈,哈!"

一种悲伤的感情,遮暗了闺女的高华而可爱的脸:"爸爸! 我真不懂你怎么就是会笑! 这样的坏事和这样的下流,只使我觉得伤心。如果我看见一个人,简直公然的,而且当众做出欺骗的事情,却没有得到到处被人轻蔑的报应,我真要不知道自己会怎么样,因为我自己就要不好起来了;我想呀想呀的……"她几乎要哭出来了。

"但愿不要怪我们,"将军说。"我们和这事情是毫无关系的。不是吗?"他一面转向乞乞科夫,接着说。"哦,现在吻我一下,回你自己的房里去罢,我就要换衣服,因为立刻是午餐时候了。"

"你在我这里吃!"于是他瞥了乞乞科夫一眼,说。

"如果您大人……"

"吃罢,不要客气。这是还能请你的。谢谢上帝! 我们今天有菜汤!"

乞乞科夫伸出了他的两只手,敬畏的垂了头,屋子里的一切物事,在眼睛里暂时都无影无踪了,只还能够看见自己的鞋尖。他在这种恭敬态度上,固定了一会之后,才又把脑袋抬起,却已经看不见

---

① 原是 He,he,he……,一时找不出适当的音译字。——译者。

乌理尼加。她消失了。她的地位上，站着一条大汉，是长着一部浓密的唇须和出色的络腮须子的家丁，两手分拿着银的面盆和水盂。

"你该是准许我在你面前换衣服的罢？"

"您不但可以在我面前换衣服，只要您爱在我面前做什么，都听您的便，大人！"

将军从睡衣里豁出一只手来，在斗士似的臂膊上，勒高了汗衫的袖口。他动手澡洗了，泼着水珠，哼着鼻子，好像一只鸭。肥皂水溅满了一屋子。

"哦，哦，他们要一种鼓舞和奖励，"他说，一面细心的周围擦着他的胖脖子……"抚摩他，抚摩他罢。没有奖励，他们就连偷也从此不听了。"

乞乞科夫起了少有的好心机。他突然得到一种灵感。"将军是一个快活的，好心的人物！可以试一试的！"他想，待到看见家丁拿着水盂走了出去，就大声的说道："大人！您是对谁都很和善，恳切的！我对您有一个大大的请求。"

"怎样的请求？"

乞乞科夫谨慎的向四面看了一看。"我有一个伯父，是一个上了年纪，很是衰弱的人。他有三百个魂灵和二千……而我是他惟一的承继者。他自己早不能管理他的产业，因为他太老，太弱了，然而他也不肯交给我。他寻了一个万分奇怪的缘由：'我不熟悉我的侄子，'他说，'他也许是一个浪子和废料的。他得先给我看看他是可靠的人，自己先去弄三百魂灵来，那么，我就给他我的那三百了。'"

"您不要见怪！这人简直是傻的吗？"

"如果他只是一个傻子，那倒还不算顶坏的事情。这是他自己的损害。但请您替我来设身处地，大人……您想，他有一个管家女，住在他那里的，而这管家女又有孩子。这就应该留心，怕他会把全部财产都传给他们了。"

"这老傻子发了昏，如此而已，"将军说。"我怎么帮助您呢，我

348

看是没有法子的!"他诧异的看定了乞乞科夫,一面说。

"我有一个想头,大人! 如果您肯把您所有的一切死掉的魂灵,都让给我,大人,我想,立起买卖合同来,装得他们还活着一样,那么,我就可以把这合同给老头子看,他也就应该把遗产移交给我了。"

然而现在是将军很大声的笑起来了,笑得大约还没有人这样的笑过:很长久,他倒在靠椅上,把头靠在椅背上,几乎闭了气。整个屋子全都动摇。家丁在门口出现,女儿也吃惊的跑来了。

"爸爸,什么事呀?"她骇怕的嚷着,并且疑惑的看定他。然而许多工夫,将军还说不出一句话。"放心罢,没有事,好孩子。哈,哈,哈! 回你的房里去就是。我们就来吃中饭了。你不要担心。哈,哈,哈!"

将军喘息了几回之后,就又用新的力量哄笑了起来;洪亮的响彻了全家,从前厅一直到最末的屋子。

乞乞科夫有一点不安了。

"可怜的阿伯! 他要做大傻子了! 哈,哈,哈! 他要没有活的庄稼人,却得到死的了。哈,哈!"

"又来了!"乞乞科夫想。"真会笑! 还会炸破的!"

"哈,哈,哈!"将军接着说,"这样的一匹驴子! 怎么竟会这样的吩咐:去,自己先弄三百个魂灵来,那你就再有三百了! 他真是一匹驴子!"

"对了,大人,他真是一匹驴子!"

"哪,不过你的玩笑开得也不小! 请老头子吃死魂灵! 哈,哈,哈! 上帝在上,只要我能够从旁看见你把买卖合同交给他,我情愿给的还要多! 他究竟是怎样的一个人呀? 他样子怎么样? 他很老了吗?"

"八十岁了!"

"他兴致还好吗? 他还很行吗? 他和管家女弄在一起,总该还有力气罢？"

"一点也不，大人！他很不行，好像孩子一样了！"

"这样的一个昏蛋！不是吗？他是一个昏蛋呀！"

"一点不错，大人！一个十足的昏蛋！"

"他还出去散步？他去访人？他的腿倒还好？"

"是的，不过也已经不大好走了。"

"这样的一个昏蛋！然而他倒还有兴致？怎样？他还有牙齿吗？"

"只有两个了，军门大人！"

"这样的一匹驴子！请不要生气，最敬爱的——他是你的伯父，但他却是一匹驴子呵。"

"自然是一匹驴子，大人！虽然他是我的家族，承认您说得对，我也有些为难，然而这有什么法子呢？"

好人乞乞科夫说了谎。承认这事，在他是毫没有什么为难的，因为他大约连这样的一个伯父也未必有。

"只要您大人肯赏光……"

"把死魂灵卖给你吗？为了这大计画，你可以把他们连地面和他们现在的住房都拿了去！你连全部坟地都带了去也不要紧。哈，哈，哈，哈！唉，这老头子！他要给玩一下子了！哈，哈，哈，哈！"

于是将军的哄笑，又从新响满所有的房屋了！

　　　这里缺掉一大段，是从第二章引渡到第三章去的。——编者识。[①]

第 三 章

"如果柯式凯略夫大佐确是发疯的，那就着实不坏了，"当乞乞

---

① 　　系指原书编者沃多·培克。——译者。

350

科夫又到了广宇之下,旷野之上的时候,他说。一切人们的住所,都远远的横在他后面:他现在只看见广大的苍穹和远处的两朵小小的云片。

"你问明白了到柯式凯略夫大佐那里去的路了吗,绥里方?"

"您要知道,保甫尔·伊凡诺维支,我对付车子的事情多得很,分不出工夫来呀。不过彼得尔希加是向车夫问了路的。"

"这样的一匹驴子!我早对你说过,你不要听凭彼得尔希加;彼得尔希加一定又喝得烂醉了!"

"这可并不是大了不得的事情,"彼得尔希加从他的坐位上稍为转过一点来,向乞乞科夫瞥了一眼,说。"我们只要跑下山,顺草地走上去,再没有别的了!"

"可是你专门喝烧酒!再没有别的了!你总是不会错的!一到你,人也可以说:这是漂亮到要吓倒欧洲的家伙哩。"说到这里,乞乞科夫就摸一把自己的下巴,并且想道:"好出身的有教养的人和这样的一个粗俗的下人之间,是有很大的区别的。"

这时车子已经驶向山下去。又只看见草地和广远的种着白杨树林的处所了。

舒适的马车在弹簧上轻轻摇动着,注意的下了微斜的山脚;于是又经过草地,旷野和水磨;车子隆隆的过了几道桥,摇摇摆摆的在远的不平的地面上跳来跳去。然而没有一座土冈,连打搅我们的旅客的清游的一个道路的高低,也非常之少。这简直是享福,并不是坐车。

葡萄树丛,细瘦的赤杨和银色的白杨,在他们身旁很快的飞过去,还用它们的枝条着实打着两个坐在马夫台上的奴子绥里方和彼得尔希加。而且屡次从彼得尔希加的头上掣去了帽子。这严厉的家丁有一回就跳下马夫台,骂着混帐树,以及栽种它们的人,但他竟不想缚住自己的帽子,或者用手将它按定,因为他希望这是最末的一次,以后就不再遇到这等事了。不多久,树木里又加上了白桦,有几处还有一株枞树。树根上长着茂草,其间开着蓝色的燕子花和黄色的野生郁金香。树林尽是昏暗下去,好像黑夜笼罩了旅行者。突然在枝条和树桩之间,到处闪出雪亮的光辉,仿佛一面明镜的反射。树木疏下去了,发光的面积就大起来……他们面前横着一个湖——很大的水面,约有四维尔斯他之广。对面的岸上,现出许多小小的木屋。这是一个村子。湖水中发着大声的叫喊和呼唤。大约有二十个汉子都站在湖水里,水或者到腰带,或者到肩头,或者到颈子,是在把网拉到岸上去。这之间,他们里面竟起了意外的事情。其中的一个壮大的汉子,和一条鱼一同落在网里了,这人几乎身宽和身长相等,看去好像一个西瓜或者像是一个桶。他的景况是极窘的,就使尽力量,大叫道:"台尼斯,你这昏蛋!把这交给柯什玛!柯什玛,从台尼斯手里接过网头来呀。不要这么推,喂,大个子孚玛。来来,站到那边去,到小个子孚玛站着的地方去。畜生!我对你们说,你们还连网都要撕破了!"这西瓜分明并不担心它本身:它太胖,是淹不死的,即使想要沉没,翻个筋斗,水也总会把它送上来;真的,它的背脊上简直还可以坐两个人,也能像顽强的猪尿泡一样,浮在水面上,至多,也不过哼上几声,用鼻子吹起几个泡。然而他很害怕网会撕破,鱼会逃走,所以许多人只好拉着鱼网的索子,要把他拖到岸上来。

"这一定是老爷,柯式凯略夫大佐了,"绥里方说。

"为什么?"

"您只要看看他是怎样的一个身子就是。他比别人白,他的块头也出色,正像一位阔佬呀。"

这之间,人已经把这落网的地主拉得很近湖边了。他一觉得他的脚踏着实地,就站起来,而且在这瞬间,也看见了驶下堤来的马车和里面的坐客乞乞科夫。

"您吃过中饭了吗?"那绅士向他们叫喊着,一面拿着捉到的鱼,走向岸上来。他还全罩在鱼网里,很有些像夏天的闺秀的纤手,戴着镂空的手套,一只手搭在眼上,仿佛一个遮阳,防着日光,别一只垂在下面,近乎刚刚出浴的眉提希的威奴斯①的位置。

"还没有呢,"乞乞科夫回答着,除下帽子,在马车里极客气的招乎。

"哦,那么,您感谢您的造物主罢!"

"为什么呢?"乞乞科夫好奇的问,把帽子擎在头顶上。

"您马上知道了!喂,小个子孚玛,放下鱼网,向桶子里去取出鲟鱼来。柯什玛,你这昏蛋,去,帮帮他!"

两个渔夫从桶子里拉出一个怪物的头来——"瞧罢,怎样的一个大脚色!这是从河里错跑进这里来的!"那滚圆的绅士大声说。"您到舍间去就是!车夫,经过菜园,往下走!跑呀,大个子孚玛,你这呆木头,开园门去!他来带领您了,我立刻就来……"

长腿而赤脚的大个子孚玛,简直是只穿一件小衫,在马车前头跑通了全村。每家的小屋子前面,挂着各种打鱼器具,鱼网呀,鱼籫呀,以及诸如此类;全村人都是渔夫;于是孚玛开了园的栅门,马车经过一些菜畦,到了村教堂附近的一块空地上。在教堂稍远之处,望见主人的府邸的屋顶。

"这柯式凯略夫是有点古怪的!"乞乞科夫想。

"唔,我在这里!"旁边起了一种声音。乞乞科夫向周围一看。那主人穿着草绿色的南京棉布的上衣,黄色的裤子,没有领带,仿佛一个库必陀②似的从他旁边拉过去了。他斜坐在弹簧马车里,填满着全坐位。乞乞科夫想对他说几句话,但这胖子又即不见了。他的车子立刻又在用网打鱼的地方出现,又听到他那叫喊的声音:"大个

---

① 威奴斯是罗马神话上的美和爱欲的女神,至今还存留着当时的好几种雕像。"眉提希的威奴斯"(Venus de Medici)为克莱阿美纳斯(Cleomenes)所雕刻,一手当胸,一手置胸腹之间。——译者。

② Kupido,希腊神话的恋爱之神。——译者。

子孚玛,小个子孚玛!柯什玛和台尼斯呀!"然而乞乞科夫到得府邸门口的时候,却大大的吃了一惊,他看见那胖子地主已经站在阶沿上,迎邀着来宾,亲爱的抱在他的臂膊里。他怎么跑的这么飞快呢——却终于是一个谜。他们依照俄国的古礼,十字形的接吻了三回:这地主是一个古董的汉子。

"我到您这里,是来传达大人的问候的,"乞乞科夫说。

"那一位大人?"

"您的亲戚,亚历山大·特米德里维支将军!"

"这亚历山大·特米德里维支是谁呀?"

"贝得理锡且夫将军,"乞乞科夫答着,有点错愕了。

"我不认识他,"那人也诧异的回答道。

乞乞科夫的惊异,只是增加了起来。

"哦,那是怎的……? 我的希望,是在和大佐柯式凯略夫先生谈话的?"

"不,您还是不希望罢!您没有到他那里,却到我这里来了。我是彼得·彼得洛维支·胚土赫!胚土赫①!彼得·彼得洛维支!"主人回答说。

乞乞科夫惊愕得手足无措。"这不能!"他说,一面转向一样的张着嘴巴,瞪着眼睛的绥里方和彼得尔希加。一个坐在马夫台上,别一个是站在车门口。"你们是怎么弄的,你们这驴子!我对你们说过,驶到柯式凯略夫大佐那里去……这里却是彼得·彼得洛维支……"

"你们弄得很好,伙计们!到厨房去;好请你们喝杯烧酒……"彼得·彼得洛维支·胚土赫大声说。"卸下马匹,就到厨房里去罢!"

"我真是抱歉得很!闹这么一个大错!这么突然的……"乞乞科夫呐呐的说。

---

① Petukh 的意义是"雄鸡"。——译者。

354

"一点也没有错。您先等一等，看午餐的味道怎么样，那时再说错了没有罢。请请，"胚土赫说着，一面拉了乞乞科夫的臂膊，引进宅子里去了。这里有两个穿着夏衣的少年来迎接着他们，都很细长，像一对柳条，比他们的父亲总要高到一阿耳申①的样子。

"是我的小儿！他们都在中学里，放暑假回来的……尼古拉沙，你留在这里陪客；你，亚历克赛沙，同我来。"说到这里，主人就不见了。

乞乞科夫和尼古拉沙留下着，寻些话来和他扳谈。尼古拉沙是好像要变懒惰青年的。他立刻对乞乞科夫说，进外省的中学，全无意义，他和他的兄弟，都准备上彼得堡去，因为在外省过活，是没有价值的。

"我懂得了，"乞乞科夫想，"马路边和咖啡店在招引你们呀……"但他就又大声的问道："请您告诉我，您的父亲的田地，是什么情形呢？"

"我押掉了！"那父亲忽然又在大厅上出现了，就自己回答道："押掉了许许多。"

"不行，这很不行，"乞乞科夫想，"没有抵押的田地，立刻就要一点不剩了。要赶紧才好。"……"您去抵押，是应该慢一下子的，"他装着同情的样子，说。

"阿，不的。那不相干！"胚土赫答道。"人说，这倒上算。现在大家都在去抵押，人可也不愿意自己比别人落后呀！况且我一生住在这地方；现在也想去看一看墨斯科了。我的儿子们也总在催逼我，他们实在想受些大都会的教育哩。"

"这样的一个胡涂虫！"乞乞科夫想。"他会把一切弄得精光，连自己的儿子也教成浪费者的。他有这么一宗出色的田产。看起来，到处显着好景况。农奴是好好的，主人也不愁什么缺乏。但如果他

---

① Arshin＝2/3 Meter，约中国二尺二寸。——译者。

们一受大菜馆和戏院的教育,可就全都一塌胡涂了。他其实还不如静静的留在乡下的好,这吹牛皮家伙。"

"您现在在想什么,我知道的!"胚土赫说。

"什么呀?"乞乞科夫说着,有点狼狈了。

"您在想:'这胚土赫可真是一个胡涂虫;他邀人来吃中饭,却教人尽等。'就来,马上来了,最敬爱的。您看着罢,一个剪发的姑娘还不及赶忙挽好髻子,饭菜就摆在桌上了。"

"阿呀! 柏拉图·密哈洛维支骑了马来哩!"站在窗前,望着外面的亚历克赛沙说。

"他骑着他那枣骝马呢!"尼古拉沙接着道,一面向窗口弯着腰。

"那里? 那里?"胚土赫叫着,也跑到窗口去了。

"那是谁呀,柏拉图·密哈洛维支?"乞乞科夫问亚历克赛沙道。

"我们的邻居,柏拉图·密哈洛维支·柏拉图诺夫,一个非凡的人,一个出众的人,"主人自己回答说。

在这瞬息中,柏拉图诺夫走进屋子里来了。他是一个亚麻色卷发的漂亮而瘦长的男子。一匹狗子的精怪,名叫雅尔伯,响着项圈,跟在他后面。

"您已经吃过饭了吗?"

"是的,多谢!"

"您是来和我开玩笑的吗? 如果您已经吃过,教我怎么办才好呢?"

客人微笑着说道:"我可以不使您为难,我其实什么也没有吃过,我不想吃。"

"您就是瞧瞧罢,我们今天捉到了怎样的东西呵! 我们网得了出色的鲟鱼! 还有出色的鲫鱼和鲤鱼呢!"

"听您说话,就令人要生起气来的。您为什么总是这么高兴的?"

"为什么我该阴郁呢? 我请教您!"那主人说。

"怎么？为什么吗？——因为世界上是悲哀和无聊呀。"

"这只因为您没有吃足。您饱饱的吃一顿试试看。这阴郁和这忧愁，也是一种摩登的发明。先前是谁也不阴郁的。"

"您的圣谕，尽够了！这么一说，好像您就没有忧愁过似的。"

"从来没有！我也毫没有分给忧愁的工夫。早上——是睡着，刚刚睁开眼睛，厨子已经站在面前了，就得安排中餐的菜单，于是喝茶，吩咐管事人，出去捉鱼，一下子，就到了中餐的时候。中餐之后，不过睡了一下，厨子可又来了。得准备晚餐，晚餐之后又来了厨子，又得想明天的中餐，教人那里有忧愁的工夫呢？"

当两人交谈之间，乞乞科夫就观察那来客，他那非凡的美丽，他那苗条的，合适的体态，他那尚未耗损的青春之力的清新，以及他那绝无小疮损了颜色的处女一般的纯净，都使他惊异了。激情或苦痛，连近似懊恼或不安那样的东西，也从没有碰着过他那年青的纯洁的脸，或在平静的表面上，掘出一条皱纹来，但自然也不能使它活泼。他的脸虽然由于嘲弄的微笑，有时见得快活，然而总有些懵懂的样子。

"如果您容许我说几句话，那么，以您们的风采，却还要悲哀，我可实在不解了！"乞乞科夫说。"人自然也愁生计，也有仇人，……也有谁在想陷害或者竟至于图谋性命……"

"您以为我，"那漂亮的客人打断他道，"您以为我因为要有变化，竟至于在希望什么小小的刺戟吗？如果有谁要恼我一下，或者有这一类事情的话——然而这事谁也没有做。生活只是无聊——如此而已。"

"那么，您该是地面不够，或者也许是农奴太少了。"

"完全不是。我的兄弟和我一共有一万顷的田地，一千以上的魂灵。"

"奇怪。那我就不能懂了。但也许您苦于收成不好和时疫？也许您损失了许多农奴罢？"

"倒相反，什么都非常之好，我的兄弟是一个出众的田地经营家！"

"但是您却在悲哀和不舒服！这我不懂，"乞乞科夫说，耸一耸肩。

"您瞧着罢，我们要立刻来赶走这忧郁病了，"主人说，"亚历克赛沙，快跑到厨房里去，对厨子说，他得给我们送鱼肉馒头来了。懒虫亚美梁在那里？一定又是大张着嘴巴了。还有那贼骨头，那安多式加呢？他们为什么不搬冷盘来的？"

但这时候，房门开开了。走进懒虫亚美梁和贼骨头安多式加来，挟着桌布，盖好了食桌，摆上一个盘，其中是各样颜色的六瓶酒。绕着这些，立刻攒聚了盛着种种可口的食品的盘子一大圈。家丁们敏捷的在奔走，总在搬进些有盖的盘子来，人听到那里面牛酪吱吱发响。懒虫亚美梁和贼骨头安多式加都把自己的事情做得很出色。他们的有着这样的绰号，是不过为了鼓励而设的。主人决没有骂人的嗜好，他还要和善得多；然而一个俄国人，是不能不说一句恶话的。他要这东西，正如他那帮助消化的一小杯烧酒。有什么办法呢！这是他的天性，来消遣那没有刺戟性的食料的！

接着冷盘，才是正式的中餐。这时候，我们的和善的主人，可就化为真正的专制君主了。他一看见客人里面的谁，盘子里只剩着一块，便立刻给他放上第二块，一面申说道："世界上是什么都成对的，人类，飞禽和走兽！"谁的盘子里有两块，他就去添上第三块，并且注意道："这不是好数目：二！所有的好物事都是三。"客人刚把三块吃完，他又已经叫起来了："您曾见过一辆三轮的车子，或者一间三角的小屋吗？"对于四或五这些数目，他也都准备着一句成语。乞乞科夫确已吃了十二块，自己想，"哼，现在是主人一定不会再劝了！"然而他是错误的：主人一声不响，就把一大块烤牛排和腰子都放在他的盘子上。而且是多么大的牛排呵！

"这是两个月之间，单用牛奶喂养的，"主人说。"我抚养它，就像亲生儿子一样。"

"我吃不下了!"乞乞科夫呻吟道。

"您先尝一尝,然后再说:我吃不下了!"

"这可实在不成了! 我胃里已经没有地方了。"

"教堂里也已经没有地方,但警察局长跑来了,瞧罢,总还能找出一块小地方。那是拥挤到连一个苹果也落不到地的时候呢。您尝一尝:这一小块——这也是一位警察局长呀。"

乞乞科夫尝起来,而且的确——这一块和警察局长十分相像,真的找到了地方,然而他的胃也好像填得满满了。

"这样的人,是不能到彼得堡或墨斯科去的,他那阔绰,三年里面就会弄到一文不剩。"然而他还没有知道:现在已经很不同:即使并不这么请客,在那地方也能把他的财产在三年里——什么话,在三年里! ——在三个月里化得精光的。

这之间,主人还不住的斟酒;客人不喝,就得由亚历克赛沙和尼古拉沙来喝干,一杯一杯挨次灌下喉咙去;这就可以推想,他们将来到得首都,特别用功的是人类知识的那一方面了。客人们几乎都弄得昏头昏脑! 他们只好努力蹩出凉台去,立刻倒在安乐椅子上。主人是好容易这才找到自己的坐位,但一坐倒也就睡了。他那茁壮的自己立刻化为大风箱,从张开的嘴巴和鼻孔里发出一种我们现代的音乐家很少演奏的声音来:混杂着打鼓和吹笛,还有短促的断续声,非常像狗叫。

"您听到他怎样的吹吗?"柏拉图诺夫说。

乞乞科夫只得笑了起来。

"自然;如果吃了这样的中餐,人还那里来的无聊呢? 睡觉压倒他了——不是吗?"

"是的。请您宽恕,但我可真的不懂,人怎么会不快活,消遣的方法是多得很的。"

"那是些什么呢?"

"一个年青人，什么不可以弄呢？跳舞，音乐……玩一种什么乐器……或者……譬如说，他为什么不结婚的？"

"他和谁呀？"

"好像四近竟没有漂亮的，有钱的闺女似的！"

"没有呵！"

"那么，到别地方去看去。旅行一下……"乞乞科夫突然起了出色的想头。"您是有对付忧郁和无聊的好法子的！"他说，一面看一看柏拉图诺夫的眼睛。

"什么法子呢？"

"旅行。"

"到那里去旅行呢？"

"如果您有工夫，那么，就请您同我一道走罢，"乞乞科夫说，并且观察着柏拉图诺夫，自己想道："这真上算。他可以负担一半用度，马车修缮费也可以归他独自支付了。"

"您要到那里去呀？"

"目下我并非怎么为了自己的事情，倒是别人的关系。贝德理锡且夫将军，是我的一个好朋友，我也可以说，是我的恩人，他托我去探问几个他的亲戚……探亲戚自然是很重要的，但我的旅行，可也为了所谓我本身的快乐：见见世面，在人海的大旋涡中混一下——无论怎么说，这是所谓活书本，而且也是一种学问呀。"说到这里，他又想道："真的，这很好。他简直可以负担全部的用度，我们还连马匹也可以用他的，把我的放在他这里，好好的养一养哩。"

"为什么我不去旅行一下呢？"这时柏拉图诺夫想。"就是不出去，我在家里也没有事，管理经济的是我的兄弟，也不是我；我出了门，这些都毫无影响的。为什么我不同去走走呢？"——"您能到我的兄弟那里去做两天客吗？"他大声说。"要不然，我的兄弟是不放我走的。"

"这可是非常之愿意。就是三天也不要紧。"

"那么,约定了。我们走罢!"柏拉图诺夫活泼的说。

乞乞科夫握手为信。"很好! 我们走罢!"

"那里去? 那里去?"主人刚刚从睡梦里醒来,吃惊的看定了他们,叫喊道。——"不成的呵,亲爱的先生们,我已经吩咐把车轮子卸掉了,还赶走了您的马,柏拉图·密哈洛维支,离这里有五维尔斯他。不成的,今天你们总得在我这里过夜,明天我们中餐吃的早一点,那么,随便你们走就是了。"

这有什么办法呢? 人只好决定留下。但他们却因此无忧无虑的过了可惊的春晚。主人给去游湖了。十二个桨手用二十四枝桨,唱着快活的歌,送他们到了镜似的湖面上。从湖里又到了河上,前面一望无涯,两面都界着平坦的河岸。他们逐渐临近那横截河流的大网和张着小网的地方去。没有一个微波来皴蹙那光滑的水面;乡村的美景,寂无声息的在他们面前连翩而过,还有昏暗的丛树和小林,则以树木的各式各样的排列和攒聚,来耸动他们的视线。船夫们一律抓住桨,仿佛出于一手似的二十四枝就同时举在空中——恰如一匹轻禽一样,小船就在不动的水面上滑过去了。一个年青人,是强壮的阔肩膀的家伙,舵前的第三个,用出于夜莺的喉里一般的他那澄净的声音,开始唱起歌来,于是第五个接唱着,第六个摇曳着,响亮而抑扬的弥满了歌曲:无边无际,恰如俄罗斯本身。如果合唱队没了劲,胚土赫也常常自己来出马和支持,用一种声音,很像公鸡叫。真的,在这一晚,连乞乞科夫也活泼的觉得自己是俄国人了。只有柏拉图诺夫却想:"在这忧郁的歌里面,有什么好东西呢? 这不过使已在悲哀的人,要加悲哀罢了。"

当大家返棹时,黄昏已经开始。天色昏暗起来;现在是只在不再反映天空的水里打桨。到得岸上,早已完全昏黑了。到处点着火把,渔夫们用了还会动弹的活鲈鱼,在三脚架上熬鱼汤。人们都回到家里去了。家畜和家禽久已归舍,它们搅起的尘头,也已经平静,牧人们站在门口,等着牛奶瓶和分来的鱼汤。人声的轻微的嘈杂,在夜中发响，还从一个邻村传来了远远的犬吠声。月亮刚刚上升，阴暗处这才笼罩了它的光辉；一切东西，立刻全都朗然晃耀了。多么出色的景象呵！然而能够欣赏的人，却一个也没有。尼古拉沙和亚历克赛沙也没有跳上两匹慓悍的骏马，为了打赌，在夜里发狂的飞跑，却只默默的想着墨斯科，想着咖啡店和戏院，这是一个士官候补生从首都前来访问，滔滔的讲给他们听了的；他们的父亲是在想他怎样来好好的塞饱他的客人，柏拉图诺夫则在打呵欠。乞乞科夫却还算最活泼："唔，真的，我也应该给自己买一宗田产的！"于是他已经看见，旁边一位结实的娘儿们，周围一大群小乞乞科夫们的幻影了。

晚餐也还是吃的很多。当乞乞科夫跨进给他睡觉的屋子，躺在床上，摸着自己的肚子时，就说："简直成了一面鼓！连警察局长也进不去了！"而且环境也很不寻常，卧室的隔壁就是主人的屋子。墙壁又薄得很，因此什么谈话都听得到。主人正在吩咐厨子，安排明天一早开出来的中餐的丰盛之至的饭菜。而且那是多么注意周到呵！连一个死尸也会馋起来的！

"那么，你给我烤起四方的鱼肉包子来，"他说，一面高声的啧啧的响着嘴巴，使劲的吸一口气。"一个角上，你给我包上鲟鱼的脸肉和软骨，别的地方就用荞麦粥呀，磨菇呀，葱呀，甜的鱼白呀，脑子呀以及什么这一类东西，你是知道的……一面你要烤得透，烤得它发黄，别一面可用不着这么烤透。最要紧的是得留心馅子——要拌得极匀，你知道，万不可弄得散散的，却应该放到嘴里就化，像雪一样；连吃的人自己也不大觉得。"说到这里，胚土赫又啧啧的响了几下嘴唇，啧的响了一声舌头。

"见鬼！这教人怎么睡得着，"乞乞科夫想着，拉上盖被来蒙了头，要不再听到。然而这并不能救助他，在盖被下面，他还是听到胚土赫的说话。

"鲟鱼旁边，你得围上红萝卜的星花，白鱼和香蕈；也还要加些萝卜呀,胡萝卜呀,豆子呀,以及各式各样,这你是知道的;总而言之,添配的作料要多,你听见了没有? 你还得在猪肚里灌上冰,使它胀起一点!"

胚土赫还吩咐了许多另外的美味的食品。人只听得他总在说:"给我烤一下,要烤得透,给我蒸一蒸罢!"待到他终于讲到火鸡的时候,乞乞科夫睡着了。

第二天,客人们吃得非常之饱,柏拉图诺夫至于再不能骑马了。胚土赫的马夫把他的骏马送到家里去。于是大家上了车。那匹大头狗就懒懒的跟在车后面:它也吃得太饱了。

"唉唉,这太过了!"当大家离开府邸时,乞乞科夫说。

"那人可总是快活! 这真恼人。"

"倘使我有你的七万卢布的进款,忧郁是进不了门的!"乞乞科夫想。"那个包办酒捐的木拉梭夫——就有一千万。说说容易,一千万——但我以为是一个数儿呵!"

"如果我们在中途停一下,您没有什么异议吗? 我还想上我的姊姊和姊夫那里去辞一辞行呢。"

"非常之愿意!"乞乞科夫说。

"他是一个极出色的地主。在这四近是首屈一指的。八年以前,收入不到二万卢布的田产,他现在弄到岁收二十万卢布了!"

"哦,这一定是一位极有意思,极可尊敬的人了! 我是很愿意向这样的人领教的。我拜托您——您以为怎么样……他的贵姓呢?"

"康士坦夏格罗。"

"那么,他的本名和父称呢,如果我可以问的话?"

"康士坦丁·菲陀洛维支。"

"康士坦丁·菲陀洛维支·康士坦夏格罗。我实在极愿意认识认识他。从这样的一个人,可学的地方多得很。"

柏拉图诺夫担当了重大的职务,是监督绥里方,因为他不大能够在马夫台上坐定了,所以要监督。彼得尔希加是已经两回倒栽葱跌下马车来,因此也要用一条绳,在马夫台上缚住。

"这猪猡!"乞乞科夫所能说的,只有这一句。

"您看!从这里起,是他的田地了!"柏拉图诺夫说。"样子就全两样!"

实在的:他们前面横着一片满生嫩林的幼树保护地,——每棵小树,都很苗条,而且直的像一枝箭,这后面又看见第二片也还是幼稚的小树林,再后面才耸着一座老林,满是出色的枞树,越后就越高大。于是又来了一片幼树保护地,一条新的,之后是一条老的树林子。他们经过了三回树林,好像通过城门一样:"这全个林子,仅仅种了八年到十年,倘是别人,即使等到二十年,恐怕也未必长的这么高大。"

"但是他怎样办的呢?"

"您问他自己罢。那是一个非凡的土壤学家——什么也不会白费。他不但很明白土壤,也知道什么树木,什么植物,在什么的近邻,就长得最好,以及什么树木,应该靠近谷物来种之类。在他那里,一切东西都同时有三四种作用。树林是不但为了木料的,尤其是因为这一带的田野,要有许多湿气和许多阴凉,枯叶呢,他还用作土壤的肥料……即使四近到处是旱灾,他这里却什么都很像样;所有的邻居都叹收成坏,只有他却用不着诉苦。可惜我对于这事情知道得很少,讲不出来……谁明白他那些花样和玩艺呢!在那里,人是大抵叫他魔术家的。他有什么会没有呀!……但是呵!虽然如此,也无聊的很!"

"这实在该是一个可惊的人物了!"乞乞科夫想。"可惜这少年人竟这么肤浅,对人讲不出什么来。"

村庄也到底出现了。布在三个高地上的许许多多农家,远看竟好像一个市镇。每个冈上,都有教堂结顶,到处看见站着谷物和干草的大堆。"唔!"乞乞科夫想,"人立刻知道,这里是住着一位王侯似的地主的!"农夫小屋都造得很坚牢和耐久;处处停着一辆货车——车子也都强固,簇新。凡所遇见的农奴,个个是聪明伶俐的脸相;牛羊也是最好的种子,连农奴的猪,看去也好像贵族似的。人们所得的印象,是住在这里的农夫,恰如诗歌里说的那样,在用铲子把银子搬到家里去。这地方没有英国式的公园,以及草地,以及别样穷工尽巧的布置,倒不过照着旧习惯,是一大排谷仓和工厂,一直接到府邸,给主人可以管理他前前后后的事情;府邸的高的屋顶上有一座灯塔一类的东西;这并非建筑上的装饰;也不是为主人和他的客人而设,给他们可以在这里赏鉴美丽的风景,倒是由此监视那些在远处的工人的。旅客们到了门口,由机灵的家丁们来招待,全不像永远烂醉的彼得尔希加;他们也不穿常礼服,却是平常的手织的蓝布衫,像哥萨克所常用的那样。

主妇也跑下阶沿来。她有血乳交融似的鲜活的脸色,美如上帝的晴天,她和柏拉图诺夫就像两个蛋,所不同的只是她没有他那么衰弱和昏沉,却总是快活,爱说话。

"日安,兄弟! 你来了,这使我很高兴。可惜的是康士坦丁没在家,但他也就回来的。"

"他那里去了呢?"

"他和几个商人在村子里有点事情,"她说着,一面把客人引进屋里去。

乞乞科夫好奇的环顾了这岁收二十万卢布的奇特人物的住家,他以为可以由这里窥见主人的性格和特长,恰如从曾经住过,剩着痕迹的空壳,来推见牡蛎或蜗牛一样。然而住家却什么钥匙也不给。屋子全都质朴,简单,而且近乎空空洞洞;既没有壁画,也没有铜像,花卉,放着贵重磁器的架子,简直连书籍也没有。总而言之,这一切,就说明了住在这里的人,他那生活的最大部分,是不在四面墙壁的房子里面的,却过在外面的田野上,而且他的计画,也不是安闲的靠着软椅,对着炉火,在这里耽乐他的思想的,却在正在努力做事的处所,而且也就在那里实行。在屋子里,乞乞科夫只能发见一位贤妇的治家精神的痕迹:桌子和椅子上,放着菩提树板,板上撒着一种花瓣,分明是在阴干。

"这是什么废物呀,那散在这里的,姊姊?"柏拉图诺夫说。

"这可并不是废物呵!"主妇回答道。"这是医热病的好药料。去年我们把所有我们的农夫都用这东西治好了。我们用这来做酒,那边的一些是要浸的。你总是笑我们的果酱和腌菜,伹你一吃,却自己称赞起来了。"

柏拉图诺夫走近钢琴去,看看翻开着的乐谱。

"天哪,这古董!"他说。"你毫不难为情吗,姊姊?"

"你不要怪我罢,兄弟,我已经没有潜心音乐的工夫了。我有一个八岁的女儿,我得教导她。难道为了要有闲工夫来弄音乐,就把她交给一个外国的家庭教师吗?——这是不行的,对不起,我可不这么办!"

"你也变了无聊了,姊姊!"那兄弟说着,走到窗口去:"阿呀,他已经在这里,他来了,他恰恰回来了!"柏拉图诺夫叫喊道。

乞乞科夫也跑到窗口去。一个大约四十岁的男子,浅黑的活泼的脸,身穿驼毛的短衫,正在走向家里来。对于衣服,他是不注意的。他戴一顶没边的帽子。旁边一同走着两个身分低微的男人,极恭敬的光着头,交谈得很起劲;一个只是平常的农奴,别一个是走江湖的乡下掮客,穿着垂膝的长衫的狡猾的家伙。三个人都在门口站住了,但在屋子里,可以分明的听到他们的谈话。

"你们所做得到的,最好是这样:把你们从自己的主人那里赎出来。这款子我不妨借给你们;你们将来可以用做工来还清的!"

"不不,康士坦丁·菲陀洛维支,我们为什么要赎出自己来呢?还是请您完全买了我们的好。在您这里,我们能够学好。像您似的好人,全世界上是不会再有的。现在谁都过着困苦的日子,没有法子办。酒店主人发明了这样的烧酒,喝一点到肚子里,就像喝完了一大桶水似的:不知不觉,把最末的一文钱也化光了。诱惑也很大。

我相信,恶在支配着世界哩,实在的! 教农夫们发昏的事情,他们什么不干呢! 烟草和所有这些坏花样。怎么办才好呢,康士坦丁·菲陀洛维支? 人总不过是一个人——是很容易受引诱的。"

"听罢:要商量的就是这件事。即使你们到我这里来,你们也还是并不自由的呵,自然,你们能得到一切需要的东西:一头牛和一匹马;不过我所要求于我的农夫的,却也和别的地主不一样。在我这里,首先是要做工,这是第一;为我,还是为自己呢,这都毫无差别,只是不能偷懒。我自己也公牛似的做,和我的农夫一样多,因为据我的经验:凡一个人只想轻浮,就因为不做事的缘故。总之,关于这事情,你们去想一想,并且好好的商量一下罢,如果你们统统要来的话。"

"我们商量过好多回了,康士坦丁·菲陀洛维支。就是老人们也已经说过:'您这里的农夫都有钱,这不是偶然的;您这里的牧师也很会体帖人,有好心肠。我们的却满不管,现在是,我们连一个能给人好好的安葬的人也没有了。'"

"你还是再向教区去谈一谈的好。"

"遵您的命。"

"不是吗,康士坦丁·菲陀洛维支,您已经这么客气了,把价钱让一点点罢,"在别一边和康士坦夏格罗排着走来的,穿蓝长衫的走江湖的乡下掮客说。

"我早已告诉你,我是不让价的。我可不像别个的地主,他们那里,你是总在他们应该还你款子的时候,立刻露脸的。我很明白你们;你们有一本簿子,记着欠帐的人们。这简单得很。这样的一个人,是在毫无办法的境地上。那他自然把一切都用半价卖给你们了,我这里却不一样。我要你的钱做什么呢? 我可以把货色静静的躺三年;我不必到抵押银行里去付利息!"

"您说的真对,康士坦丁·菲陀洛维支。我说这话,不过为了将来也要和您有往来,并不是出于贪得和利己。请,这里是三千卢布的定钱!"一说这话,商人就从胸口的袋子里,拉出一束污旧的钞票来。康士坦夏格罗极平淡的接到手,也不点数,就塞在衣袋里了。

"哼,"乞乞科夫想,"就好像是他的手帕似的!"但这时康士坦夏格罗在客厅的门口出现了。他那晒黑的脸孔,他那处处见得已经发白的蓬松的黑头发,他那眼睛的活泼的表情,以及显得是出于南方的有些激情的样子,都给了乞乞科夫很深的印象。他不是纯粹的俄罗斯人。但他的祖先是出于那里的呢,他却连自己也不十分明白。他并不留心自己的家谱;这和他不相干,而且他以为对于经营家业,这是没有什么用处的。他自认为一个俄国人,除俄国话之外,也不懂别种的言语。

柏拉图诺夫绍介了乞乞科夫。他们俩接了吻。

"你知道,康士坦丁,我已经决定,要旅行一下,到几个外省去看看了。我要治一治我的无聊,"柏拉图诺夫说,"保甫尔·伊凡诺维支已经对我说过,和他一同走。"

"这好极了!"康士坦夏格罗说。"但是您豫备到那些地方去呢?"他亲热的转向乞乞科夫,接下去道。

"我得申明一下,"乞乞科夫说,一面谦恭的侧着头,并用手擦着安乐椅子的靠手,"我得申明一下,我旅行并非为了自己的事情,倒是别人的关系:我的一个好朋友,我也可以说,是我的恩人,贝德理锡且夫将军,嘱托了我,去探问几个他的亲戚。探亲自然是很重要的,但另一方面,我的旅行,却也为了所谓我本身的快乐,即使把旅行有益于痔疮,不算作一件事:而见见世面,在人海的大旋涡中混一下——这是所谓活书本,而且也是一种学问呵。"

"非常之对! 到世界上去游历游历,是很好的。"

"高明的见解! 的确得很,实在是好的。人可以看见平常不会看见的各式各样的东西,还遇见平常恐怕不会碰到的人物。许多交谈,是价值等于黄金的,例子就在眼前,在我是一个很侥幸的机会……我拜托您,最可敬的康士坦丁·菲陀洛维支。请您帮助我,请您教导我,请您镇抚我的饥渴,并且指示我以进向真理的道路。我非常渴望您的话,恰如对于上天的曼那①。"

"哦,那是什么呢?……我能教您什么呢?"康士坦夏格罗惶惑的说。"连我自己也不过化了几文学费的!"

"智慧呀,尊敬的人,请您指教我智慧和方法,怎样操纵农业经济的重任,怎样赚取确实的利益,怎样获得财富和幸福,而且要并非空想上,却是实际上的幸福,因为这是每个市民的义务,也借此博得同人的尊敬的呵。"

"您可知道?"康士坦夏格罗说,并且深思的向他凝视着。"您在我这里停一天罢。我就给您看所有的设备,并且告诉您一切,您就知道,这是用不着什么大智慧的。"

"当然,您停下罢!"主妇插嘴说;于是转向她的兄弟,接下去道:"停下罢,兄弟,你是不忙什么的。"

"我都随便。但保甫尔·伊凡诺维支没有什么不方便吗?"

"一点儿也没有,非常之愿意……只不过还有一件事情:一位贝德理锡且夫将军的亲戚,柯式凯略夫大佐……"

"这人可是发疯的哩!"

"自然是发疯的! 我并不要去探问他,然而贝德理锡且夫将军,您知道,我的一个好朋友,也是所谓我的恩人……"

"您可知道? 那么,您马上就去罢,"康士坦夏格罗说:"您马上到他那里去。他家离这里不到十维尔斯他的。我的车正驾着——您坐了去就是。到喝茶时候,您就可以已经回来了。"

"很好的想头!"乞乞科夫抓起了帽子,大声说。

(未完)

---

① Manna,古代以色列人旅行荒野时所用的食物,以其信为上天所赐,所以也可以译作"天禄"。——译者。

本篇第一、二章原载 1936 年 3 月 16 日、4 月 16 日、5 月 16 日《译文》月刊新 1 卷第 1、2、3 期;第三章(未完稿)原载 1936 年 10 月 16 日《译文》月刊新 2 卷第 3 期。

篇 目 索 引

说　明

　　本索引供读者查检《鲁迅著译编年全集》收入作品所在卷次、页码之用。各篇著译作品以篇名首字笔画为序编排；书信部分以收信人姓氏或收信单位名称首字笔画为序统排于篇目中。篇名后的圈码、数字依次为该篇作品在本集中的卷次及页码。索引前附有篇名首字检字表,各字后括号内数字表示以该字开首的篇名在本索引中的页码。

首字检索表

一　画

二　画

三　画

四　画

杀（411）　　全（412）　　会（412）　　合（412）

杂（412）　　名（412）　　各（412）　　多（412）

争（412）　　亥（412）　　庆（412）　　灯（412）

冲（412）　　江（412）　　汤（413）　　池（413）

刘（413）　　守（414）　　安（414）　　并（414）

关（414）　　许（415）　　论（421）　　军（422）

农（422）　　那（422）　　导（422）　　寻（422）

阮（422）　　阶（422）　　阴（422）　　如（422）

好（422）　　观（422）　　红（423）　　买（423）

孙（423）　　竹（424）

七　画

弄（424）　　进（424）　　远（424）　　运（424）

坏（424）　　走（424）　　坟（424）　　志（424）

花（424）　　苏（424）　　村（424）　　杜（425）

杨（425）　　克（426）　　吾（426）　　李（427）

更（431）　　两（432）　　酉（434）　　否（434）

批（434）　　抄（434）　　报（434）　　拟（434）

连（434）　　医（435）　　求（435）　　坚（435）

呐（435）　　听（435）　　时（435）　　别（435）

吴（435）　　男（436）　　我（436）　　估（437）

何（437）　　伸（438）　　作（438）　　你（438）

邱（438）　　彻（438）　　近（438）　　希（438）

狂（438）　　邹（438）　　迎（438）　　言（439）

辛（439）　　序（439）　　这（439）　　闲（439）

怀（439）　　忧（439）　　汪（439）　　沙（439）

沈（439）　　沉（440）　　弟（440）　　宋（441）

穷（441）　　评（441）　　译（441）　　社（441）

十　画

篇　目

一　画

四　画

五　画

400

407

六　画

454

九　画

463

十　画

十一画

致曹靖华

十三画

495

十四画

十五画

增　致增田涉

责任编辑:刘丽华
特约编辑:杨　华
装帧设计:鼎盛怡园

图书在版编目(CIP)数据

鲁迅编年著译全集/王世家　止庵　编.

-北京:人民出版社,2009.7

ISBN 978－7－01－007455－9

Ⅰ. 鲁…　Ⅱ.①王…②止…　Ⅲ.①鲁迅著作-全集②鲁迅
　(1881~1936)-作品-翻译集　Ⅳ.I210

中国版本图书馆 CIP 数据核字(2008)第 170190 号

鲁迅编年著译全集(1—20 卷)
LUXUN BIANNIAN ZHUYI QUANJI

王世家　　止庵　　编

人民出版社 出版发行
(100706　北京朝阳门内大街 166 号)

北京中科印刷有限公司印刷　新华书店经销

2009 年 7 月第 1 版　2009 年 7 月北京第 1 次印刷
开本:635 毫米×960 毫米　1/16　印张:669.5
字数:6,600 千字

ISBN 978－7－01－007455－9　　定价:1200.00 元(精装本)

邮购地址 100706　北京朝阳门内大街 166 号
人民东方图书销售中心　电话 (010)65250042　65289539